WOOW BOOKS

SIRI PETTERSEN

BUBBLE

DIE MAGISCHE KUGEL

Aus dem Norwegischen
von Dagmar Mißfeldt

WOOW BOOKS

Schrottwelt

Kine lag auf einer Bank auf dem Friedhof und strengte sich mächtig an, nicht ans Schwimmen zu denken. Und sie dachte auch wirklich an was ganz anderes. Sie dachte, dass die Bank in einem hässlichen Kotzgrün gestrichen war, dass der eine Eisenfuß schief stand und sich das ganze Ding dadurch nach vorn neigte. Weil sie deshalb nicht richtig darauf liegen konnte, musste sie sich festhalten, um nicht abzurutschen. Kein Schwein an diesem Scheißort hatte Lust, sie zu reparieren; denn auf einem verwilderten Friedhof wollte wohl sowieso kein Mensch sitzen.

Was, wenn genau das Gegenteil stimmte? Was, wenn hier niemand saß, weil man auf der Bank nicht sitzen konnte? Hatten die darüber mal nachgedacht? Nein. Hatten sie natürlich nicht! In Mottenburg dachte niemand nach. Das war die einzige Stadt auf der Welt, in der die Einwohner nur ein Gehirn für alle hatten. Und die einzige Stadt, die auf die Idee kommen konnte, sich Kotzgrün als offizielle Farbe auszusuchen. Alter Falter, sie hoffte, dass sie alle einfach krepierten … Kine verzog den Mund. Sie konnte den Gedanken fast schmecken: säuerlich und schleimig. Ein köstlicher Gedanke. Und der hatte nichts mit Schwimmen zu tun. Denn daran dachte sie nicht. Überhaupt nicht.

Sie seufzte, drehte sich auf die Seite und griff nach dem Pappbecher mit Kakao, den sie auf den Boden gestellt hatte. Der war inzwischen kalt geworden. Sie trank trotzdem einen Schluck und starrte gleichzeitig die uralten Grabsteine an. Totes Laub hatte sich um sie angehäuft wie um Magneten. Todesmagneten. Schief und moosbewachsen, mit Engeln und Schnörkelschrift.

Schnörkelschrift … Voll peinlich und so typisch Mottenburg. Diese popelige Stadt, die keine Schwimmhalle hätte haben dürfen.

Nie im Leben – oder nie im Tod – stünde auf ihrem Grabstein etwas in Schnörkelschrift. Bloß einen Totenkopf würde sie da haben. Einen Totenkopf und ihren Namen. *Kine*, sollte da stehen. Oder: *Hier ruht Kine. Zwölf Jahre Sklavin. Endlich frei.*

Aber bis dahin war sie traurigerweise am Leben, und der Friedhof war der einzige Freiraum, den sie hatte. Hier hatte sie nach der Schrottschule ihre Ruhe. Hier konnte sie liegen, ohne von Kleinhirnen umgeben zu sein, bis sie wieder wusste, wie richtig atmen ging. Das hier war ihre Bubble in der Stadt. Normale Leute hingen nicht gern auf dem Friedhof ab. Die hatten sicher Schiss, dass der Tod ansteckend sein könnte, dass sie bloß einen Grabstein angucken mussten, um wie eine Rosine zu verschrumpeln.

Oder vielleicht hatten sie auch zu viele Zombie-Serien geschaut? Wohl kaum … Leute, die Zombie-Serien guckten, waren nicht so wahnsinnig langweilig.

Kine hatte noch nie Angst vor den Toten gehabt. Die Lebenden waren ihr Problem. Lebende Leute zwangen sie, Dinge zu tun, die sie hasste.

Zum hundertsten Mal versuchte sie, auf Gründe zu kommen, wie sie dem Schwimmen entgehen konnte; aber was auch immer sie sich ausdachte, hatte sie vorher schon mal ausprobiert: Sie hatte geschwänzt. Sie war aus der Schule abgehauen. Sie hatte jede Krankheit aus dem medizinischen Lexikon vorgetäuscht: Akute Kotzeritis, Grippe, Masern, Fieberwahn. Sie hatte sogar gefakt, sie wäre wasserscheu, aber mit der Performance hätte sie nicht gerade eine Rolle in einem Film gekriegt, um es mal so auszudrücken. Was sollte sie also jetzt machen? Von zu Hause weglaufen?

Daran hatte sie schon gedacht. Oft. Einfach abhauen und ein eigenes Leben leben. Machen, was sie wollte, lernen, was sie wollte, und den Rest vergessen. Alle Menschen waren frei geboren, oder etwa nicht?

Aber wo sollte sie wohnen? Wovon sollte sie leben? Sie musste doch was zu essen haben. Und um was zu essen zu kriegen, musste sie zu Hause wohnen, und um zu Hause zu wohnen, musste sie zur Schule gehen. Was war das für eine beschissene Welt, die Kinder zwang, für Essen zu schwimmen?! Gab es für so was nicht das Jugendamt?

Ein blutrotes Blatt segelte vor ihrer Nase Richtung Boden und landete in ihrem Pappbecher. Kurz kämpfte es um sein Leben, bevor es im Kakao ertrank. Kine setzte sich auf und schielte zum Sünder, einem nackten Baum, der sich über sie beugte. Das allerletzte Blatt hatte sich natürlich festgeklammert und nur diesen einen Moment abgewartet, um sie zu vergiften.

Oder vielleicht war es so etwas wie eine Vorwarnung, dass sie im Becken ertrinken würde? Sie dachte nicht ans Schwimmen, wie schon gesagt. Sie war mit ihren Gedanken bei der Krähe, die auf dem Baum saß und ihren Schnabel an einem knubbeligen Ast wetzte. Konnten Krähen schwimmen?

»Aaaaarrgghh!« Kine sprang auf und verpasste ihrem Rucksack einen Tritt. Der flog gegen einen Grabstein, spuckte das Etui aus und landete mit einem Klatsch im gefrorenen Laub.

Beschissener Schrottort! Schrottschule! Schrottwelt! Schrottrucksack! Lieber würde sie den Rucksack aufessen, als in die Schule zu gehen. Ja, den ganzen Rucksack! Auch die schimmelige Brotscheibe in der Außentasche. Die traute sie sich schon seit zwei Wochen nicht mehr aufzumachen.

Sie hatte vorgehabt, das alte Pausenbrot wegzuwerfen, klar, aber das hatte sie auf den nächsten Tag verschoben. Am nächsten Tag hatte sie es vergessen. Noch einen Tag später wollte sie nicht mehr daran denken. Am Ende hatte sie sich gedacht, was auch immer da in der Außentasche lebte, verdiente es, in Ruhe gelassen zu werden. Da konnte inzwischen ein kleiner Dschungel gewachsen sein. Mit bisher unbekannten Lebensformen. Vielleicht hatte sie eine neue Art von Pilz erschaffen, der lebensgefährliche Krankheiten oder so was heilen konnte. Die Zukunft würde ihr dafür dankbar sein. Aber ganz egal, zu was die Leberwurst mutiert war, sie hätte es gut gelaunt verspeist, damit ihr die ganze Schule erspart bliebe.

Die Krähe glitt auf ausgebreiteten Flügeln auf den Boden und landete neben ihrem Rucksack. Sie pickte mit dem Schnabel an ihrem Etui herum. Kine hätte auch die Krähe verputzt. Roh. Mit Federn.

Ihr war schwindelig, wie sie da so stand. Als gäbe es sie eigentlich gar nicht. Nicht richtig. So war das, vor etwas Angst zu haben. Richtige Angst. Dann rückte alles ganz weit weg. Das Blut hörte auf, durch ihren Körper zu fließen, es sickerte einfach in ihre Füße und machte sie leer und schwer. Sie war wie ihr Schulrucksack: ein schlampiger Behälter voller Schimmelpilz.

Das Schlimmste war, dass sie ziemlich gut im Schwimmen war. Keine olympische Hoffnung, zugegeben. Aber sie war nicht die Schlechteste in der Klasse. Auch nicht die Beste, das war das Synchron-Duo. Die beiden waren im Wasser echt crazy, das musste man ihnen lassen. Aber auf alle Fälle konnte sie länger schwimmen als Jarle. Vielleicht …

Der bloße Gedanke an ihn brachte sie zum Kochen. Kack-Jarle. Poser-Jarle. König Jarle, wie er sich nannte. Der King der Gang. In der Gang waren die schlimmsten Leute, die der Planet je ausgebuddelt hatte. Außerdem war er hohl in der Birne, weil er nicht wusste, dass ein Jarl bei den Wikingern so was wie ein Fürst war. Man konnte nicht König und Fürst zur gleichen Zeit sein, aber das raffte so ein Brotgehirn wie der ja nicht.

Wenn jemand es verdiente, hier auf diesem Friedhof zu verrotten, dann war das Jarle. Mottenburg wäre ohne ihn ein besserer Ort gewesen.

Kine trank den Pappbecher in einem Zug aus und bekam das Blatt in den Hals. Sie hustete es hoch und schnaubte es mit dem letzten Rest Kakao wieder aus. Braune Milch tropfte ihr aus der Nase. Ihre Augen brannten.

Sie warf den Becher weg und kickte gegen den Boden, sodass Erde aufflog. Die Krähe hüpfte ein Stück weiter und starrte sie an.

»Was glotzt du so?!« Kine hob ihr Etui auf. Der Reißverschluss war schon lange kaputt, in der Mitte festgehakt, sodass die Buntstifte herausgefallen waren. Sie lagen verstreut im Laub. Kine kniete sich hin, um sie einzusammeln, während sie mit den Tränen kämpfte.

Ihr Knie schlug auf etwas Hartes. Schmerz schoss ihr Bein hoch. Sie stand wieder auf und rieb sich die Kniescheibe. Auf dem Boden, wo sie gehockt hatte, funkelte es. Eine Glasscherbe? Kine trat nach ihr, aber sie saß felsenfest. Sie trat wieder zu. Und wieder. Trat fester zu, bis die

Zehen brannten. Es hagelte schwarze Erde und gefrorenes Laub. Sie hoffte, es wäre mehr als nur eine Glasscherbe. Sie hoffte, es wäre etwas richtig Schönes und Teures und dass es in tausend Stück zersprang. In hunderttausend.

»Verfluchter Scheißdreck … Kack …«

Plötzlich wurde ihr klar, dass sie nicht mehr allein war. Sie schaute hoch. Eine alte Frau mit vor Schreck aufgerissenen Augen stand direkt vor ihr. Kine schluckte das letzte Wort hinunter. Ihr Fuß blieb bei einem Tritt in der Luft hängen, als wäre er abgestorben.

Die alte Frau zog die Augenbrauen so hoch, dass es aussah, als wären sie an ihrer Perücke festgeklebt. Und sie hatte keinen Hals. Der Kopf saß direkt auf einem dicken, orangefarbenen Pelzkragen. Es sah aus, als ob ein Fuchs an ihr hochgekrabbelt wäre, um unter ihrem Gesicht zu sterben. Rosa Lippenstift war in die Falten um ihren Mund gelaufen, der sich gerade zum Schimpfen öffnete.

Kine zwang ihren Körper zu reagieren. Sie riss den Rucksack an sich und rannte los. Zum Glück war die Pforte so kaputt, dass sie sie nicht mehr auffummeln musste. Sie brauchte einfach nur durch die Gitterstäbe zu schlüpfen. Flüche wirbelten ihr zischend hinterher, bestimmt viel schlimmere als ihre eigenen. Nicht mal mehr auf dem Friedhof war man in Sicherheit.

Der Kloß in ihrem Hals wuchs beim Laufen. Noah rief ihr aus dem Kaffeewagen auf der anderen Seite der Würgerstraße etwas hinterher. Er hatte ihr wieder den Kakao ausgegeben, aber trotzdem tat sie, als hörte sie ihn nicht.

Sie drängelte sich nur an schlecht gelaunten Leuten vorbei. Überall Leute! Hupende Autos. Auf dieser Welt gab es keinen einzigen Ort, wo sie allein sein konnte.

Was hatte da nur in der Erde geglitzert?

Nicht dass es noch eine Rolle spielte, jetzt war es zu spät, um sich darüber Gedanken zu machen. Es würde ihr sowieso nie gehören. Wahrscheinlich zog die durchgeknallte Alte von Fuchsmörderin mit dem Ding ab. Megaungerecht.

Alte Leute brauchten doch nichts mehr; die Glücklichen, die bald starben. Und wenn sie endlich tot waren, konnte sie niemand mehr zwingen aufzustehen, um zum Schwimmen oder zum Singen zu gehen. Wäre sie doch bloß schon alt! Wie viele Jahre waren es noch, bis sie in Rente gehen konnte?

Kine war zwar nicht gerade die Beste in Kopfrechnen, aber bis dahin dauerte es bestimmt noch mindestens fünfzig Jahre. Mit anderen Worten: Keine Chance, dass es noch vor morgen passieren würde.

Der Mantel der Enttäuschung

Kine wachte mit dem Gefühl auf, dass der Weltuntergang gleich um die Ecke lauerte. Ein ganz normaler Tag, mit anderen Worten.

Sie wachte fast immer auf, kurz bevor der Wecker losheulte. Das Gehirn zerrte sie aus reiner Selbstverteidigung aus dem Land der Träume, weil das Klingeln das grausamste Geräusch war, das jemals von einem menschlichen Wesen erfunden wurde. Ein alles durchdringendes Piepen, das immer lauter wurde, je weiter es sich in ihren Schädel bohrte.

Der Wecker war ein Folterwerkzeug aus dem Mittelalter, und sie musste ihn benutzen, weil Mama die Eingebung gehabt hatte, dass man nicht mit dem Handy neben dem Bett schlafen sollte. Und wenn Mama Eingebungen hatte, dann musste einfach die Erde angehalten und gehorcht werden. Mama war wie eine Möwe, kreiste in der Luft und nervte so lange mit schriller Stimme rum, bis sie ihren Willen durchgesetzt hatte.

Das Schlimmste war, dass die Katze sich weigerte, bei ihr im Bett zu schlafen, nur wegen des beschissenen Weckers. Tipsi hatte sich zu Tode erschreckt, als er das erste Mal klingelte, und schlauerweise seitdem einen großen Bogen um das Ungeheuer gemacht.

Kine streckte den Arm unter der Decke hervor, tastete nach der Uhr und schlug auf die Taste. Im Zimmer war es eiskalt. Möwen-Mama hatte so ein Ding gekauft, das die Heizung nachts automatisch runterdrehte. Um Strom zu sparen, sagte sie. Der eigentliche Grund war natürlich, Kines Gehirn so weit runterzukühlen, bis sie schlapp und willenlos wie ein Zombie wurde.

Kine öffnete ein Auge. Das Datumsfeld auf der Uhr zeigte Freitag, den 13. November. Genauso gut hätte das Bild eines Totenkopfes zu sehen sein können.

Der Schwimmunterricht war ein Kloß im Bauch gewesen, doch in der Nacht war er hochgeklettert, ganz bis in den Hals. Und kurz bevor sie daran erstickt wäre, war sie aufgewacht. Kurz vorm Folterwecker. Aber sie hatte wenigstens einen Plan.

Gut, vorher hatte sie auch schon eine Million Pläne gehabt, aber dieser hier war anders. Das hier war der Plan einer Chefin.

Vorher hatte sie immer den Fehler gemacht, Ausreden zu erfinden. Jeder Vollpfosten hätte das durchschauen können, und all ihre Versuche, sich zu drücken, machten die Leute misstrauisch. So konnte das natürlich nichts werden.

Kine setzte sich auf und holte den Brief hervor, der versteckt unterm Kopfkissen lag. Sie hatte ihn gestern Abend geschrieben, und nun sollte er ihr zu einem ganzen Tag Freiheit verhelfen. Sie faltete ihn sorgfältig auseinander und legte ihn aufs Bett. Sollte sie vielleicht zuerst das Bett machen? Nein … Papa würde misstrauisch werden, wahrscheinlich auch glauben, dass mit ihr ernsthaft was nicht stimmte. Alles musste ganz normal aussehen.

Sie schaute nach ihren Klamotten. Die lagen über den ganzen Boden verteilt. Mama nannte das Chaos, Kine hatte aber ein System, das Mama nie begreifen würde. Je näher am Bett, umso sauberer waren die Anziehsachen. Die, die sie gestern angehabt hatte, lagen beim Fußende; die an der Tür waren ungefähr eine Woche alt. Und dann lagen Montag, Dienstag und Mittwoch dazwischen. Volle Kontrolle.

Kine zog sich an, versteckte den roten Rucksack im Schrank und las den Brief noch einmal durch.

Papa
Ich hatte einen Albtraum und bin früh aufgewacht. Konnte nicht mehr einschlafen. Bin zur Schule. Doch, habe meinen Badeanzug mitgenommen. Bis heute Nachmittag.
Kine

Perfekt. Kurz und sachlich. Das war das Beste. Lange und komplizierte Lügen flogen immer auf, hatte sie mal irgendwo gehört. Und kein Wort davon, sich vor irgendetwas zu drücken. Das hier war ein Zettel von einer gehorsamen Tochter mit einem eingefrorenen Gehirn. Der Albtraum war ein Geniestreich, wenn man sie fragte. Der würde ihr tonnenweise Mitgefühl bringen. Sie würde Papa leidtun. Arme Kine, die nicht schlafen konnte und trotzdem tapfer in die Schule ging.

Kine ignorierte den Stich von schlechtem Gewissen, legte sich auf den Bauch und robbte unters Bett. Dort entdeckte sie, dass nicht alles, womit Mama rumnervte, total falsch war. Staubsaugen war zum Beispiel gar keine so schlechte Idee. Das sollte sie irgendwann einmal ausprobieren.

Papa rief von der Küche aus nach ihr. Erst einmal, dann noch einmal. Nach einer Weile hörte sie die Treppe knarren. Dann klopfte er an die Tür.

Diesmal lief alles nach Plan, Papa war so leicht berechenbar, dass es schon lächerlich war. Kine gönnte sich ein Lächeln, was dazu führte, dass sie fast eine Staubflocke eingeatmet hätte. Die blieb gefährlich dicht vor ihrem Mund liegen.

»Kine?«

Sie lag mäuschenstill, als die Tür aufging. Von dort, wo sie lag, konnte sie nur seine Füße sehen. Die kamen näher, Schritt für Schritt. Er trug Wollsocken, weil der Boden in der Küche immer eiskalt war. Die eine hatte ein Loch in der Ferse. Papa hatte das Problem mit Strümpfen unter den Socken gelöst.

Er blieb vor dem Bett stehen. Kine hörte, dass er den

Brief nahm. Die Staubflocke kitzelte an den Lippen, und sie hielt die Luft an. Nur noch wenige Sekunden, und dann war sie auf der sicheren Seite. Er würde zur Arbeit fahren, und Kine konnte den ganzen Tag chillen, Spiele spielen und Cornflakes essen.

Papa machte einen Schritt rückwärts. Gut. Dann war er wieder auf dem Weg nach draußen. Sie schloss die Augen und betete still, dass er sich beeilte. Sie öffnete sie wieder und starrte direkt in sein Gesicht. Kine heulte vor Schreck auf und schob sich weiter zur Wand. Alter Falter, so musste sich Tipsi fühlen, wenn der Staubsauger im Anmarsch war.

Papa streckte seinen Arm unters Bett und packte sie am Fußgelenk. Sie kam noch nicht mal zum Denken, kriegte nur totale Panik und trat nach ihm. Das nützte natürlich nichts, weil er viel stärker war als sie. Er zog sie gnadenlos hervor wie eine Flickenpuppe. Ihre Wange wischte über den Boden, und sie bekam den Mund voll Staub.

»Ich bin fast zwölf!«, rief sie aus Protest. Doch wenn es eine Regel gab, die besagte, dass man eine fast Zwölfjährige nicht unter dem Bett vorzerren durfte, dann hatte Papa eindeutig noch nie was davon gehört. Er ließ nicht eher los, bis sie mitten im Zimmer lag. Kine blieb schwer schnaufend auf dem Bauch liegen. Sie weigerte sich, sich umzudrehen. Das hier war das Peinlichste, Schlimmste, das Erniedrigendste …

»Das ist Kindesmisshandlung!«, schrie sie, begriff aber, dass die Behauptung mehr Wirkung gehabt hätte, wenn ihre Stimme nicht von einem stinkenden T-Shirt, das beim Vorziehen an ihr hängen geblieben war, halb erstickt worden wäre. Es war rosa, was darauf schließen ließ, dass es schon, seit sie in die Vierte ging, dort unter dem Bett gewohnt hatte.

Papa reagierte nicht. Dann drehte sie sich doch um und guckte hoch zu ihm. Er stand da wie ein bärtiger Riese. Alles überragend und unerschütterlich. Das erinnerte Kine an damals, als sie versucht hatte, ihn umzuwerfen, gemeinsam mit Aurora und Vivi. Das war viele Jahre her. Drei Freundinnen gegen einen Mann, aber sie hatten es trotzdem nicht geschafft.

Er war nicht wütend. Papa wurde so gut wie nie wütend, er war etwas viel Schlimmeres: enttäuscht. Das war der schlimmste Ausdruck, den sie kannte, eine dicke Schicht aus Enttäuschung hüllte ihn ein: ein Mantel der Enttäuschung. Unsichtbar, bedeckte ihn aber trotzdem von Kopf bis Fuß und war aus allem zusammengenäht, was sie je falsch gemacht hatte.

Wenigstens sagte er nichts. Meckerte nicht. Das war Mamas Ding: Reden und Rumnerven. Zum Glück war sie gerade beim Yoga-Kurs.

»Das Frühstück steht auf dem Tisch«, knurrte Papa. Er verließ das Zimmer und machte die Tür etwas zu laut hinter sich zu.

»Diktator!«, rief sie ihm nach.

Sie rappelte sich auf und bürstete sich Staub aus den Haaren, wie im Versuch, ihre Ehre zu retten; wenn sie jemals eine Ehre gehabt hatte, dann lag sie jetzt auf alle Fälle unterm Bett. Ganz hinten, zwischen einem Pullover, den sie mit Absicht verbummelt hatte, und einer Tube Glitzerkleber. Die Erniedrigung wollte sie nicht loslassen. Kurz dachte sie, sie würde gleich weinen, war aber zu wütend. Weil niemand irgendwas kapierte. Weil sie zu Sachen gezwungen wurde, die sie überhaupt nicht machen wollte.

Sie öffnete den Schrank, den Mama sie gezwungen hatte aufzuräumen, holte den Rucksack raus, den sie gezwungen wurde zu benutzen, ging die Treppe nach unten, die knarrte, und in die Küche, in der sie gezwungen wurde zu essen. Papa hatte die Cornflakes auf den Tisch gestellt. Kine setzte sich auf einen Stuhl, der wie immer wackelig war, goss sich Magermilch ein, die sie gezwungen wurde zu trinken, weil Mama meinte, Vollmilch wäre zu fett, und aß mit einem Löffel, den sie gezwungen wurde zu nehmen, obwohl er zu klein war. Weder Tee- noch Esslöffel, sondern irgendwas dazwischen.

Es knirschte, als sie aß. Verstohlen sah sie Papa an. Er hatte den Computer eingeschaltet und las Nachrichten. Kine hatte das Gefühl, dass sie jetzt quitt waren, denn das machte er nie, wenn Mama zu Hause war. Computer hatten in der Küche nichts zu suchen.

Mama war bis zur Lächerlichkeit davon besessen, dass Dinge einen festen Platz hatten. Sogar Bakterien. Soweit Kine das verstanden hatte, galt das vor allem für die Bakterien im Bad und in der Küche; wenn die miteinander in Berührung kamen, konnte Krieg ausbrechen. Unsichtbare Wesen in der Badewanne hatten also Erzfeinde in der Spülmaschine. Und trotzdem behaupteten die beiden, dass bei *ihr* die Fantasie überkochte? Alter Falter …

Wegen so was glaubten die Leute, Mama wäre supergesund. Supergesunde Synnøve, sozusagen. Aber wenn sie das wäre, dann würde sie nicht heimlich Macarons futtern. Mama glaubte, niemand würde das mitkriegen, aber Kine wusste Bescheid. Sie hatte sie in ihrer Sporttasche gesehen, mehrere Male. Das erste Mal war es am schlimmsten gewesen, sie erinnerte sich noch daran. Zwei knallrosa Macarons in einer durchsichtigen Plastikschachtel, in der Platz für acht war. Acht! Mama hatte also schon sechs Stück aufgemampft, ohne zu teilen, und obendrein auch noch Macarons, die sie Kine verboten hatte, weil das die allerübelsten Zuckerbomben waren. Das war Betrug!

Kine hatte das mit keinem Wort erwähnt, obwohl Mama immer sagte, man sollte über alles reden. Sie redete liebend gern. So viel, dass sie oft auch mit sich selbst redete. Das war auch ein Grund, warum der Computer nicht in der Küche sein durfte; man sollte nicht auf den Bildschirm glotzen, sondern am Tisch miteinander reden. Natürlich nie über Dinge, die Kine lustig fand. Bloß über Scheißdinge, Arbeitsdinge.

Papa redete über Geologie, Steine und Erdbeben. All die wahnsinnig großen Dinge, die schieflaufen konnten. Mama redete über Hygiene und Bakterien im Essen und all die klitzekleinen Dinge, die schieflaufen konnten.

Dass eine Person, der *so* klar war, dass alles den Bach

runtergehen konnte, sich trotzdem an Magermilch aufhängte, war einfach geisteskrank.

Kine wusch ihre Schale aus und stellte sie in die Spülmaschine, auch dazu wurde sie jedes Mal gezwungen, wenn sie gegessen hatte. Sie ging in den Flur und zog die dicke Jacke an, zu der Mama sie gezwungen hatte, weil es Winter und zu kalt für ihre kakigrüne Lieblingsjacke war. Der Flur war winzig klein, und die Küchentür stand immer offen, darum konnte sie Papa noch sehen. Sie zog die Kapuze über den Kopf, damit sie das Gefühl bekam, allein zu sein. Hätte Papa mitfühlen können, wie schlecht ihr jetzt war, hätte er sie nie in die Schule geschickt. Aber er hatte kein Stück Mitleid, saß bloß da wie ein haariger Orang-Utan in einem karierten Hemd.

Da schoss ihr der Gedanke durch den Kopf, dass ihre Eltern beide an Tiere erinnerten. An einen haarigen Orang-Utan und an eine meckernde Möwe. War es da ein Wunder, dass sie kurz vorm Austicken war?

Papa guckte hoch und schob die Zuckerschale in ihre Richtung.

»Hier. Nimm die mit in den Bus.«

»Zucker? In den Bus?« Kine glotzte ihn an. Jetzt war der Alte total durchgeknallt.

»Ja«, sagte er. »Du bist zu sauer, um mitfahren zu dürfen.«

Kine hatte jede Menge megagute Antworten, sagte aber keinen Ton. Auf dem Weg nach draußen wäre sie fast über den Stapel mit den verpackten Weihnachtsgeschenken gestolpert. Morgen war der letzte Tag zum Abschicken, damit sie noch rechtzeitig zum Fest ankamen, und Mama hatte einen totalen Schaden, wenn es um Termine ging. Kine murrte, während sie die Treppe nach unten ging, vier Stockwerke ohne Fahrstuhl, um mit dem Bus an einen öden Ort gekarrt zu werden, wo es Lehrkräften perversen Spaß machte, Kinder zum Schwimmen und Singen zu zwingen.

Knoblauch und Engelskostüme

Die Haltestelle *Im Umweg* lag beinahe direkt vor der Haustür. Das war aber auch schon das einzig Gute, was man vom Schulweg sagen konnte. Der Bus war ein Wrack, das ins Museum gehörte; gefahren wurde er von einem nervösen Deutschen, der mindestens fünfzig war und Gerwin hieß. Er hatte strähniges Haar und einen Bierbauch. Kine konnte mit beidem leben, aber nicht mit seinem Knoblauchatem. Er nahm Knoblauch nicht als Gewürz wie andere normale Menschen, sondern aß ganze Zehen. Er rupfte sie von einem langen Knoblauchzopf ab, der wie ein abschreckendes Duftdings an der Windschutzscheibe hing.

Sie hatten sich natürlich beschwert. Henriette hatte dafür den Auftrag gekriegt, weil sie seit ihrem neunten Lebensjahr profimäßig als Babysitterin jobbte und zu der Sorte Mädchen gehörte, der Erwachsene zuhörten. Aber das beeindruckte Gerwin nicht. »Nie krank, nie«, hatte er nur geantwortet und reingebissen.

Mit der Zeit hatten sie begriffen, dass er damit nicht nur

sich selbst meinte. Gerwin war vermutlich davon überzeugt, nur durch ihn allein blieben die Kinder der Klausen-Schule am Leben. Als wären sie ohne Knoblauchzopf alle wie die Fliegen tot umgefallen.

Kine stieg ein und setzte sich auf den Platz vor der mittleren Tür. Das war fast wie hinten sitzen, aber nicht ganz hinten, denn da saßen Monrad und Tommy, wichtige Mitglieder der Gang. Sie klangen, als würden sie sich darüber streiten, ob es möglich war, ein Pausenbrot mit einem normalen Feuerzeug anzuzünden. Monrad bestritt das, wahrscheinlich weil er es ausprobiert hatte.

Der Bus fuhr los und machte die üblichen Schrotthaufengeräusche. Die mit silberfarbenem Superklebeband reparierte Tür heulte wie immer ein paarmal auf, weil sie nicht mehr richtig zuging. Dann ratterten sie mit Gerappel und Geruckel los. Gerwin kannte nur eine Art zu bremsen, und die war beinhart.

Der Bus schaukelte immer dieselbe Strecke ab, auch dort entlang, wo schon seit hundert Jahren keine Schulkinder mehr wohnten, aber Gerwin weigerte sich, eine andere Route zu fahren. Er war schon immer diesen Weg gefahren und würde das in Zukunft auch immer so machen. Er weigerte sich ebenfalls, ihnen zuzuhören, wenn sie ihm von der Abkürzung über den Marktplatz erzählten. Er wäre wohl vor Schock tot vom Sitz gekippt, wenn er plötzlich eine neue Strecke hätte fahren sollen.

Der Bus bremste scharf in der Kleinen Wackelgasse, und Aurora und Vivi stiegen ein. Sie rümpften die Nase, als sie sich an der unsichtbaren Knoblauchwand vorbeikämpften, die heute ihren besonders kräftigen Tag hatte. Dann ließen sie sich auf die Plätze vor Kine plumpsen und schnappten nach Luft.

Aurora drehte sich zu ihr um. »Das Schlimmste ist, dass ich Knoblauch eigentlich *liebe*!«, erklärte sie, ohne Zeit mit einer Begrüßung zu verschwenden.

»Ich auch«, meinte Kine. »Aber mir ist er echt am liebsten, wenn er nicht älter ist als ich.«

Vivi lachte so, dass sie schnaubte. Das machte sie immer, als fände sie es plötzlich peinlich und versuchte, das Lachen zu unterdrücken. Ihr blondes Haar stand in alle Richtungen ab, und sie trug einen grünen Wollpullover. Sie hatte große Ähnlichkeit mit einem etwas schlappen Löwenzahn. Wahrscheinlich war die Ernährung schuld. Bestimmt zu wenig Zucker. Ihre Mutter war in dem Punkt ein bisschen psycho, noch schlimmer als Mama; darum lebte Vivi von so widerlichem Zeug wie Grünkohl und ökologischen Körnern.

Aurora war das genaue Gegenteil. Sie hatte dunkle Haut und den Kopf voller dichter schwarzer Locken, in denen wohl alle Radiergummis saßen, die sie seit ihrem Schulstart verloren hatte. Heute hatte sie sich ein paar bunte Filzstifte ins Haar gesteckt. Ihre Klamotten nähte sie meistens selbst, nicht weil sie das musste, sondern weil ihr Nähen Spaß machte. Kine spürte das Gewicht des Handys, das sie in einem Beutel um den Hals trug. Sie hatte vorigen Sommer versucht, ihn selbst zu nähen, hatte aber mittendrin aufgegeben. Aurora hatte den Beutel für sie fertiggestellt.

Aurora hatte auch vor nichts Angst. Wäre Kine eine gewesen, die eine beste Freundin hätte haben wollen, dann hätte sie sich Aurora ausgesucht. Aber in Wahrheit hing sie mit Aurora und Vivi ab, weil die beiden ein Team waren. Total verschieden, aber voneinander abhängig. Das war auch gut so. Kine brauchte das Gefühl nicht, dass sie auf Teufel komm raus alles Mögliche mit anderen zusammen machen musste.

Vivi kniete sich auf den Sitz und beugte sich mit dem Mobiltelefon in der Hand über die Sitzlehne zu Kine. »Alles gut bei dir?«

Ihre Stimme war so voller übertriebener Fürsorge, dass sie sich wie eine Mutter aus einem Zeichentrickfilm anhörte.

»Klar ist alles gut bei ihr. Hör auf rumzunerven!«, antwortete Aurora.

»Ja, aber …« Vivi scrollte auf ihrem Handy. »Also, hier steht, dass es gute Gründe gibt, warum man Schwimmen nicht mag. Becken sind Bakteriennester, wenn alle im selben Wasser sind und Leute reinpinkeln – auch wenn die sagen, dass sie es nicht tun –, und wenn sie alle Bakterien fertigmachen wollen, müssen sie so viel Chlor reinkippen, dass es an ein Wunder grenzt, dass sich einem nicht die Haut abpellt; also eigentlich ist es Kine, die das kapiert hat, und alle anderen, die – ey?!«

Aurora riss ihr das Handy weg und steckte es in ihre

eigene Tasche. Das passierte sonst immer erst beim Mittagessen; das hier musste ein neuer Rekord sein.

»Was haben wir abgemacht?«, fragte Aurora.

Vivi setzte sich wieder hin und ließ den Kopf hängen. »Keine Panik-News«, murmelte sie.

»Gut. Du kriegst es in der ersten Pause zurück, wenn du versprichst, *nichts* über Weltuntergang zu teilen.«

Vivi widersprach nicht. Kine glaubte, dass sie es eigentlich mochte, dass jemand auf sie aufpasste. Die Freundinnen waren gleich alt, sie hatten sogar beide im Februar Geburtstag, aber Aurora hatte immer älter gewirkt. Sie kriegte nie Paranoia und konnte Übertreibungen nicht ausstehen. Nicht einmal Flüche. Viele fanden das langweilig, aber Aurora kratzte das nicht. Auf sie konnte man sich felsenfest verlassen. Kine hatte das Gefühl, nichts war wirklich ernst, bevor Aurora es laut aussprach. Sogar die größten Krisen in Kines Leben hatte sie eingedampft.

Der Bus bog zur Haltestelle ab und legte eine Vollbremsung vor der Klausen-Schule hin. Ein mehrstöckiges Gebäude aus roten Ziegelsteinen und mit Wänden, die schräg nach außen standen und aussahen, als könnten sie jeden Augenblick umfallen. Eine Uhr, die nie gegangen war, hing über dem Eingang; und Gerüchten zufolge lag eine tote Ratte in einer Regenrinne; denn es stank immer, wenn es regnete. Sämtliche Steinplatten auf der Treppe waren locker, genauso wie die Kleiderhaken im Flur.

Nichts funktionierte. Am allerwenigsten die Schüler und Schülerinnen, die dorthin gingen. Den Beweis konnten alle am Fußballtor besichtigen, wo Monrad es bereits vor der ersten Stunde gelungen war, Aslaks Mütze anzuzünden, und die Mädchen panisch darauf herumtrampelten, um das Feuer zu löschen.

Kine schleppte sich die Treppen hoch und kroch auf ihren Platz ganz hinten im Klassenzimmer. Es hatte eine Art Verhandlung mit Aurora und Vivi gegeben, weil die beiden am liebsten vorne sitzen wollten. Kine hatte am Ende gesagt, dass sie auf jeden Fall hinten sitzen würde, also saßen sie entweder mit ihr zusammen oder ließen sie alleine sitzen. Eigentlich hatte sie nie verstanden, warum die beiden sie nicht einfach alleine sitzen gelassen hatten.

Vor der Tafel stand Lehrer Aufsatz und wippte vor und zurück, während er darauf wartete, dass alle sich gesetzt hatten. Offensichtlich hatte er etwas auf dem Herzen; und Kine war sich ziemlich sicher, dass es was mit dem bescheuerten Weihnachts-Chor zu tun hatte. Seit Wochen gab es kein anderes Thema mehr. Aufsatz kam mit seinem ewig langen Namen Maksimillian ursprünglich aus Schweden. Und in Kines Welt sprachen sich alle mit Du und dem Vornamen an. Wenn man seinen allerdings aussprechen wollte, brauchte man dreimal so lange wie bei seinem neuen, darum hieß er bei allen einfach nur Aufsatz.

Er war ein bisschen vornehm, obwohl Kine das nie laut gesagt hätte. Irgendwie sanft. Als wäre er einer Reklame für Weichspüler entsprungen. Er war groß und dünn, hatte blonde Locken und einen Pony, den er ständig zurückwarf. Seine Socken waren farblich immer auf ein anderes

Kleidungsstück abgestimmt, heute waren sie hellblau wie die Weste. Außerdem roch er immer gut.

Die Jungs in der Gang behaupteten, er wäre andersrum. Es hatte eine Weile gedauert, bis Kine kapiert hatte, was sie damit meinten. Andersrum bedeutete, dass er Männer mochte, keine Frauen. Kine war das schnurzegal, sie mochte niemanden, weder Jungs noch Mädchen. Am allerwenigsten Jarle. Ihr Blick wanderte zu seinem Platz, sie wurde aber von Aufsatz gestört, der in die Hände klatschte.

»Hört mal! Auf uns wartet eine neue Herausforderung. Es hat ein paar Beschwerden gegeben.« Er holte tief Luft, bevor er weiterredete: »Schon wieder.«

Kine konnte hören, wie Henriette Tamara zuflüsterte: »Garantiert von meiner Mutter, sie war diejenige, die wollte, dass das Jesuskind dunkle Haut hat, die hatte er bestimmt auch in Wirklichkeit.«

Tamara schnaubte. »Nix da, mein Vater ist schuld, dass wir das ganze Krippenspiel canceln müssen, er hat gesagt, das ist Gehirnwäsche!«

Sie kicherten los.

»Das ist nicht zum Lachen!«, kreischte Aufsatz. Das sah ihm gar nicht ähnlich. Sonst war er immer die Ruhe selbst, doch so langsam lagen bei ihm bestimmt die Nerven blank. Die Eltern hatten sich von Anfang an in alles eingemischt, von den Kostümen bis zu den Liedern. Was am Anfang als episches Theater mit Geld vom Stadtrat geplant gewesen war, war zu einem Klassenchor geschrumpft, der ein paar beschränkte Weihnachtslieder singen sollte, und das brachte ihn immer mehr zur Verzweiflung.

In Kine keimte Hoffnung auf. Vielleicht hatte er jetzt endlich die Nase voll? Vielleicht wurde das Ganze abgesagt? Sie kreuzte die Finger und dachte ganz fest: *Absagen, absagen, absagen!*

»Können wir das Ganze nicht einfach lassen?«, fragte Jarle, fast wie ein Echo ihrer Gedanken. Kine guckte ihn verstohlen an. Auch er saß in der hintersten Ecke, nur auf der anderen Seite, und kippelte mit seinem Stuhl. Sein braunes Haar war wild und nach vorn geweht, als versuchte er, wie eine Manga-Figur auszusehen. König Jarle. Idiot Jarle. Kann-sogar-mal-was-Schlaues-sagen-Jarle.

Die ganze Klasse stimmte ihm zu; denn so machte man das, wenn Jarle den Mund öffnete. Kine war hin- und hergerissen zwischen dem Wunsch, dass alles abgesagt wurde, und dem Widerwillen, Jarle zu unterstützen. Kine hielt die Klappe.

»Thank you!«, rief Tommy, der sich für den Besten in Englisch hielt. »Das Geld können wir für eine Million andere Dinge besser gebrauchen.«

Kine brannte die Frage auf der Zunge, ob es ihm nicht genug Geld einbrachte, wenn er so viele Sachen stahl, behielt es aber für sich. Alle wussten, dass er klaute. Er ließ die lächerlichsten Dinge aus der Schule mitgehen, alles, von Bleistiften bis Schraubenziehern, die er in den Pausen für einen Wucherpreis zu verticken versuchte. Er kam damit einzig und allein durch, weil er ein Clown war. Er brachte Leute zum Lachen, und dann war so was offensichtlich in Ordnung.

»Nein!«, schrie Aufsatz. Er holte Luft und gewann sein Gleichgewicht zurück. »Nein …«, wiederholte er ruhiger. »Es gibt keine Krise, wir schaffen das. Figuren haben eine andere Farbe bekommen, Figuren sind entfernt worden, wir haben umweltverträgliche Kostüme ausgesucht, wir haben die ganze Vorstellung zeitlich gestrafft und für Parkmöglichkeiten gesorgt. Wenn wir das hinbekommen haben, dann kriegen wir auch glutenfreie Kekse hin. Aber die Kostüme sind schon längst bestellt, daran ändern wir also nichts mehr! Dienstag werden sie geliefert, und es gibt Engel, und wenn das das Letzte ist, was ich mache! Schluss, Ende, aus.«

Kine lehnte sich über ihren Tisch und stöhnte. Alle Hoffnung war verflogen. Die Weihnachtsvorstellung war in trockenen Tüchern, und sie würde gezwungen werden mitzumachen. Sie. Mit der falschesten Singstimme auf der ganzen Welt. Sie würde gezwungen werden, sich ein hässliches Engelskostüm überzustülpen, auf dem Marktplatz wie ausgestellt rumzustehen vor der halben Stadt, um beknackte Weihnachtslieder unter dem größten Tannenbaum der Welt zu trällern. Nur weil der Stadtrat herausgefunden hatte, dass das eine gute Möglichkeit war, um Touristen anzulocken. Als ob auch nur ein Mensch auf der Welt freiwillig ins kotzgrüne Mottenburg kommen würde.

Und jetzt dauerte es nur noch wenige Stunden bis zu

dem, wovor sie am meisten Angst hatte. Konnte es noch schlimmer werden?

Sie schaute hoch zur baufälligen Decke. Die würde ihnen früher oder später bestimmt auf den Kopf fallen, warum also dann nicht jetzt? Genau jetzt?

War das etwa zu viel verlangt?

Verrückte Schimpansen

Unten am Marktplatz, eingekeilt zwischen Einkaufszentrum und Bibliothek, stand die Schwimmhalle. Oder die Todesfalle, wie Kine sie am liebsten nannte. Nicht ganz unwahrscheinlich, dass es sie schon zu Zeiten der Dinosaurier dort gab. Ein Wasserloch für prähistorische Echsen.

Sie beschrieb mit ihren hohen Fenstern einen Bogen. Die weiße Mauer mit den vielen Rissen sah aus, als wäre sie schon oft zersprungen und dann immer wieder zusammengeklebt worden. In nicht allzu ferner Zukunft würde die Todesfalle ihren allerletzten Seufzer ausstoßen und einstürzen, Krankenwagen würden angeheult kommen und die ganze Klasse 6B platt wie Flundern unter den Trümmern finden, neben versteinerten Stegosauriern. Die Rektorin würde sich im Fernsehen ihre Krokodilstränen abwischen und behaupten, dass das aus heiterem Himmel passiert war und wie sehr sie wünschte, jemand hätte sie alle vor dem katastrophalen Zustand der Schwimmhalle gewarnt. Als ob das nicht auf jedem Elternabend Thema gewesen wäre.

Das Schlimmste war, dass die Schwimmhalle von der Schule fußläufig zu erreichen war, wie man das nannte. Für Giraffen war das bestimmt fußläufig. Ein Mensch brauchte fast zehn Minuten dahin und noch länger wieder zurück. Weil es bergauf ging. Mit nassen Haaren. Bei fünfzehn Grad minus. Es grenzte schon an ein Wunder, dass die Schüler und Schülerinnen den Winter überlebten. Keine Überraschung, dass Gerwin glaubte, dass das was mit seinem Knoblauch zu tun hatte.

Die Klasse drängelte durch die Türen, alle auf einmal, wie eine Schafherde. Während die anderen in der Umkleide verschwanden, ging Kine zur Quälerin. Eigentlich hieß sie Oda Kveler, aber alle nannten sie Quälerin, wenn sie nicht in Hörweite war. Nicht nur, weil sie Sportlehrerin war, sondern weil es stimmte. Sie war eine echte Quälerin. Gnadenlos wie ein Hai und auch mit dem Lächeln eines Raubfisches. Jetzt stand sie mit den Händen auf dem Rücken in militärgrüner Hose da und starrte sie an. Kine fand, ihre Augen sähen hungrig aus, als hätte sie bloß auf sie gewartet.

»Oda, ich habe …«

»Ist dir schlecht?«, unterbrach die Quälerin sie mit gespieltem Mitgefühl und stark gerolltem R. »Mir war auch mal schlecht. Nur ein einziges Mal habe ich beim Sport gefehlt, und das war, als mir der Blinddarm rausgenommen wurde.«

Kine biss sich auf die Lippe. Das hatte sie mindestens schon zehn Mal von ihr zu hören gekriegt. Das Problem war, dass die Geschichte sich jedes Mal veränderte, jedes Mal gab es einen anderen Grund. Der Blinddarm, ein Brand, eine Rettungsaktion, eine Schneelawine ... Wahrscheinlich alles eine glatte Lüge. Die Quälerin hatte bestimmt noch nie im Leben eine Sportstunde verpasst.

»Nein, ich habe ...« Kine schluckte. »Ich habe wieder meinen Badeanzug vergessen, darum kann ich nicht ...«

»Hier.«

Plötzlich hing ein schwarzer Badeanzug am Zeigefinger der Quälerin. Als wäre er wie durch Zauberhand aus einer Dimension für alte, mottenzerfressene Badeanzüge dorthin gebeamt worden. Die Quälerin grinste übers ganze Gesicht, sodass es aussah, als würde gleich die untere Hälfte abfallen.

Kine murmelte etwas, das vielleicht einem »Danke« ähnelte, nahm den Badeanzug und schlich widerwillig in die Umkleide.

Die anderen Mädchen waren schon alle unter der Dusche. Kine pellte sich aus den Klamotten und schloss sie mit dem Rucksack im Schrank ein. Kurz überlegte sie, ob sie sich auch gleich mit einschließen sollte, ließ es aber bleiben. Noch nicht einmal Vivi hätte da hineingepasst.

Sie zog den Badeanzug an. Er war eng, aber ihren eigenen konnte sie ja nun nicht nehmen, weil sie gesagt hatte, dass sie ihn vergessen hätte. Sie starrte sich im Spiegel an. Sie sah aus wie ein Pizzateig, den man in einen Badeanzug für Barbie-Puppen gequetscht hatte. Die Ausschnitte für Beine und Arme waren mit einer weißen Gummikante eingefasst, die eingerissen war. Kleine Fäden hingen aus den Nähten. Sie sah aus wie die Hauptfigur in einem Horrorfilm.

Super … Das Leben war vorbei. Dem war nichts mehr hinzuzufügen. Sie würde niemals die Oberstufe erleben.

Sie ging unter die Dusche und wartete ab, bis alle anderen zum Becken gegangen waren; dann kam sie hinterher und versuchte, sich so klein wie möglich zu machen. Die Fenster waren beschlagen, jedenfalls konnte niemand von draußen in die Halle schauen. Die anderen waren schon im Wasser, in bunten Badeanzügen und Badehosen, die passten. Kine unterdrückte ein Wimmern.

Die Fliesen unter den Füßen waren kalt. Viele hatten einen Sprung, auch die auf dem Boden des Beckens, wo in den Ecken so was wie grüner Schmodder wucherte.

»Neuer Badeanzug, Bubble?«

Die Stimme dröhnte durch die ganze Schwimmhalle. König Jarle. Scheiß-Jarle. Der Gang-Boss. Es war seine Schuld, dass sie Schwimmen hasste. Seine Schuld, dass sie Bubble war und nicht Kine. Jarles Wort war Gesetz, ganz egal wie schwachsinnig es war. Jarle hatte die Macht, über das Leben anderer zu bestimmen. Diese Macht hatte ihm niemand gegeben, die hatte er sich einfach genommen. Auf der ganzen Schule gab es kaum einen Spitznamen, der nicht von Jarle kam. Oder wenigstens zur Absegnung bei ihm durchgehen musste. Er war so was wie der Leiter in einer Art Mobbing-Büro, das Bewerbungen entgegennahm, wie man Leute nennen durfte. Es war an ihm, sie abzunicken oder mit einem Kopfschütteln abzulehnen.

Zum Glück war nicht immer alles seine Idee; aber wenn Jarle einen Spitznamen nicht mochte, wurde einfach nichts daraus. Ende Gelände. Früher einmal war sie Heul-Trine gewesen. Dann kam Knutsch-Kine. Obwohl sie nichts von alldem getan hatte. Ja, na gut, geweint hatte sie, aber nie in der Schule. Und schon gar nicht so, dass Jarle es gesehen hätte.

Aber die alten Namen belasteten sie überhaupt nicht. Sie hatte gut mit ihnen gelebt, froh und dankbar, dass sie nicht Gitte hieß.

Aber dann war es zu der katastrophalen Schwimmstunde gekommen. Sie hatte nicht gefurzt! Sie wusste ganz genau, dass sie nicht gefurzt hatte. Sie hatte nur mit den Beinen gestrampelt. Aber Jarle hatte Blasen im Wasser gesehen, und schwups, hieß es den ganzen Tag lang, Bubble hätte ins Becken gepupst. Das war schon drei Jahre her, aber immer noch hieß sie Bubble. Die meisten hatten bestimmt schon den Grund dafür vergessen. Einige glaubten, sie hätte den Spitznamen, weil sie einen kleinen Kugelbauch hatte, das hatte Viktoria, die eingebildete Zicke, erzählt. Aurora und Vivi versuchten, Kine zu trösten, und meinten, der Grund dafür wäre, dass sie ein so schönes sprudelndes Lachen hatte, aber das brachte nichts. Immer, wenn sie im Becken war, wurde sie wieder winzig klein. Eine hässliche, pupsende Bubble mit Kugelbauch.

Kine kletterte in den nach Chlor stinkenden Sumpf und blieb da im Wasser, wo sie noch stehen konnte, während die anderen am tieferen Ende johlten und tobten. Sie musste herausfinden, wo für sie der beste Platz war. Leichter gesagt als getan, denn man konnte nie wissen, was die Quälerin vorhatte. Da musste man mit allem rechnen. Staffel-Schwimmen war das Schlimmste. Nein, Wasserpolo war das Schlimmste, da musste man wirklich was tun, während man zur gleichen Zeit zu vermeiden versuchte, unterzugehen.

Mit nichts davon hatten die Synchron-Mädchen Linda und Benedikte ein Problem. Jetzt standen sie auf dem Kopf im Wasser mit den Füßen in der Luft, alle beide. Dann drehten sie sich um und kamen mit dem Kopf wieder nach oben, gleichzeitig und auch noch lächelnd. Als hätten sie das ihr Leben lang gemacht. Als wären sie im Wasser geboren worden und nie an Land gegangen.

Kine umarmte sich selbst, um die Kälte auszuschließen, aber auch das war schwierig. Das Wasser war eine schwere Masse, die die Kontrolle aus ihr saugte.

Die Quälerin betrat die Halle. Sie blies brutal in die Trillerpfeife, die sie immer um den Hals hängen hatte, und ging zum Gerätelager. Kine wurde noch kälter. Sie hatte sich geirrt, es gab doch noch eins, was schlimmer war als Staffel-Schwimmen und Wasserpolo: die Reifen.

Aufblasbare Badereifen aus schwarzem Gummi. Dick wie Traktorräder. Alle anderen liebten diese Dinger, und Jubel brach aus. Es klang wie ein Aufstand im Tierpark.

Die Quälerin warf die Reifen einen nach dem anderen ins Wasser. Alle rauften um den größten, auf dem man mit den Beinen in der Mitte zu mehreren sitzen konnte. Jarle und die Gang gewannen, klar. Die Jungs rangelten und kämpften um den besten Platz. Man hätte meinen können, sie hätten einen Schiffbruch überlebt und der Reifen wäre die einzige Rettung.

Kine weigerte sich, an diesem Konkurrenzkampf teilzunehmen. Sie ignorierte alle und schwamm auf einen der kleineren Reifen zu. Aurora und Vivi hatten schon jede einen gefunden. Kine packte das schwarze Gummi und gab ihr Bestes, um hinaufzuklettern. Das war so gut wie unmöglich. Das Ding war weich und rutschig wie Seife, garantiert von jemandem entwickelt, der Kinder hasste. Ganz gleich, wo sie sich abstützte, er kippte immer wieder hoch. Sie wusste, mit jeder Sekunde, die sie länger brauchte, stieg die Chance, dass sie der Gang auffiel und die anfing, Alarm zu schlagen. Die Angst kribbelte in ihrer Brust.

Kine biss die Zähne zusammen, legte die Hände auf die gegenüberliegende Seite des Reifens und zog sich hoch. Sie blieb auf dem Bauch liegen und balancierte wie ein Seehund.

»Kine! Pass auf!«

Das kam von Aurora. Kine drehte sich um und sah gerade noch den Badereifen, kurz bevor er ihr ins Gesicht klatschte. Sie verlor das Gleichgewicht. Es fühlte sich an, als ob sich die Zeit in zähen Schleim verwandelte, aber sie war nicht in der Lage, das Unglück abzuwenden. Sie fiel, hielt sich noch mit einer Hand fest, aber die rutschte auf dem glatten Gummi ab. Ihr Kopf geriet unter Wasser. Sie saß fest, hing kopfüber wie die Synchron-Mädchen, steckte in ihrem eigenen Badereifen fest.

Die Welt wurde blau, kalt und furchtbar. Sie konnte überhaupt nichts sehen. Gedämpfte Rufe drangen durchs Wasser. Sie konnte nicht atmen. Sie würde sterben.

Die Panik spannte sich wie ein Gürtel um ihre Brust. Sie würde ihre Tage in diesem Gummireifen beschließen. Und sie wusste, zu allem Überfluss konnte Jarle sie in diesem mottenzerfressenen Badeanzug, der bestimmt einmal der Rektorin gehört hatte, wie einen Seehund strampeln sehen. Auf der Liste der peinlichsten Todesarten stand diese hier ganz oben.

Kine spürte, wie jemand ihr Bein packte. Jemand zog an ihrem Fuß, so wie Papa es am Morgen getan hatte. Sie wurde aus dem Badereifen gezogen, während sie Wasser ausrülpste. Sie blieb auf dem Rücken liegen und trieb auf dem Wasser, während sie nach Luft japste. Schnodder und Chlorwasser quollen aus ihrer Nase, wuchsen wie Seifenblasen und zerplatzten.

Es wurde total still.

Dann ertönte Monrads heulendes Gelächter: »Checkt mal Bubble! Bubble bläst Blasen!«

Kine kämpfte sich zur Kante vor und tastete nach etwas, woran sie sich festhalten konnte. Sie fand die Treppe und krabbelte aus dem Becken. Dann klopfte ihr jemand auf den Rücken. Kine rülpste wieder. Die Quälerin hatte sie geschlagen. Ob das ein verspäteter Rettungsversuch war oder eine blöde Art, sie zu trösten, war schwer zu beurteilen.

»Du musst die Bauchmuskeln anspannen«, sagte die Quälerin und klatschte sich auf den Bauch. »Leichter, das Gleichgewicht zu halten. Ich weiß noch, als ich einmal …«

Kine wollte nichts hören. Sie nahm Anlauf und rammte die Quälerin wie ein Stier. Sie traf mit der Schulter, mit voller Wucht. Die Quälerin stolperte über den Beckenrand, wobei sie fieberhaft in die Trillerpfeife blies. Das Pfeifen wurde zu einem Gurgeln, als sie auf dem Wasser aufschlug.

Kine rannte. Sie konnte nicht mehr richtig sehen, schlitterte über die zersprungenen Fliesen, schaffte es aber, sich auf den Beinen zu halten. Das Gelächter der anderen gellte durch die Halle. Es klang wie die verrückten Schimpansen im Tierpark, die Kine eine Todesangst eingejagt hatten, als sie noch klein war. Sie erreichte die Umkleide und zerrte sich den Badeanzug herunter. Er hatte rote Streifen um ihre Schenkel hinterlassen.

Sie riss den Schrank auf und zog sich an, ohne vorher zu duschen, und sogar, ohne sich abzutrocknen. Sie musste nur weg. Die Jeans wurde feucht, sodass sie sie kaum hochziehen konnte. Der Pullover mit dem Totenkopf, den Aurora daraufgenäht hatte, klebte ihr am Körper. Nach Chlor stinkendes Wasser tropfte aus ihren Haaren. Sie schluchzte, wäre beim Sockenanziehen fast umgekippt.

»Kine? Bist du hier, Kine?«

»Klar ist sie hier, Vivi! Kine? Alles gut bei dir?«

Vivi und Aurora waren auf dem Weg zu ihr. Kine wollte die beiden nicht sehen. Sie warf sich den Rucksack über, schoss aus der Umkleide und rannte los.

Ein Grab für Jarle

Kine lief über die Straße. Die Zebrastreifen waren fast ganz abgetreten und nur noch als Umrisse auf dem Asphalt zu erkennen. Niemand hatte das in Ordnung gebracht, und niemand würde es schaffen, *sie* wieder in Ordnung zu bringen.

Sie kam unbemerkt an Noahs Kaffeewagen vorbei. Noah war nett, daran lag es nicht. Er kam aus Australien und nannte sie immer Wednesday, nach einem Mädchen in einem Film, den sie nicht gesehen hatte, und er gab ihr oft einen Kakao aus. Aber jetzt konnte sie mit niemandem reden, der nett war. Nicht, ohne zu weinen.

Als sie gerade durch die Pforte zum Friedhof geschlüpft war, kamen ihr die Tränen. Nie wieder konnte sie zurück zur Schule gehen. Sie war so gut wie tot, total ausgegrenzt.

Das war sie eigentlich schon immer gewesen, aber jetzt war sie fertig. Total fertig. Wegen der Schwimmerei. Wegen der Quälerin, die eine Tyrannin mit Trillerpfeife war. Ein Ungeheuer mit Lügengeschichten und rollendem »R«.

Wegen der Engelskostüme und der Weihnachtslieder. Und wegen Jarle.

Scheiß-Jarle! Er war der Einzige, der den Spitznamen Bubble aus der Welt schaffen konnte. Diesen unkaputtbaren, unverdienten und wahnsinnig kindischen Scheißnamen! Er hätte Monrad sagen können, dass er die Fresse halten sollte. Jarle hatte die Macht, nutzte sie aber nicht. Dadurch war er schlimmer als Monrad. Schlimmer als die ganze Gang zusammen. Weil er besser sein müsste!

Kine lief zur Bank. Sie stolperte und fiel hin. Worüber war sie gestolpert? Warum gab es überall Todesfallen? Sie bekam heiße Wangen. War sie nicht schon genug gedisst worden?! Reichte es nicht, dass sie sich vor Jarle und der ganzen 6B in der Klausen-Schule zum Affen gemacht hatte?

Sie schaute hoch, um zu prüfen, ob jemand sie gesehen hatte, und entdeckte einen roten Buntstift. Ihren eigenen. Der lag direkt vor einem Grabstein, fast unsichtbar im gefrorenen Laub. Kine kroch hin und hob ihn auf. Sie starrte auf den Grabstein. Der war alt. Der Name war fast ganz verwittert, aber sie konnte ihm einen neuen geben.

Kine hob den Stift mit geballter Faust, drückte ihn mit der Spitze auf den grauen Stein und schrieb:

J-a-r-l-e.

Sie schrieb seinen Namen immer wieder, bis der Stein rot war wie Blut. Bis es sich so anfühlte, als läge er dort begraben. Er und auch die Gang. Und Monrad mit seinem Feuerzeug. Die ganze Klausen-Schule. Und Papa, der

Diktator in seinem Mantel der Enttäuschung, alle Magermilchkartons der ganzen Welt, die knarrende Treppe, der kalte Küchenfußboden, die ganze Schwimmhalle!

Kine hörte, dass sie knurrte wie ein wildes Tier. Ihr war schmerzlich klar, dass sie bestimmt einem glich. Zitternd und nass, mit halb gefrorenen Haaren und dreckigen, aufgeschrammten Händen, hatte sie sich unfassbar blamiert und war bereit für ein Leben als Wohnungslose oder so was Ähnliches.

Sie ließ den Arm sinken, setzte sich mit dem Rücken an Jarles Grabstein; ihr machte es nichts aus, dass der Rucksack dabei zusammengedrückt wurde. Die Tränen liefen, aber das war egal, schlimmer konnte es sowieso nicht mehr werden.

Dann entdeckte sie, worüber sie gefallen war: Glas. Es glitzerte vor ihr im Boden. Hatte sie das nicht schon gestern gesehen? Aber was war es?

Kine fing an, das Stück Glas freizugraben. Die Erde war eiskalt und steinhart. Sie zwängte sich unter die fast ganz abgekauten Nägel. Kine hackte die Erde mit dem Buntstift los, und Stück für Stück lockerte sich das Glas.

Die Krähe tauchte plötzlich auf, landete auf einem schiefen Grabstein ein Stück weiter und blieb dort ohne einen Laut sitzen.

»Feigling!«, sagte Kine. »Wo bist du gestern gewesen, häh? Als die Omi von Fuchsmörderin aufgekreuzt ist?«

Die Krähe gab keine Antwort. Sie drehte sich weg, und Kine hätte wetten können, dass sie nur so tat, als verstünde sie nichts. Kine wischte sich mit dem Jackenärmel Rotz und Tränen ab; das war sowieso nur die dicke Scheißjacke, die Mama sie anzuziehen zwang. Sie bohrte die Finger in die Erde und buddelte das seltsame Ding aus.

Es war eine Kugel. Eine runde Glaskugel, so groß wie ein Apfel in ihrer Hand. Es sah aus, als wäre etwas in ihrem Inneren; aber sie war mit einer Schicht Lehm bedeckt, durch die man nicht viel erkennen konnte. Sie rieb sie mit dem Jackenärmel ab, ohne dass es besonders viel gebracht hätte. Aber in ihrem Inneren befand sich ganz eindeutig etwas. Sie schüttelte sie und hörte etwas rascheln. War es vielleicht eine alte Schneekugel? So ein Ding, das man schütteln konnte, damit es darin schneite?

Sie lag schwer in der Hand. Schwerer, als Kine es von einer Glaskugel für möglich gehalten hätte. Sie empfand plötzlich eine Ruhe, als hätte sie etwas gefunden, wonach sie gesucht hatte. Etwas, das zu ihr gehörte. Oder ein Teil von ihr war.

Kine nahm den Rucksack ab und legte die Glaskugel vorsichtig an den freien Platz neben dem dicken Wörterbuch. Sie zog den Rotz hoch und schulterte den Rucksack wieder. Was sollte sie jetzt machen? Ihr Kopf war eiskalt. Ihre Haare steif gefroren. Hier konnte sie nicht bleiben.

Wohin ging man, wenn das Leben vorbei war?

Nach Hause wahrscheinlich …

Kine rappelte sich wieder auf und schaute sich um. Sie hatte fast vergessen, dass sie auf dem Friedhof war. Es dämmerte ihr, dass sie bestimmt aussah, als wäre sie gerade aus einem dieser Gräber hier gestiegen, so verdreckt, wie ihre Hände und ihre Hose waren; und sie war sicher, dass sie sich auch ins Gesicht gefasst hatte. Sie musste lächerlich aussehen.

Sie schlurfte zur Pforte, blieb stehen und schaute auf die Straße. Eine Frau in einer weißen Ballonjacke hastete mit einem Jungen im Schlepptau vorbei. Er trug einen Fahrradhelm mit Stickern, hatte aber kein Fahrrad. Der Junge wollte stehen bleiben, doch die Mutter zog ihn weiter. Er zeigte auf Kine.

»Mama! Mama, da ist ein Zombie!«

»Ja, da kann man mal sehen«, meinte die Mutter, ohne sich umzudrehen oder irgendwohin zu sehen.

Der Junge konnte den Blick nicht von Kine abwenden. Er linste über die Schulter, mit großen Augen und gefrorenem Rotz unter der Nase. Kine hob die Arme an und machte ein paar zombiemäßige Schritte hinter ihm her. Er heulte so, dass es in den Ohren wehtat.

Kine rannte los. Noch mehr Ärger konnte sie nicht gebrauchen. Sie hatte gerade den schlimmsten Tag ihres Lebens hinter sich, und wenn man es sich *dann* nicht verdient hatte, ein Kind zu Tode zu erschrecken, dann nie.

Die fette Mumie

Kine steckte den Schlüssel ins Schloss, doch die Tür war nicht abgeschlossen. Also noch eine schlechte Nachricht.

Papa war noch auf der Arbeit, das hieß dann also, dass Mama schon wieder zu Hause war. Fertig meditiert und hypnotisiert. Wenigstens, bis sie sich wieder bis zum ganz normalen Level hochgestresst hatte. Egal, Kine war mit allem und jedem durch. Nicht einmal Mama konnte es noch schlimmer machen.

Sie ging in die Wohnung und kickte ihre Schuhe von den Füßen. Sie knallten gegen die Wand.

Mama stand in der Küche, halb versteckt hinter der Kühlschranktür. Sie redete mit sich selbst, wie immer. Ein leises Gluckern, irgendwas über die Temperatur, dass drei Grad nicht stimmen konnte. In der Hand hielt sie einen Becher mit einem Teebeutel, der garantiert schon zu lange gezogen hatte. Das Gluckern wurde schärfer, und Kine witterte, dass der volle Möwen-Modus nicht mehr lange auf sich warten ließ.

Sie steuerte die Treppe an, in der Hoffnung, unbemerkt durchzuschlüpfen, bevor Mama mitbekam, wie sie aussah. Die Kühlschranktür knallte in dem Moment zu, als Kine gerade die Hand aufs Geländer legte.

»Die Schuhe stellen wir ins Regal, nicht s…« Mama gaffte sie an, als ob … na ja, als ob gerade ein Zombie die Küche betreten hätte. Sie stand einfach da, als hätte jemand bei ihr auf *Pause* geklickt. Die einzige Bewegung kam vom Teebeutel, den sie aus der Tasse genommen hatte. Der schaukelte hin und her und tropfte auf den Boden.

»Kine, was um Himmels willen … Wie siehst *du* denn aus? Kine, was hast du gemacht? Was geht hier vor?«

Kine ertrug die schrille Stimme nicht. Die Kälte vom Boden biss sich durch ihre feuchten Socken, und es fühlte sich an, als ob ihre Brust in kleine, wehe Stücke zerspringen würde.

»Nix geht hier vor sich!«, schrie sie. »Alles ist wahnsinnig in Ordnung! Ich bin ein kleines, verwöhntes Gör ohne eine einzige Sorge auf der Welt! Alles ist perfekt! Alles total perfekt, zum fetten Elch, Mama! Okay?!«

Sie rannte die Treppe hoch und schloss sich im Bad ein. Da kamen ihr wieder die Tränen. Alter Falter, sie war so ein wahnsinniges Weichei. Ihr zitterten die Finger vor Kälte, als sie sich die Klamotten herunterriss. In der Brust tat es immer mehr weh. Das Atmen fiel ihr schwer. Die Luft verschwand wie durch unsichtbare Ritzen und kam gar nicht erst in den Lungen an.

Kine hörte sich selbst schluchzen und drehte schnell

den Wasserhahn über der Badewanne auf, damit Mama sie nicht hören konnte. Das Wasser stieg und beschwor die Bilder vom Schwimmunterricht herauf: den mottenzerfressenen Badeanzug, Monrads hysterisches Lachen, das Wasser, das sie geschluckt hatte, das Gefühl, kopfüber zu hängen, ohne wegzukommen …

Und die Quälerin. Sie hatte die Quälerin ins Becken gestoßen! Sie hatte sie wie ein Stier gerammt. War das nicht strafbar, Lehrkräfte zu rammen? Selbst Sportlehrerinnen? Morgen stand bestimmt die Polizei auf der Matte und schickte sie in ein Straflager nach Sibirien oder so was Ähnliches. Wo sie bei vierzig Grad minus Zwangsarbeit bis zu ihrer Rente leisten musste oder bis ihr die Finger abfielen, was auch immer zuerst passieren würde.

Das war eigentlich ein beruhigender Gedanke. Da blieb ihr wenigstens das Schwimmen erspart. In Sibirien schwamm doch wohl niemand? Viel zu kalt. Und sie würde nie mehr auch nur einen Fuß in die Klausen-Schule setzen müssen.

Mama klopfte an die Tür. Kine stieg in die Badewanne und sank ins warme Wasser, so tief, bis die Ohren untertauchten. Mamas Stimme wurde angenehm vom Wasser gedämpft. Die harten Buchstaben wurden weicher, als hätten sie eine Erkältung. »Wi' 'eden 'über, wenn du ferdig bisd, Gine. Ich bin nich' wüdend, hörs' du?«

Wenn Mama sagte, sie war nicht wütend, war das das sicherste Zeichen, dass sie wütend war. Aber dann wurde es still. Endlich.

Kine blieb liegen und spürte, wie das Wasser ihren Körper weckte. Sie hatte das Gefühl, als würde sie mit hundert Nadelstichen gepikst. Hundert verschiedene Arten von Wehtun. In alles, was passiert war, kam allmählich auch neues Leben. Lief in ihrem Kopf immer wieder ab wie ein schlechter Film. Shit, was hatte sie getan? Wohin sollte sie abhauen? Gab es irgendwo in diesem Land einen Ort, der Kinder auf der Flucht aufnahm?

Mit der Schule wollte sie bis in alle Ewigkeit nichts mehr zu tun haben. Das war als Einziges todsicher. Mama und Papa würden austicken, beide fanden Schule megawichtig. Sie beide hatten das halbe Leben mit Studieren verschleudert. Und wofür? Damit sie sich Steine und Bakterien anglotzen konnten? Was war das denn für eine Zukunft? Leuten zu erzählen, dass sie bei einem Felssturz oder durch Schimmelpilze in der Milch sterben würden?

Nie im Leben. Nie mehr Schule. Da konnte sie den Rucksack auch gleich für immer entsorgen.

Kine fiel die Glaskugel wieder ein.

Sie setzte sich hin und schaute den Rucksack an, den sie auf den Boden gepfeffert hatte. Der war mehr verdreckt als rot. Ein Wunder, dass Mama ihn nicht schon längst in die Waschmaschine gestopft oder in stinkendem Alkoholreiniger ertränkt hatte. Aber wahrscheinlich konnten nicht einmal Bakterienkillerinnen das umbringen, was in der Außentasche lebte.

Sie streckte den Arm über den Wannenrand, öffnete den Rucksack und holte die Glaskugel heraus.

Ob die wohl wasserdicht war? So sah sie aus. Jedenfalls war kein Loch zu sehen. Kine tauchte die Kugel ins Wasser und begann, die Schmutzschicht abzureiben. Die saß so fest, dass es Bemalung sein konnte, aber Stück für Stück löste sie sich auf, und am Ende hielt Kine eine glänzend blanke Glaskugel in der Hand. Jetzt konnte sie deutlich das Innere erkennen.

Eine Puppe.

Eine kleine Flickenpuppe. Oder eher ein hässlicher, selbst genähter Teddy, wenn man nicht weiter beachtete, dass der Kopf die Form eines Totenschädels hatte. Und um die ganze Puppe waren Streifen gewickelt. Am meisten Ähnlichkeit hatte sie mit einer fetten Mumie. Was für ein krass merkwürdiges Ding …

Kine spähte ins Innere der Glaskugel. Eine schwarze Masse lag erstarrt auf deren Grund, wie eine Art Fußboden. Und da war noch was. Ein schwarzes Pulver oder Flocken. Sie schüttelte die Kugel, und das Pulver schwebte im Inneren umher. Sie konnte keine Öffnung finden. Auch keine Fugen im Glas. Wie war sie hergestellt worden? Wie war die Puppe in die Kugel gekommen? Und was war der Sinn des Ganzen? Es ähnelte keinem normalen Spielzeug. Ein Rätsel …

Sie strich mit den Fingern über die Kugel. Sie war ganz glatt, ohne irgendein Markenzeichen. Nicht einmal »Made in China« oder so was Ähnliches. Sie war schlicht und einfach total dicht, unmöglich, dort hineinzukommen.

Sie seufzte. Das wäre es gewesen … Sie wünschte wirklich, sie könnte sich ins Innere der kleinen Kugel verziehen. Sie gehörte schließlich ihr. Jedenfalls fühlte es sich so an. Was, wenn sie es sich dort jetzt mit Musik auf den Ohren gemütlich machen und ein Buch lesen könnte. Dadrinnen wohnen könnte, in Sicherheit vor allem. Nur sie und die hässliche Puppe. Keine Schule, keine Quälerin, kein Jarle, keine Gang. Auch keine Welt. Nur sie. Sie hätte alles dafür getan, um dort hineinzukönnen. Wirklich alles.

Kine durchfuhr ein Schauder. Das Wasser war abgekühlt, und sie bekam Gänsehaut. Sie stieg aus der Wanne, zog aber den Stöpsel nicht. Dann würde Mama hören, dass sie fertig war, und angelaufen kommen.

Sie wickelte sich in ein Handtuch und legte ein Ohr an die Tür. War sie hier oben allein? Schien so. Sie drehte den Schlüssel so leise wie möglich um und streckte den Kopf hinaus, um nachzusehen. Niemand da. Nur Tipsi. Die graue Katze schlüpfte durch den Türspalt und rieb sich an ihren Beinen. Sie bekam einen nassen Schwanz und miaute unzufrieden. Das machte nichts, das war kaum durch die meganervige Panflötenmusik zu hören, die Mama unten in der Küche eingeschaltet hatte.

Kine hängte sich den Handybeutel um den Hals und schlich über den Flur, den Rucksack in der einen und die Kugel in der anderen Hand. Sie lockte Tipsi mit sich, gelangte in ihr Zimmer und schloss die Tür ab.

Mama oder Papa würden früher oder später anklopfen

und rumnerven, darum steckte sie sich die In-Ear-Kopfhörer rein und schaltete die hefigste Musik ein, die sie hatte: Death Metal.

Ingeborg aus dem dritten Stock nannte das Teufelsmusik, obwohl sie fast stocktaub war und unmöglich viel davon hören konnte. Aber Ingeborg war beinahe achtzig, und achtzig Jahre alte Leute glaubten an den Teufel, und dann sahen sie ihn wohl auch überall.

Kine warf sich aufs Bett. Morgen war Sonnabend, das war wenigstens ein Vorteil. Da hatte sie das ganze Wochenende vor sich, um herauszufinden, wie sie mit der Schule aufhören konnte. Und wie sie es Aurora und Vivi beibringen sollte.

Beim Gedanken an die beiden holte sie ihr Handy aus dem Beutel. Es war, wie sie befürchtet hatte. Ein Haufen Nachrichten von den beiden. Zuerst lustige Nachrichten über die Quälerin im Becken, gespickt mit Smileys und LOLs. Dann ernstere, mit Fragen, wo sie steckte und warum sie nicht ans Telefon ging.

Vivi hatte eine Nachricht, so lang wie ein Aufsatz, darüber gesendet, wie lebensgefährlich es war, sich bei Minusgraden im Freien aufzuhalten, wenn man nasse Haare hatte. Aurora hatte in ihrer gleich danach geschrieben, dass Vivi sich entschuldigte, falls sie Kine Angst gemacht haben sollte. Die letzte Nachricht war auch von Aurora.

Soll ich kommen?

Mehr stand da nicht. Kine fühlte ein Brennen in den Augen und legte das Handy weg. Sie wollte nicht antworten. Konnte nicht. Dann würde alles Wirklichkeit werden.

Sie lockte Tipsi, aber die Katze blieb auf dem Boden sitzen. Kine zog die Nachttischschublade auf, warf den Wecker hinein und donnerte sie wieder zu.

»Siehst du? Sonnabend. Kein Ton.«

Die Katze sprang mit einem Satz aufs Bett und rollte sich auf Kines Bauch zusammen. Kine vergrub die Finger im weichen Fell, und ihr war wieder zum Weinen zumute. Wunderbare Tipsi. Weiche, schnurrende Tipsi, besser als jeder Mensch.

Kine blieb liegen und streichelte Tipsi, während sie in die Glaskugel starrte. Sie lag neben ihr auf der Decke. Es fiel ihr immer schwerer, die Augen offen zu halten. Das Zimmer vernebelte sich. Kurz dachte sie, sie hätte eine Bewegung gesehen. Etwas hätte sich in der Kugel bewegt. Aber das musste sie sich eingebildet haben. Bestimmt der Anfang eines schrecklichen Traums oder so was Ähnliches.

Bubble

Kine wachte auf, weil jemand versuchte, sie zu erwürgen. Sie schlug wild um sich, wollte sich befreien, merkte aber schnell, dass niemand da war. Das Kabel von den Kopfhörern hatte sich um ihren Hals gewickelt. Die Musik war verstummt, und der eine Stöpsel war ihr aus dem Ohr gefallen. Sie entwirrte sich und zog am Kabel, bis sie das Handy am anderen Ende zu fassen bekam. Sie hatte darauf gelegen. Glück gehabt, dass es überlebt hatte. Die Uhrzeit leuchtete auf dem Display: 04:59.

Sie überkam das widerliche Gefühl, nicht allein zu sein. Tipsi war nicht der Grund, denn die Katze hatte das Bett verlassen. Kine horchte, konnte aber nichts hören. Nur das Säuseln eines schlafenden Mietshauses. Wie immer.

Sie starrte an die Wand, aus Angst, sich umzudrehen. Das Gefühl war erdrückend, als wäre jemand hier bei ihr. Jemand, der … Raum einnahm, gewissermaßen.

Im Nacken zog es. Kine drehte sich langsam um und zuckte vor Schreck zusammen.

Der Platz zwischen Bett und Schreibtisch war von einer riesigen Kugel blockiert. Größer als Kine! Sie füllte das halbe Zimmer aus. Kine drückte sich an die Wand und starrte die Kugel an. Sie wagte nicht, sich zu bewegen. Was war das? Die größte Seifenkugel der Welt? Ein Badeball?

Badeball … Hallo?!

Woher sollte ein durchsichtiger Badeball in dieser Größe kommen? Nein, das hier musste was anderes sein. Ein Raumschiff? Alter Falter, das war ein Raumschiff, genau das war es. Ein Ufo. Shit, in ihrem Zimmer lag ein Ufo, und sie würde von Aliens gekidnappt werden!

Sollte sie schreien oder den Mund halten? Die Polizei anrufen? Die Feuerwehr? Wen rief man an, wenn bei einem im Zimmer ein Raumschiff gelandet war?

Ihr wurde klar, wie unfassbar dämlich sich das anhörte. Natürlich war das kein Raumschiff. So was war etwas für bescheuerte Blogger, die über grüne Männchen quatschten, deren Namen mit X anfingen. Das hier war ein Traum. Sie war noch nicht aufgewacht. Der Gedanke beruhigte sie, und sie konnte wieder normal atmen. Aber es sah so verdammt echt aus …

Kine rieb sich die Augen und schaute wieder hoch. Die Kugel war immer noch da. Der glasklare Umriss schimmerte im Dunkeln. Sie stellte die Beine auf den Boden. Der war kalt, also passierte das hier wirklich. Kein Traum.

Sie stand auf, zog die Decke vom Bett und hielt sie wie einen Schutzschild vor sich. Lächerlich, das wusste sie. Es sei denn, sie hatte es mit einem Alien zu tun, der gegen Daunenfedern allergisch war.

Kine schlich näher.

Es war zu dunkel, um Details erkennen zu können, aber in der Kugel saß jemand. Es war eine Puppe. Mit einem Totenkopf. Sie hatte sie schon einmal gesehen. Ihr Herz hämmerte los.

Das war die Glaskugel! Die sie auf dem Friedhof gefunden hatte. Die noch vor ein paar Stunden in ihre Hand gepasst hatte. Dieselbe Kugel. Dieselbe Puppe. Aber diese Kugel war so groß, dass sie fast an die Zimmerdecke stieß.

Kine ließ die Bettdecke fallen und schlug die Hände vor den Mund, um nicht zu schreien.

Was sollte sie machen? Die Kugel versperrte den Weg zur Tür, sie konnte also auch nicht einfach weglaufen. Vielleicht, wenn sie sich ganz dicht an der Wand entlangquetschte? Die lag doch einfach nur da … Wie gefährlich konnte sie schon sein?

Sie trat einen Schritt näher. Die Kugel rührte sich nicht. Sie lag weiter da wie eine gigantische Seifenblase mit einer fetten Mumie im Inneren.

Okay, über so was hatte sie gelesen. Mit so was kannte sie sich aus. Es waren Halluzinationen. Sie hatte den schlimmsten Schultag aller Zeiten hinter sich, wäre beinahe ertrunken, war von Monrad gemobbt worden, Jarle hatte gesehen, wie sie Wasser ausgerülpst hatte, und sie hatte eine Lehrerin ins Becken gestoßen. Offenbar hatte ihr Gehirn den Druck nicht mehr ausgehalten. Sie war verrückt geworden. Hatte Paranoia gekriegt. So wie die Soldaten. Posttraumatischer Stress oder so was Ähnliches. Hatte sie das nicht schon immer gewusst? Dass die Welt sie eines Tages geisteskrank machen würde?

Sie schlich sich dicht an die Kugel heran. Die sah zerbrechlich aus, als könnte sie bei der leisesten Berührung zerplatzen. Kine beugte sich weiter vor, roch an ihr. Sie roch nach nichts. Jedenfalls nicht nach Seife.

Kine hob die Hand, zögerte kurz, bevor sie sie auf die Kugel legte, ganz vorsichtig …

Ihre Finger kribbelten auf der glatten Oberfläche. Sie hatte erwartet, dass sie kalt wie Glas sein würde, aber sie war so warm wie ihre Haut. Sie war auch nicht hart. Eher wie … Gelee? Sie drückte fester mit der Hand, und die sank ins Glas hinein. Kine schnappte nach Luft und sprang zurück.

Ja. Genau … Morgen würde sie in so einem gepolsterten Raum im Irrenhaus aufwachen, und ein Krankenpfleger würde sich mit einer Riesenspritze über sie beugen und sagen, dass sie ihr nur helfen wollten.

Ja, ja, das war bestimmt nicht schlimmer als Zwangsarbeit in Sibirien. Solange sie nie mehr zum Schwimmen gehen musste. Oder in die Schule. Oder irgendwo anders hin, was das anging.

Wieder lief in ihrem Kopf der Film ab. Gnadenlose Bilder aus dem Becken. Das Gelächter, das Gefühl von Wasser in der Lunge, die Trillerpfeife der Quälerin, die gurgelnd in der Tiefe verschwand … Das Leben war vorbei. Und jetzt war sie also geisteskrank. Dann konnte sie auch genauso gut herausfinden, was die Kugel war. Sie hatte ja nichts mehr zu verlieren.

Kine legte wieder die Hand aufs Glas und drückte. Der Arm sank der Länge nach ein. Sie stand also da, außen an einer Kugel, und hatte ihren Arm durch die Glaswand gesteckt. Ohne dass es wehtat. Ohne dass jemand hervorsprang und sagte, das Ganze wäre nur ein Scherz.

Sie holte tief Luft und legte sich darauf. Spürte, wie ihr Körper ins Glas eindrang. Das kribbelte so schön. So musste es sein, durch eine elektrische Glasqualle zu gehen. So was hatte sie natürlich noch nie gemacht, aber so was dachte man eben, wenn man geisteskrank war.

Sie machte einen Schritt auf die schwarze Masse auf dem Grund und stieg in die Kugel. Dort war es geschützt und gut, und sie konnte ganz normal atmen. Was hatte sie denn erwartet?

Vor ihr saß die fette Mumienpuppe. Oder wie man die bezeichnen sollte … Sie lag eher da wie gegen das Glas geworfen, aber trotzdem war sie größer als Kine. Der Körper glich einem vollgestopften Sack, der in einen vergilbten Verband gewickelt war. Der war mit drei großen Stecknadeln befestigt: eine im Kopf, eine in der Schulter und eine im Arm. Die Einzelteile waren mit schwarzem Garn zusammengenäht worden, und zwar so schlecht, dass Kine das besser hingekriegt hätte. Und sie war wirklich verdammt schlecht im Nähen, das konnte Aurora bestätigen. Vielleicht sogar noch schlechter im Nähen als im Singen.

Der Verband wand sich um den Körper und um den Kopf, der so dick und groß war wie ein Kissen. Dunkle Flicken aus Filz waren daran befestigt, die wie Augenhöhlen und Nasenlöcher in einem Totenkopf aussehen sollten. Ein Totenkissen? In der Mitte des einen Augenflickens saß ein schwarzer Knopf. Die Zähne waren mit Zickzackstich aufgenäht.

Ein Herz aus rotem Filz war mit sichtbaren Stichen schief auf der Brust festgenäht. Einige saßen dicht an dicht und andere weit auseinander. Unterirdisch schlechte Handarbeit. Nicht unwahrscheinlich, dass sie hier die hässlichste Puppe der Welt vor sich hatte. Hauptgewinnerin in einem Wettkampf um Geschmacklosigkeit. Von einer Fünfjährigen genäht. Mit Boxhandschuhen.

Mama hätte ihr verboten, sie anzufassen. Wahrscheinlich war sie in Bakterien getränkt. Aber Kine war ja jetzt geisteskrank, und ihr Leben war ruiniert, warum dann also nicht? Außerdem fühlte sie sich so geborgen hier drinnen. Wie in einer geschützten kleinen Höhle. Der schwarze Boden war sogar mit Spänen ausgestreut, fast wie in einem Vogelkäfig. Dunkelgraue Späne, auf denen man weich ging. Wie auf Asche. Wenn das hier eine Schneekugel war, dann war die ziemlich abgefahren. Sollten Schneekugeln nicht weiß und irgendwie gemütlich sein? Nicht schwarz und voller Totenpuppen und Asche? Oder vielleicht war das Ding einfach schon so alt, dass der

Schnee grau geworden war? Was war hier los? War sie im Inneren eines Spiels gelandet, das noch älter als Ingeborg aus dem dritten Stock war?

Alles war so fremd, und von dem Gedanken kriegte sie ein bisschen Paranoia. Sie sprang wieder aus der Kugel. Im Vergleich dazu wirkte ihr Zimmer sehr kühl. Feindselig und gefährlich.

Damit war die Sache entschieden. Kine schnappte sich die Bettdecke und ging wieder hinein. Sie kroch auf den Bauch der Puppe, und die funktionierte hervorragend als Matratze.

Sie träumte. Natürlich träumte sie. Sie war garantiert verrückt, aber außerdem träumte sie.

Kine wickelte sich in die Decke, legte den Kopf auf das Filzherz und schlief ein.

Ein kleines Erdbeben

Etwas klopfte. Kine schlug die Augen auf und zuckte vor Schreck zusammen. Sie starrte direkt in die hässlichste Fratze, die sie je gesehen hatte. Ein verbundenes Plüschgesicht hing über ihr, genäht wie ein Totenkopf. Voller schiefer Stiche und mit Knopfaugen. Na ja … mit *einem* Knopfauge. Wo das andere hätte sein sollen, hingen bloß ein paar lose Fäden.

Sie brauchte einen Augenblick, um zu begreifen, wo sie war. Die Gedanken waren zäh wie Schleim, sie konnte sich nicht erinnern, wann sie zuletzt so fest geschlafen hatte.

Die Kugel! Sie war in der Kugel, in der Bubble! Die Glaskugel war gewachsen, und sie war in sie hineingestiegen und eingeschlafen.

Kine fasste sich ins Gesicht, kniff sich in die Wangen, um zu checken, dass es sie in echt gab, dass das hier Wirklichkeit war. Ihr steifer Körper war jedenfalls echt. Sie stand auf, krümmte die Zehen in den künstlichen aschegrauen Schnee. Das fühlte sich an, wie auf Cornflakes zu gehen. In einer Kugel. Umgeben von klarem Glas. Sie lachte nervös.

Die Kugel lag immer noch an derselben Stelle und war immer noch gleich groß. Das war doch total krank! Was, wenn die sie gekidnappt hätte, während sie schlief? Oder was, wenn die wieder geschrumpft wäre?

War die Kugel das? Geschrumpft?

Kine hob den Arm, stellte sich auf die Zehenspitzen, kam aber nicht bis ganz an die höchste Stelle. Oder die Decke, wie sie das wohl nennen konnte. Hatten Kugeln Decken?

Es klopfte wieder. Jetzt lauter.

»Kine?«

Shit! Das war Papa! Er klopfte, weil sie gestern die Tür abgeschlossen hatte, nachdem sie sich aus dem Bad geschlichen hatte, ohne mit Mama zu reden. Oh, alter Falter … Was sollte sie machen? Was hatte sie getan? Sie hatte die Quälerin ins Becken geschubst, war aus der Schule abgehauen, und sie hatte eine Kugel im Zimmer, für die es keine natürliche Erklärung gab. Und Mama und Papa konnten unglaublich schlecht mit Dingen umgehen, die keine natürliche Erklärung hatten …

»Kine, ist alles in Ordnung? Es ist elf Uhr. Kine?«

»Ich bin wach!«, rief sie mit viel zu heller Stimme. Mit einer auf-frischer-Tat-erwischten und sehr schuldbewussten Stimme. Sie hustete, um das zu überspielen, raffte die Decke an sich und guckte ins Puppengesicht. In die mumienmäßige Totenfratze, die nicht so aussah, als würde sie sich für irgendwas interessieren. Das war wohl ein Vorteil, wenn man tot war.

»Kine? Was haben wir gesagt übers Abschließen von Türen in der Nacht? Was, wenn es gebrannt hätte!«

Papa hackte sonst eigentlich nicht auf Dingen herum. War er sauer? Hatten die von der Schule angerufen? Wartete die Polizei draußen? Sollte sie ins Straflager nach Sibirien, oder was erwartete sie?

Sie drückte sich durch die geleeartige Masse und stieg aus der Kugel. Trotzdem fühlte die sich wie Glas an, wenn sie sie berührte. Als würde sie sie nur raus- und reinlassen, wenn sie daran dachte. Total abgefahren. Level fünfzig, ghostbustersmäßig abgefahren.

Sie suchte nach dem Pullover vom Vortag, erinnerte sich aber wieder, dass er als Dreckhaufen im Badezimmer lag. Sie fand einen anderen, der nicht zu weit vom Bett entfernt war. Das bedeutete, dass er noch ein oder zwei Tage brauchbar war. Sie zog sich an, während ihre Gedanken im Kopf Karussell fuhren. Sie kam auf keine einzige gute Idee, wie sie die Kugel erklären könnte. Ein misslungenes Seifenblasen-Projekt mit drei Flaschen Spülmittel? Nope. Etwas, das Aurora aus recycelten Plastiktüten genäht hatte? Doppelnope.

Da blieb nur eins übrig. So tun, als wäre nichts.

Sie schloss auf, öffnete die Tür einen Spaltbreit und guckte Papa an, der mit der Kaffeetasse in der Hand dastand. »Sorry, habe vorm Einschlafen vergessen, wieder aufzuschließen. Ich komme jetzt runter.«

Papa trank einen Schluck Kaffee und schaute sie über den Rand der Tasse hinweg an. »Hmm«, brummte er und sah nicht so aus, als hätte die Schule angerufen. Eigentlich sah es aus, als wäre überhaupt nichts schiefgegangen. Er wirkte eher hellauf begeistert. Bisschen dumm gelaufen, jetzt, wo ihr Leben zu Ende war, und das alles.

»Erdbeben vor Japan heute Nacht. 4,2 auf der Richter-Skala«, verkündete er, als wäre das etwas verdammt Positives. Papa war da ein bisschen gestört, so gesehen. Die Arbeit hatte ihn für Katastrophen unempfindlich gemacht, als wären sie nichts weiter als spannende Zahlen. Er war so verrückt nach Erdbeben, dass er vergaß, wie grauenvoll es sein musste, in einer Stadt zu wohnen, die sich plötzlich aufführte wie ein Milchshake. Er konnte lächelnd vor dem Bildschirm sitzen, wenn er mit anderen über die Zerstörungen sprach. Bis jemand erwähnte, dass Menschen getötet oder verletzt worden waren, da wurde ihm bestimmt klar, dass er aussah wie ein Brotgehirn. Erst dann setzte er ein ernsteres Gesicht auf und murmelte so was wie »Fürchterlich, fürchterlich«.

Kine fragte sich, welchen Wert auf der Richter-Skala sie selbst gestern im Schwimmbecken ergeben hätte.

»4,2? Haben sie das gefilmt?«, fragte sie, denn das würde ihn nach unten schicken, um Videos herauszusuchen. Sie behielt recht. Papa nickte und grinste, dass sich der Bart hob. Dann hastete er die Treppe hinab. Kine schloss die Tür, lehnte sich dagegen und atmete aus. Die Krise war aufgeschoben. Aber für wie lange? Für eine Stunde? Zwei?

Früher oder später würde sie die Kugel erklären müssen. Konnte sie die irgendwie loswerden?

Der Gedanke war ihr sonderbar unangenehm. Als hätte man sie aufgefordert, etwas zu entsorgen, das schon immer ihr gehört hatte. Das Bett. Die Musik. Die Spiele. Die Manga-Comics.

Nein. Sie wollte sie nicht entsorgen. Die gehörte ihr schließlich. Sie hatte sie gefunden, sie aus der kalten und harten Erde ausgegraben. Und hallo, die hatte offensichtlich magische Kräfte! Kine war kein Kind mehr, hatte nie an übernatürliche Dinge geglaubt, nicht einmal an den Weihnachtsmann, an den schließlich alle auf der ganzen Welt glaubten, irgendwann einmal. Aber das hier ... So was in der Art hatte sie noch nie gesehen.

Kine ging zur Kugel und starrte sie an. In der blanken Oberfläche spiegelte sich verzerrt ihr Zimmer. Das Fenster war schief, das Bett sah gebogen aus, und die Klamottenhaufen wuchsen oder schrumpften, je nachdem, wie Kine sich drehte. Sie selbst sah sich mit einem riesigen Kopf auf einem Körper, der nach unten zu den klitzekleinen Füßen immer schmaler wurde. Sie war eine Comicfigur, auf der Puppe dort drinnen gespiegelt. Das war total eigenartig. Es sah so aus, als wäre sie das Skelett in der Stoffpuppe, obwohl die Puppe drinnen saß und sie draußen stand. Was war echt, die Kugel oder das Zimmer davor? Ihr wurde schwindelig.

Kine legte ihre Hände auf die Oberfläche und versuchte zu schieben, aber die Kugel rührte sich nicht. Schob sie zu fest, gingen die Arme sofort durchs Glas. Sie konnte sie also nicht wegbewegen. Und bei der Größe konnte sie sie schlecht zudecken, so große Laken gab es nicht. Sie musste sich was anderes Schlaues einfallen lassen. Später. Jetzt musste sie nach unten und frühstücken, bevor Mama und Papa ausflippten.

Aber sie konnte sich nicht überwinden zu gehen, da war was mit dieser Kugel. Die zog sie zu sich, lag da und rief ohne einen Laut nach ihr, strahlte Versprechen aus von gutem Schlaf. Von Frieden und Ruhe und unendlich viel Zeit …

Sie schob sich wieder in die Kugel, um sicher zu sein, dass es ihr immer noch gelang. Dann wieder hinaus. Es machte keinen Unterschied, ob sie drinnen oder draußen war. Die Luft war dieselbe. Die Geräusche waren dieselben. Aber da war *etwas* … Ein Gefühl. Sie war da zu Hause, innerhalb der zähen, glasartigen Hülle. Nicht davor. Davor ging die Welt den Bach runter mit mottenzerfressenen Badeanzügen, Lehrkräften, Jarle, Erdbeben und Bakterien.

Die Tür zu ihrem Zimmer wurde aufgerissen. »Kine, jetzt musst du kommen, wir müssen red…«

Mama erstarrte in der Tür und glotzte die Kugel an. Kine zuckte vor Schreck zusammen, als hätte man sie mit der Hand in der Süßigkeitenschublade erwischt. Sie war aufgeflogen. Es war vorbei. Sie konnte fast sehen, wie Mamas Gehirn arbeitete, um sich das zu erklären, was sie da sah, aber das würde natürlich nichts nützen. Es gab keine Erklärung.

Ihr Blick wanderte zwischen Kine und der Kugel hin und her. Tipsi schoss unter dem Bett hervor und zwischen ihren Beinen hindurch nach draußen, aber Mama bekam davon nicht einmal etwas mit. Ohne die Kugel aus den Augen zu lassen, schrie sie: »JOSTEIN!!!«

Der Möwen-Schrei tat in den Ohren weh. Papa kam die Treppe hochgepoltert; es klang, als nähme er zwei Stufen auf einmal. Er tauchte im Türrahmen auf, sah die Kugel und riss die Augen auf. Da standen sie nun und starrten. Papa doppelt so breit wie Mama, und im Unterschied zu ihr sah er richtig saufroh aus.

Er quetschte sich an Mama vorbei, ging direkt auf die Kugel zu und legte seine Hand auf die Oberfläche. »Was zum fetten Elch … Woraus hast du die gemacht?«, fragte er und machte ein Gesicht, wie wenn er Steine anguckte, die er aus unbegreiflichen Gründen spannend fand. »Ist das Plastik? Glas? Woher kommt die? Unglaublich!«

Mama kam hinterher und zog ihn weg, als wäre die Kugel eine Bombe. »Das ist nicht unglaublich, das ist bestenfalls ein Gesetzesbruch! Fass das nicht an!«

Kine versuchte zu erklären, aber niemand wollte ihr zuhören. Mama zerrte sie die Treppe nach unten mit sich und in die Küche. Tipsi schaute von ihrem Fressnapf auf. Sie legte die Ohren an, als könnte sie die Explosion wittern, die bevorstand. Dann flitzte sie mit schnurgerade abgespreiztem Schwanz die Treppe hoch.

Kine hätte das auch gern so gemacht.

Hier würde gleich die reinste Hölle losbrechen.

Nein

Die Küche kam Kine kleiner vor, als ob alles, worüber sie reden würden, zu unsichtbaren Stapeln aufgetürmt überall herumstand. Auf den Tellern lagen Krümel, typisch für Mama, so ihre Unzufriedenheit auszudrücken. Genauso gut hätte ein Schild auf dem Tisch stehen können, auf dem in Großbuchstaben stand: DU KOMMST ZU SPÄT ZUM FRÜHSTÜCK.

Kine saß Papa gegenüber. Er hatte eine strenge Miene aufgesetzt, wegen Mama. Mama pflanzte sich neben ihn. Sie trug ihr schwarzes Haar als strammen Pferdeschwanz, aber ein paar Strähnen hatten sich aus dem Strick befreit. Ihr Mund war zusammengekniffen, ein Zeichen, dass es ihr gerade eben noch gelang, ihre Hysterie zu zügeln. Und sie hatte die knallenge Jogginghose an. Noch ein Schild, mit dem sie ihnen mitteilte, dass sie wegen Kine zu spät zum Sport kam.

Kine hatte eine Explosion erwartet, doch Mama begnügte sich damit, Makrele in Tomate auf ein Knäckebrot zu matschen. Es brach in der Mitte durch. Kine schluckte und hoffte, dass es nicht für sie war. Sie hasste Makrele in Tomate.

»So! Wo kommt das … Ding her?«, fragte Mama.

»Welches Ding?« Kine stellte sich dumm, ohne genau zu wissen, warum.

»Antworte mir, Kine! Wo hast du das weggenommen?« Ihre Stimme war so angespannt, dass Kine befürchtete, sie könnte reißen.

»Wie jetzt, ›weggenommen‹? Ich habe überhaupt nichts irgendwo weggenommen!«

Mama lehnte sich über den Tisch, das stinkende Makrelenmesser vor sich. Kine wich zurück. Sie rechnete damit, irgendeine Strafe aufgedrückt zu kriegen, ertrug es aber nicht, auch noch zu Tode gestänkert zu werden.

»Kine, hast du das von jemandem ausgeliehen? Was hast du angestellt? Du kannst es uns ruhig sagen, und ich verspreche dir, ich werde nicht wütend.«

Papa lachte gedämpft in seine Kaffeetasse und versuchte es mit einem Hustenanfall zu tarnen.

»Ich habe es nicht irgendwo weggenommen, es ist mir nach Hause gefolgt«, antwortete Kine so angepisst, wie sie sich traute. Denn irgendwie stimmte das ja auch. Was sollte sie auch sonst sagen? Dass sie auf dem Friedhof eine Glaskugel gefunden hatte, die über Nacht bis zur Decke gewachsen war? Das war sinnlos. Dann würde sie einen Vortrag über Lügen und Wahrheit und über den Unterschied von Fantasie und Wirklichkeit zu hören kriegen.

Als ob Mama nicht auch lügen würde, nämlich jedes Mal, wenn sie mit einer halb leeren Schachtel Macarons, versteckt in ihrer Sporttasche, nach Hause kam.

»Ist dir gefolgt? Von wo? Jedenfalls nicht von der Schule, denn da warst du gestern nicht besonders lange, oder?«

Kine biss sich auf die Lippe. Dann hatten die aus der Schule also doch angerufen.

Sie gab keine Antwort, beschränkte sich darauf, sich Cornflakes in ihre Schüssel zu schütten und Magermilch darüberzugießen. Es war so still am Tisch, dass das Krachen beim Kauen ohrenbetäubend war.

Mama fuhr sich durchs Gesicht, als wäre sie total erschöpft. Theater. Kine hatte das schon tausend Mal gesehen. Papa war wenigstens echt, wenn er seinen Mantel der Enttäuschung anzog.

»Weißt du, was sie gesagt haben, als sie angerufen haben?«, fragte Mama endlich.

»Dass ich fast ertrunken wäre?« Kine merkte, wie ihre Lippen zitterten. Sie wusste, die hatten etwas ganz anderes gesagt. Niemand interessierte sich für ihre Sicht der Dinge. Sie schob die Schale mit der ekeligen Magermilch weg.

»Sie haben gesagt, dass du aus dem Unterricht abgehauen bist und Oda Kveler ins Becken geworfen hast!«

Kine sah Papa verzweifelt an. Er kriegte nie Paranoia wie Mama. Vielleicht würde er sie verstehen? Doch Papa sah bloß traurig aus.

»Ich wäre fast ertrunken! *Das* hätten die sagen müssen!

Die betreiben eine nach Chlor stinkende Todesfalle mit lebensgefährlichen Geräten!«

Mamas Lippen wurden schmaler, und sie sah Papa an. Er zuckte mit den Schultern. »So weit stimmt das doch.« Er trank einen Schluck Kaffee, kreuzte Mamas fassungslosen Blick und murmelte etwas in seine Tasse.

»Wenn alle anderen das aushalten, dann musst auch du das aushalten, Kine!« Mama sah sie nicht einmal an, als sie weiterredete. Ganz offensichtlich war es ihr schnurz, was wirklich passiert war.

»Denen ist es scheißegal, ob man kopfüber hängt und die Lungen voller Wasser hat!«, rief Kine. »Kindermörder, das sind die!«

Mama schlug mit der flachen Hand auf den Tisch. »Kine Villemo Botten!«

Kine sprang auf und rannte die Treppe hoch. Mama kam ihr wieselflink hinterher. Das überraschte Kine so sehr, dass sie sich zu Tode erschreckte und oben fast über den Teppich gestolpert wäre.

»Synnøve!«, rief Papa von unten, genauso schockiert wie Kine, doch Mama gab nicht auf. Sie klebte ihr an den Fersen. Kine stürmte in ihr Zimmer und gleich weiter in die Kugel. Mama baute sich davor auf. Papa lief hinterher, kam auf den Wollsocken ins Rutschen und schlitterte gegen Mamas Rücken. Beide schlugen mit einem dumpfen Geräusch gegen die Kugel. Kine blieb im Inneren stehen.

»Ich wäre fast ertrunken!«, wiederholte sie. »*Das* hätten die sagen müssen, aber das kratzt die ja nicht. Und euch auch nicht! Und ich bin keine Diebin, ich habe gar nichts geklaut. Noch nie! Die Kugel war hier, als ich aufgewacht bin!«

Das stimmte. Sie hatte noch nie etwas weggenommen. Sie war lieb und nett. Sie war nicht wie Monrad und Jarle und die blöde Gang. Sie machte ihre Hausaufgaben, sie klaute nicht, sie log nicht. Na ja, jedenfalls log sie nicht viel.

Papa legte eine Hand an die Kugel. Er drückte, aber sein Arm durchdrang sie nicht. Nichts durchdrang sie. Noch nicht einmal ein Finger. Mama rieb sich die Nase, die am Glas platt gedrückt worden war.

»Komm da raus, Kine!«, sagte sie entschlossen.

»Komm rein«, entgegnete Kine.

Mama krempelte die Ärmel des blauen Sportpullis hoch. Dann lehnte sie sich mit der Schulter gegen die Kugel und drückte. Ohne Erfolg. Sie stemmte sich mit den Beinen ab, bis ihr Gesicht vor Schweiß glänzte, aber absolut nichts passierte.

Das war nicht zu fassen.

Konnte nur Kine in die Kugel gelangen? Fragend sah sie die Stoffpuppe an, aber die gab ihr keine Antwort. Kine musste es selbst ausprobieren. Sie legte die Hand aufs Glas und drückte vorsichtig. Die Hand ging durch. Mama reagierte blitzschnell. Kine spürte, wie Mamas Finger ihre Hand streiften, als sie sie gerade noch zurückziehen konnte.

Mama stemmte sich mit beiden Armen gegen die Kugel, trommelte mit den Fingern aufs Glas und starrte Kine an. Ihre Augen waren schmale Schlitze, wie von einem viel zu strammen Pferdeschwanz in die Länge gezogen.

»Komm da raus, Kine. Jetzt.«

Ihre Stimme war gefährlich beherrscht. So ruhig, wie sie sonst nur war, bevor es knallte. Aber was machte es schon, wenn es knallte? Jetzt kam sie ja nicht an sie heran.

Kine beugte sich vor, ganz dicht ans Glas. Durch den schwarzen Grund der Kugel war sie ein Stück größer. Sie starrte Mama direkt in die Augen.

»Nein.«

Es wurde still. So still, dass Kine glaubte, Mama und Papa hätten aufgehört zu atmen. Sie hörte nur noch das Echo des Wortes, das sie eben gerade gesagt hatte. Kein richtiges Echo, sondern ein Nachhall in ihrem Kopf. Ein Ton, den nur sie hören konnte.

Nein.

Nein, nein, nein.

Das war seltsam. Das war das schönste Wort auf der ganzen Welt.

Nein.

Der Köder

Kine schlug das Buch zu und warf es auf den Boden, sodass der graue Schnee aufwirbelte. Langsam dämmerte ihr, dass sie sich einen Ausrutscher geleistet hatte. Das Wort surrte in ihrem Kopf herum, bis es jeden Sinn verlor. Ausrutscher, Ausrutscher, Ausrutscher. Das war kein echtes Wort, bloß ein Ton. Sie holte das Handy aus dem Beutel und suchte im Wörterbuch:

Ausrutscher: aus Dummheit oder Gedankenlosigkeit einen Fehler begehen. Irrtum, Versehen, Missgeschick, Ungeschicklichkeit, Panne, …

Was für eine großartige Aufzählung. Alternativ hätte da auch stehen können: *Ausrutscher, sich ohne Essen in eine Kugel einsperren.* Ihr knurrte der Magen, wie um ihr zu sagen, dass er ihr zustimmte. Wenn sie wenigstens Vollmilch zum Frühstück bekommen hätte, dann hätte sie etwas gehabt, wovon sie zehren könnte.

Kine lehnte sich gegen die riesige Stoffpuppe. Sie war ein perfekter Sitzsack. Sie saß mit dem Po ein bisschen in deren Bauch eingesunken. Weich, geborgen und gut. Aber nichts zum Sattwerden …

Warum hatte sie denn nur so schrecklichen Hunger? Kine schnupperte. Pizza. Es roch nach Pizza!

Sie rutschte vom Puppenschoß und stieg aus der Kugel. Schlich sich an die Tür, die einen Spaltbreit offen stand. Ein unwiderstehlicher Duft zog ins Zimmer. Verbrannte Kruste, geschmolzener Käse, Tomatensoße, Salami … Sie konnte hören, wie sich Mama und Papa unten in der Küche unterhielten. Hinterhältige Miststücke! Fiese Schweinehunde! Ihr lief das Wasser im Mund zusammen. In ihrem Magen nagte etwas, als säße dort eine ausgehungerte Ratte.

Pizza …

Wenn sie nun nach unten schlich, sich ein paar Stücke mopste und wieder abhaute? Nein, zu risikoreich. Sie würden sie nie wieder weglassen, wenn sie sie erst einmal aus der Kugel gelockt hatten. Sie hatte sich gerade so bis zum Regal aus der Kugel getraut, um das Buch zu holen. Außerdem waren die beiden zu zweit, und sie war allein. Keine Chance.

Kine knetete das Mobiltelefon zwischen den Händen. Sie war wahnsinnig zu bedauern! Womit hatte sie nur so grausame Eltern verdient? Sollte sie Hilfe rufen? Sie guckte aufs Display. Aurora und Vivi hatten mehrere Mitteilungen geschickt. Kine zwang sich, ihnen zu antworten, dass sie okay war und sich später ausführlicher melden würde. Aber sie würden verstehen, dass sie nicht okay war.

Natürlich war sie das nicht. Sie wäre fast ertrunken, hatte die Quälerin ins Becken geschubst; und sie hatte ein gammeliges Pausenbrot in der Außentasche …

Das Pausenbrot! Kine schaute sich nach ihrem Rucksack um. Sie hatte noch das Pausenbrot von gestern, irgendwo unter all den Klamotten. Auf der fieberhaften Suche danach warf sie mit den Kleidungsstücken um sich. Da! Hahaha, sie konnten ruhig mit so vielen Psychotricks, wie sie wollten, versuchen, sie nach draußen zu locken, sie würde aus dieser Runde als Siegerin hervorgehen. Selbst wenn die Pizza leckerer gewesen wäre …

Sie holte das Pausenbrot von gestern aus dem Rucksack und nahm es mit in die Kugel. Es fühlte sich schwerer an, durch das Geleeglas zu gehen, wenn sie Dinge dabeihatte. Merkwürdig. Warum wohl?

Sie ging wieder hinaus und schaute sich um, vielleicht konnte sie noch andere Dinge gebrauchen. Die Bettdecke hatte sie schon. Bücher. Was war mit Anziehsachen? Der Gedanke machte ihr Sorgen. Er zwang sie, weiter vorauszuschauen, als sie Lust hatte. Kleider bedeuteten Waschen und Duschen und einen Haufen anderes, was jetzt schwierig war … Scheiß drauf! Sie hatte Jeans, Socken und ihren Lieblingspullover mit dem Totenkopf, was brauchte sie da noch mehr?

Kine marschierte wieder in die Kugel, setzte sich der Stoffpuppe auf den Schoß und wickelte das Pausenbrot aus. Zwei Doppelscheiben. Eine mit schwitzigem Käse, der unter ein paar schlappen Gurkenscheiben fast durchsichtig geworden war. Igitt … Und eine mit Schokocreme. Volltreffer! Sie verschlang die Stulle und stellte sich dabei Pizza vor.

Sie hatte sie noch nicht einmal hinuntergeschluckt, als sie ein Geräusch auf der Treppe hörte. Da kam Papa, er war schwerer als Mama, darum knarrte es immer etwas mehr, wenn er im Anmarsch war. Sie versteckte die Brotdose in der Armbeuge der Puppe und setzte sich mit ihrem Buch so hin, als hätte sie außer Lesen nichts anderes gemacht. Papa betrat das Zimmer. Er hatte seine Brille auf der Nase, dann hatte er sich wohl über magische, wachsende Glaskugeln schlau gelesen. Oder nur über das Erdbeben.

Sie tat, als würde sie von ihm nichts mitbekommen, doch aus dem Augenwinkel sah sie, dass auch er versuchte, so zu tun, als wäre nichts.

»Du hast doch jetzt bestimmt Hunger«, sagte er mit gespielter Gleichgültigkeit.

Kine zuckte die Schultern und las weiter.

»Unten gibt's Pizza.« Er versuchte ihren Blick aufzufangen.

Sie zuckte wieder mit den Schultern. »Whatever.«

»Tja, na dann …«, sagte er und ging auf die Tür zu, blieb kurz stehen und drehte sich wieder zu ihr um. »Mit Boden aus feinem Mehl. Nicht aus Vollkorn …«

Mistkerl! Kine biss die Zähne zusammen und zwang sich, mit den Schultern zu zucken.

Papa ging wieder runter in die Küche. Kine blieb mit

gemischten Gefühlen sitzen. Sie war wütend, weil die beiden versuchten, sie reinzulegen. Zufrieden, weil sie diese Runde gewonnen hatte. Gleichzeitig traurig, weil … Pizza. Aber sie war tougher als die beiden und tougher als knuspriger Pizzaboden. Sie würde hier nie rausgehen. Sie würde sich einen guten Plan ausdenken, sie würde …

Der Plan wurde plötzlich von einer Gestalt unterbrochen, die ins Zimmer platzte. Es war Mama. Sie kochte vor Wut, bleckte die Zähne wie eine Wölfin und stürmte mit einem von Papas Steinen in der Hand auf die Kugel zu.

Kine verkroch sich in die Arme der Puppe. Mama hob den Stein mit beiden Händen in die Luft und donnerte ihn auf die Kugel. Kine heulte auf. Schloss die Augen und hielt sich die Ohren zu, wartete darauf, das Zersplittern von Glas zu hören. Jetzt war es vorbei. Jetzt war alles vorbei.

Aber es war kein Zersplittern zu hören. Sie machte die Augen wieder auf und glotzte Mama an, die verwirrt mit dem Stein in der Hand dastand. Nur eine klitzekleine Schramme hatte das Glas abbekommen. Die Kugel war immer noch ganz. Es sah aus, als würde das Mama noch mehr anstacheln. Sie schlug abermals mit dem Stein auf die Kugel ein, immer wieder, wobei sie schrie: »Kine!« Knall. »Villemo!« Knall. »Botten!« Knall. »Das Spiel …« Knall. »… ist aus!« Knall.

Kine wusste, dass sie zu weit gegangen war. Den magischen Punkt überschritten hatte, an dem es noch einen Weg zurück gegeben hätte. Mama schlug weiter zu, und jetzt sah sie fast genauso ängstlich wie wütend aus. Kine kroch noch dichter an die Totenpuppe, als Papa angelaufen kam.

»Synne, Liebling … Das ist ein Aquamarin!«, erklärte er und packte ihre Handgelenke. Mama stöhnte und ließ den Stein zu Boden fallen. Dann machte sie kehrt und stürzte aus dem Zimmer. Papa hob den Aquamarin auf, so vorsichtig, als handelte es sich um ein Ei mit Rissen in der Schale.

Dann schaute er hoch und sah Kine an. Den Mantel der Enttäuschung hatte er an.

Kine spürte einen Stich ins Herz. Sie pfefferte das Buch gegen das Glas. »Das ist nicht meine Schuld! Die Frau ist verrückt, *du* hast sie geheiratet, nicht ich!«

»Sie ist nicht verrückt, sie macht sich Sorgen«, widersprach Papa.

Da kam Mama wieder zurück, diesmal mit einem Hammer. Sie ging mit neuer Energie auf die Kugel los, hämmerte und hämmerte, produzierte aber nur ein paar Funken.

»Synnøve …«, versuchte es Papa, aber sie hörte nicht auf ihn. Sie befand sich im maximalen Möwen-Modus, und für sie gab es nur noch Kine und die Kugel. Kine war leicht übel. Früher oder später würde irgendetwas das Glas zerschmettern. Nichts war doch unzerstörbar?

Am Ende ließ sich Mama auf Kines Schreibtischstuhl fallen. Der Hammer glitt ihr aus der Hand und plumpste auf den Boden. Sie blieb gekrümmt und breitbeinig sitzen, die Ellbogen auf die Knie gestützt.

Papa hob den Hammer auf und begutachtete ihn, als ob das Werkzeug das Problem wäre.

Kine stöpselte sich ihre Kopfhörer in die Ohren und griff wieder zu dem Buch. Die Musik pulsierte in ihr Gehirn und schloss alles andere aus. Sie bekam mit, dass auch Papa einen Versuch mit dem Hammer unternahm, der allerdings eher halbherzig wirkte. Er war wahrscheinlich mehr damit beschäftigt, herauszufinden, woraus die Kugel gemacht und warum sie hier gelandet war.

Kine tat, als würde sie lesen. Um die Kugel machte sie sich keine Sorgen mehr. Vielleicht ein bisschen, als Mama mit dem Handbohrer kam, aber auch der machte keinen Unterschied.

Ihre einzige Sorge war jetzt, dass sie allmählich dringend aufs Klo musste.

Pizzaklau

Eine durchschnittliche Harnblase kann einen halben Liter Urin fassen. Wird der Harndrang zu lange unterdrückt, kann das zum Sprung der Blase und im schlimmsten Fall zu Blutvergiftung und Nierenschäden führen.

Kine hängte das Handy wieder um den Hals und ärgerte sich, dass sie nachgelesen hatte. Sie musste pinkeln. Sie hatte sich stundenlang beherrscht. Ihre Harnblase würde platzen und die ganze Bubble fluten. Sie würde in ihrer eigenen Pisse ertrinken!

Der graue Schnee raschelte unter ihren Füßen, wenn sie beim Nachdenken im Kreis lief, der natürlich klein ausfiel. Denn die Kugel war trotz allem nicht besonders groß.

Draußen war es schon dunkel. Sie hatte auch die letzte Scheibe mit Käse verdrückt, was ungefähr so ekelig war, wie eine Zunge zu essen. Die Wasserflasche war leer, und sie war den ganzen Tag noch nicht auf dem Klo gewesen.

Kine blieb stehen und schaute die Puppe an. »Sie sind

vor knapp einer Stunde ins Bett gegangen. Die Frage ist nur, ob sie schlafen oder nicht. Was meinst du?«

Die Puppe sah gleichgültig aus.

»Mhm. Das würdest du mir doch sagen, oder?« Kine versuchte, den Stoffkopf der Puppe aufzurichten, aber der plumpste immer wieder nach vorn, als wäre sie müde oder traurig. Eine deprimierte Tote. Hässlich und creepy, wie die Puppe war, tat sie Kine dennoch ein bisschen leid. Sie sah aus, als hätte sie es schwer, genau wie Kine.

Toxine könnte sie sie nennen. Toxine und Kine.

»Was soll ich machen, ich kann doch nicht einfach hier bleiben?« Sie pulte an dem einen Knopfauge herum. In dem schwarzen Knopf, der so groß wie ein Oreo-Keks war, spiegelte sich ihr Gesicht. Kine legte ihre Hände um den schädelförmigen Kopf und starrte ihn an.

»Hier sein oder nicht hier sein, das ist jetzt die Frage.«

Die Totenpuppe sagte weiterhin kein Wort, stattdessen knurrte Kines Magen. Und es war langsam ein echtes Problem, anzuhalten …

»Ich muss ja was essen, oder? Sie denken, sie könnten mich aushungern, sind aber zu faul, um sich auf die Lauer zu legen. Ich glaube, sie schlafen.«

Kine stieg aus der Kugel und schlich zur Tür. Sie hörte nur die Waschmaschine im Badezimmer, bei der gerade das Spülprogramm lief, sonst herrschte Grabesstille. Sie musste es riskieren. Was konnte im schlimmsten Fall passieren? Die Katze konnte sie hören und anfangen, Radau zu machen. Aber Tipsi war viel ruhiger als die erste Tipsi, die gestorben war, als Kine klein gewesen war. Kine erinnerte sich noch, wie sie nachts immer im Haus herumgesaust war, als würde sie Gespenster jagen.

Aber es konnte passieren, dass Mama und Papa aufwachten. Was sollte sie tun, wenn die Zeit knapp war und sie sich entscheiden musste? Pipi oder Pizza?

Sie streckte den Kopf aus der Tür. Der Flur war leer und dunkel. Sie hörte, wie unten im Hinterhof jemand das Tor aufschloss. Im Treppenhaus gegenüber ging Licht an. Es schien unten durchs Küchenfenster, und dadurch warf das Treppengeländer lange, gespenstische Schatten. Doch Kine hatte keine Angst vor Gespenstern. Hätte sie vor denen Angst gehabt, würde sie nicht so gern auf dem Friedhof abhängen.

Von der Pizza war noch etwas übrig, da war Kine sich ganz sicher. Zuerst musste sie die Pizza holen, dann konnte sie sie mit aufs Klo nehmen und danach gleich in ihr Zimmer laufen.

Kine wartete ab, bis das Licht gegenüber im Treppenhaus erloschen war. Dann zog sie ein Paar Wollsocken an, damit man sie so wenig wie möglich auf der Treppe hörte und damit sie nicht auf dem Küchenboden festfror. Sie schlüpfte durch die Tür und schob sich an der Wand entlang. Die Tür zu Mamas und Papas Zimmer war angelehnt, und durch den Spalt drang ein beruhigendes Schnarchen.

Ein Schritt die Treppe hinunter. Sie drückte sich ganz dicht an die Wand, wo die Stufen am wenigsten knarrten. Noch ein Schritt. Das lief doch supergut. Sie schaffte es nach ganz unten in die Küche. Ihre Hände zitterten etwas, als sie die Kühlschranktür öffnete. Das Licht blendete stark, und sie musste sich erst daran gewöhnen, damit sie das Gesuchte fand: eine hellblaue Plastikbox mit vier Stücken Pizza. Alter Falter, wie lecker! Sie nahm die Box heraus, wollte gerade die Tür wieder zumachen, als ihr einfiel, dass sie auch etwas zu trinken brauchte. Sie war ja schon ganz ausgetrocknet.

Mama war natürlich total gegen Softdrinks, das war so ein Möwen-Ding, so was gab es also nicht in dieser Schrotthütte. Aber sie klemmte sich eine volle Flasche Apfelsaft unter den Arm. Und eine Flasche Mineralwasser, das sie eigentlich hasste, aber verdursten konnte sie ja auch nicht. Und eine Banane. Und … Sie starrte auf die unterste Schublade in der Küchenzeile. Die Samstags-Süßigkeiten-Schublade. Es *war* Samstag!

Wie eine Zirkusakrobatin bekam sie eine Hand frei, um die Schublade aufzuziehen. Gleich daneben lag Tipsi die Zweite in einem Korb. Sie verdrehte nur die Ohren und ließ ein kurzes »Miau« hören. Kine traute sich nicht einmal, ihr ein »Pscht« zuzuflüstern. Sie fischte die Tüte mit den Süßigkeiten heraus und verdrückte sich wieder aus der Küche, ohne die Schublade zu schließen. Dafür hatte sie weder Zeit noch Hände.

Es knarrte, als sie auf halber Treppe war. Ein langes Knarren, das unglaublich viel lauter klang als sonst. Sie blieb wie versteinert stehen und wartete. Nichts passierte. Aber jetzt musste sie so dringend pinkeln, dass sie sich beim Schleichen keine große Mühe mehr geben konnte. Sie wagte sich weiter voran, schlüpfte ins Bad. Dort blieb sie mit dem Rücken zur Wand stehen und atmete tief durch. Gleich geschafft. Nur noch ein kleines bisschen. Sie legte Pizza-Box, Flaschen, Banane und Süßkram ins Waschbecken. Dann warf sie etwas Klopapier in die Toilette, um das Geräusch zu dämpfen, und setzte sich.

Nie war pinkeln schöner gewesen als jetzt.

Sie kämpfte, um es möglichst leise zu erledigen. Immer nur ein paar Tropfen auf einmal. Sobald sie fertig war, zog sie die Hose hoch und ging zum Waschbecken. Sollte sie die Hände waschen? Nein, das würde zu viel Krach machen. Sie musste hoffen, dass die angriffslustigen Bakterien gute Laune hatten. Sie konnte auch nicht runterspülen, denn das würde auf jeden Fall das ganze Haus aufwecken.

Kine nahm die Sachen aus dem Waschbecken und trug sie zur Tür. Da hörte sie es. Oder hörte es nicht: das Schnarchen. Das fehlte. Es war ganz still. Viel zu still. Panik packte sie wie eine Kralle. Sie riss die Klotür auf und flitzte über den Flur auf ihr Zimmer zu. Sie hörte, wie Mama ihr, vor Wut schäumend, gefährlich dicht auf den Fersen war. Kine spürte, wie eine Hand nach ihrem Pullover grapschte. Sie heulte, warf die Banane hinter sich und hörte, dass sie getroffen hatte. Danach schmiss sie sich in die Kugel und ließ alles fallen, was sie in den Händen hatte. Sie blieb auf den Beinen der Stoffpuppe liegen und japste nach Luft.

Es dauerte eine Weile, bis sie es wagte, sich umzudrehen. Mama stand draußen vor der Kugel und schimpfte. Ihre nackten Beine guckten unter Papas viel zu großem Karohemd hervor. Sie hatte bestimmt das Erstbeste, was ihr in die Finger kam, angezogen. Ihr Haar sah aus wie ein schwarzes Vogelnest, und sie umklammerte die Banane so fest, dass sie aufplatzte.

Kine rappelte sich hoch und hob die Süßigkeitentüte auf. Dann stellte sie sich ganz nahe ans Glas. Ihr Gesicht war so dicht vor Mamas, dass ihrer beider Atem die Kugel von innen und außen beschlug. Kine kramte in der Tüte, zog eine Handvoll Gummibärchen heraus und stopfte sie sich in den Mund, alle auf einmal. Sie versuchte, beim Kauen breit zu grinsen.

Das war megaschön. Und etwas fies, weil sich das später rächen würde, das war ihr vollkommen klar. Aber später war später. Jetzt hatte sie die Kugel, sie hatte Pizza, Süßigkeiten und Apfelsaft, und niemand auf der ganzen Welt konnte an sie herankommen.

Das Loch

Kine hörte ein zaghaftes Klopfen. Sie rieb sich die Augen. Es fühlte sich wie am frühen Morgen an. Ihr Bett war eigenartig und zerwühlt. Nein, Moment mal … Sie war nicht in ihrem Bett. Sie war in der Kugel, klar. Eingerollt auf dem Schoß der hässlichsten Stoffpuppe der Welt. Auf dem schneebedeckten Boden lagen Essensboxen und Plastikflaschen sowie die leere Süßigkeitentüte, die sie angähnte.

Sie setzte sich hin. Papa stand vor der Kugel und klopfte mit dem Fingerknöchel ans Glas. Als er merkte, dass sie wach war, ging er in die Hocke und schaute zu ihr hoch.

»Kine …«

Kine wusste sofort, dass dies schwierig werden würde. Er sprach mit der ruhigen, warmen Stimme. Wenn er die hatte, kam ihr nichts mehr gefährlich vor.

»Kine, bitte komm da raus. Niemand tut dir was.«

Kine kniete sich vors Glas. Lieber und dummer Papa. Er peilte nichts. Er kapierte nichts von all den Dingen, die ihr etwas tun konnten, und würde es auch nie verstehen. So war das mit Eltern. Sie rafften nichts.

Kine kam sich wie eine gammelige Banane vor. Bald würde die Schale aufplatzen und all das Ekelige, Nicht-Essbare durch ihre Haut quellen. Sie hatte das unglaublich große Bedürfnis, alles zu erzählen. Ihm all die Dinge zu erklären, die sich außerhalb der Kugel befanden und die der Grund waren, warum sie nie wieder rauskommen wollte. Der Schwimmunterricht, der dusselige Jarle, der gestörte Monrad, der die Mützen anderer anzündete, der beknackte Badeanzug, die Süßigkeitentüte von der Nacht, Mamas Wutanfall … Alles.

Aber das waren Dinge, von denen sie wusste, dass er sie nicht gelten lassen würde. Er kapierte nicht, wie groß sich eine kleine Sache aufblähen konnte. Papa verstand nur, wie das mit den wirklich großen Dingen lief.

»Erdbeben«, sagte Kine.

Papa rückte näher. »Was ist mit Erdbeben?«, fragte er.

»Du sagst, niemand tut mir was. Aber es gibt so unglaublich viele Dinge, die mir was tun können. Erdbeben zum Beispiel. Das solltest du doch wissen.«

Papa machte ein ratloses Gesicht. Er schob seine Brille die Nase hoch. »Ja, aber … Kine, *hier* gibt es keine Erdbeben!«

Kine wich zurück. »Das liegt daran, dass du nur *eine* Sorte von Erdbeben siehst. Ich sehe viele. Sie sind überall! Die Schwimmhalle zum Beispiel. Da hast du ein Erdbeben, das nur darauf wartet, auszubrechen. Steck da dreißig Schüler rein und hoff das Beste. Und dann die Quälerin! Die Frau ist ein Erdbeben. Sie wird mich umbringen. Mein Leben zerstören. Und du kannst ja Mama mal nach Dingen fragen, die uns was tun können, sie hat eine kilometerlange Liste mit Bakterien und so 'nem Scheiß. Sie hat sogar den Burger-Laden wegen so was geschlossen! Millionen von Erdbeben. *Alles* kann uns was tun. Du kannst an altem Käse sterben!«

Papa schüttelte den Kopf. »Niemand stirbt durch Käse, Kine …«

»Viele sterben durch Käse!«

Kine suchte auf dem Handy und erhielt mehrere Treffer in den Nachrichten. Sie hielt das Display hoch, damit sich Papa davon überzeugen konnte. »Gestorben an Lebensmittelvergiftung!«, zitierte sie. »Da siehst du's. Käse ist ein Erdbeben. Alles kann schiefgehen. Komm mir jetzt also nicht so und erzähl, niemand tut mir was.«

All ihre Worte fühlten sich falsch an; das war nicht der Grund, warum sie in der Kugel bleiben wollte. Erdbeben waren zu groß und Bakterien zu klein. Kine hatte am meisten Angst vor all dem Diffusen dazwischen. Vor den Dingen, die sie nicht erklären konnte, weil niemand außer ihr sie so sah.

»Kine, du wirst nicht sterben. Aber du musst bitte freiwillig da rauskommen. Ehe es zu spät ist.«

Sie wusste, dass er recht hatte. Sie musste raus, früher oder später. Um zu essen, aufs Klo zu gehen, das Handy aufzuladen, zu duschen, andere Klamotten anzuziehen, …

Alltägliche Dinge, bei denen sie nie darüber nachgedacht hatte, dass sie so abhängig von ihnen war.

Sie war kurz davor, zu ihm nach draußen zu kriechen, als eine laute Autohupe ihr einen Schrecken einjagte. Dann hörte sie die Geräusche, die von riesigen Lastwagen auf der Straße kommen mussten. Plötzlich war ihr klar, was Papa mit ›ehe es zu spät ist‹ gemeint hatte.

Sie starrte ihn besorgt an. »Was hat sie getan?«

Papa setzte seine Brille ab und massierte sich die Nasenwurzel. Er seufzte. »Sie hat die Feuerwehr angerufen.«

Kine schnappte nach Luft und zog sich die Decke über den Kopf. »Sie hasst mich!«

Sie konnte hören, dass Papa es abstritt, aber seine Stimme wurde von der Decke geschluckt. Kine hörte, wie mindestens zwei große Autotüren zuschlugen. Männer riefen sich etwas zu und trampelten mit schweren Stiefeln die Treppe hoch.

Sie lugte unter der Bettdecke hervor. Papa hatte sich erhoben und stand im Türrahmen. Kine schaute zur Puppe hoch. »Was meinst du, Toxine?«, flüsterte sie. »Haben wir ein Problem?«

Das einseitige Gespräch wurde von drei Männern in gelben Schutzanzügen unterbrochen, die das Zimmer enterten. Der erste blieb glotzend stehen. Der zweite trat mit der Schuhspitze gegen die Kugel, leicht prüfend, wie der Typ, der Mamas altes Auto gekauft hatte, der dritte Kerl, ein Heini mit rotem Bart, der aussah wie ein Wikinger, drehte sich zu Mama um, die direkt nach ihnen hereingekommen war.

»Habt ihr versucht, das Ding zu zerschlagen? Mit einem Hammer oder so?«, fragte er.

»Selbstverständlich haben wir es mit einem Hammer versucht. Kannst du meine Tochter da rausbekommen?!«

Der mit dem roten Bart hob wie zur Selbstverteidigung die Hände Richtung Mama. »Das darf ich doch wohl mal fragen …«

Der, der zugetreten hatte, zog eine Schweißerbrille vors Gesicht und steckte eine Kreissäge in die Steckdose neben dem Schreibtisch. Kine brach der kalte Schweiß aus. Das konnte unmöglich ein gutes Ende nehmen. Was sollte sie machen? Aus der Kugel gehen oder bleiben und riskieren, von Feuerwehrleuten mit Kreissäge in Einzelteile zerlegt zu werden?

Sie entschied sich für Letzteres.

Die Kreissäge kreischte auf dem Glas. Funken sprühten. Aber die Kugel sah nicht so aus, als würde sie beschädigt. Der Kerl stellte das Gerät wieder ab, und das Kreischen verklang. Er nahm die Schweißerbrille ab und befühlte das Sägeblatt, das sehr abgewetzte Zähne bekommen hatte. »Das bringt nichts. Kannst du mal den Schweißbrenner holen, Pål?«

Der Wikinger mit dem roten Bart drehte sich zu Mama um und lachte gedämpft. »Wie wichtig ist es dir, dass wir sie in einem Stück rauskriegen?«

Kine riss die Augen auf. Mama schaltete sofort in den

Möwen-Modus und drohte, den Chef der Männer anzurufen.

»Schon gut, das darf ich doch wohl mal fragen …«, verteidigte er sich. Fragen musste er offensichtlich häufig.

»Kann man das Glas mit Strom bearbeiten?«, fragte der Mann mit der abgewetzten Kreissäge in der Hand. »Wenn wir eine Leitung ziehen und …« Seine Worte verstummten, als die anderen ihn anstarrten. »Nein, also … Das war nur ein Vorschlag …«

»Um sie umzubringen?!«, schrie Mama.

»Ey! Jetzt weiß ich es«, sagte der Mann mit dem roten Bart. »Wir schwitzen sie raus! Mit Hitze.«

Mama öffnete den Mund, um zu protestieren, schien aber einzusehen, dass die Idee gar nicht so dumm war. Kine biss in die Decke. Die Idee war tatsächlich genial. Sie konnte nirgendwohin. Wenn sie mit dem Befeuern anfingen, wäre sie gezwungen rauszukommen, sobald es zu heiß würde.

Shit! Was nun?

Der Puls pochte ihr im Hals. Sie konnte sich gegen Hitze nicht schützen. Sie rüttelte die Puppe an den Schultern. »Hilf mir doch!«

Der ausgestopfte Totenschädel wippte vor und zurück, als sie die Puppe schüttelte. Hilflos starrte Kine die Feuerwehrmänner an, die schon dabei waren, zwei Heizöfen und ein paar kräftige Arbeitsscheinwerfer von der Sorte ins Zimmer zu tragen, die sie schon auf Baustellen gesehen hatte.

Sie musste hier weg! Raus!

Kaum hatte sie das gedacht, ging auch schon ein kräftiger Ruck durch die Kugel. Kine zuckte vor Schreck zusammen und schlang die Arme um die Puppe. Die Kugel knallte gegen die Wand. Mauersteine und Gipsplatten explodierten um sie herum, und bevor sie Piep sagen konnte, war sie draußen. Unter freiem Himmel. Sie war durch die Hauswand gebrettert! Und jetzt schwebte sie hoch über dem Boden. In rasendem Tempo abwärts.

»Aaaahhh!«

Sie würde zermalmt werden! Die Kugel würde das garantiert überstehen, aber sie nicht! Sie würde zu Kabeljau-Eintopf-artigem Brei zermatscht werden. Sie hasste Kabeljau! Direkt unter ihr stand Ingeborg und wartete auf den Bus. Sie würde auch zu Mus werden. Zu achtzig Jahre altem Kabeljau-Eintopf.

Kine streckte Arme und Beine von sich, als könnte sie so den Aufprall abfedern.

»HAAAAALT!«, schrie sie.

Die Kugel blieb urplötzlich stehen. Kine wurde auf den Boden geschleudert; ihre Wange klebte am Glas wie ein Kuchenteig. Die leeren Plastikflaschen kullerten herum. Auf Kine landete die Stoffpuppe, die viel schwerer war, als sie aussah. So blieben sie in der Luft hängen. Direkt über dem Kopf der alten Ingeborg, der halb tauben Achtzigjährigen, die Kines coolste Playlist als Teufelsmusik bezeichnet hatte.

Es regnete Mauersteine. Einige donnerten gegen die

Kugel und prallten ab. Kine wagte nicht zu atmen. Wagte fast nicht einmal zu denken. Sie zitterte am ganzen Körper. Ingeborg stand unter ihr und fummelte an einer Tüte Zitronendrops herum, ohne das Geringste mitgekriegt zu haben. Nicht einmal den Knall, als sie die Wand durchbrochen hatte, was Kines Theorie bestätigte, dass sie in Wirklichkeit stocktaub war und bei Kines Musik nur geraten hatte.

Kurz dachte Kine, es hätte angefangen zu hageln, aber es war nur der ascheartige Schnee, der sich wieder legte, nachdem er im Sturzflug aufgewirbelt worden war.

Der Bus kam. Er bog zur Haltestelle ein. Ingeborg stampfte sich den Matsch von den Stiefeln und stieg ein. Dann fuhr der Bus wieder los, als wäre nichts passiert. Nicht einmal der Busfahrer hatte Kine gesehen, wie sie wie ein Flughörnchen mit abgespreizten Armen und Beinen in der Kugel hing.

Kine versuchte, ihre Gedanken zu ordnen. Was war passiert? Sie war durch die Hauswand gecrasht! Weil sie dieses eine Wörtchen gedacht hatte: *Raus!* Und sie hatte gerufen: *Halt!* Die Kugel hatte angehalten.

Sie wälzte die Puppe von sich herunter und kam mühsam auf die Beine. Ihre Knie zitterten. Das hier war total abgefahren. Sie hatte außerdem Schwein gehabt, dass sie noch am Leben war. Die Nadeln, die in der Puppe steckten, hätten herausfallen und aus ihr einen Grillspieß machen können. Kine-Kebab.

»Hoch«, sagte sie leise, damit es nicht zu schnell ging.

Die Kugel stieg langsam höher. Brauchte sie es vielleicht nicht einmal laut auszusprechen? Bloß zu denken?

Halt, dachte sie. Die Kugel hielt an. Kine legte die Hände ans Glas und starrte hinaus. Direkt vor ihr war ein klaffendes Loch im Mietshaus. Zersplitterte Balken und Gipsplatten ragten aus dem Rand des Loches, als wäre jemand mit einem Vorschlaghammer Amok gelaufen. Einen Teil des Fensterrahmens hatte es auch erwischt, und die Scheibe war zu Bruch gegangen. Mitten in der runden Öffnung standen Mama, Papa und drei Feuerwehrmänner in gelben Schutzanzügen und gafften. Riefen nichts, sagten nichts. Sie standen einfach nur da und glotzten sie an. Sogar die Krähe auf dem Dach glotzte.

Es war, als würde die Welt stillstehen. Ein Teil der Fensterscheibe löste sich und segelte abwärts. Es schien eine Ewigkeit zu dauern, bis sie hörte, dass sie auf dem Boden zersprang. Ein Kleidungsstück hing an einer abgebrochenen Eisenstange, die aus der zerstörten Wand ragte. Es war das rosa T-Shirt, das mit herausgerutscht war, als Papa sie unter dem Bett hervorgezogen hatte. Eine Weile flatterte es dort, bis es sich losriss und vom Wind fortgeweht wurde.

Kine schluckte.

Okay. Das war eindeutig das Schlimmste, was sie je gemacht hatte.

Sie hatte viel Merkwürdiges getan, aber das hier war der Highscore aller Ausrutscher, die sie sich geleistet hatte. Schlimmer, als die Quälerin ins Becken zu stoßen. Schlimmer, als Papa anzulügen. Schlimmer, als das Pausenbrot in der Außentasche vom Rucksack zu vergessen. Schlimmer als Schwänzen. Was auch immer ihr einfiel, das hier war schlimmer. Sie brachte es nicht fertig, sich den Schaden anzusehen, brachte es nicht fertig, Mama und Papa in die ungläubigen Gesichter zu gucken. Jetzt blieb ihr nur noch eins: für immer aus dieser Schrottstadt zu verschwinden.

Die Kugel setzte zurück, als hätte sie Kines Gedanken gelesen. Sie schwebte über das Dach des Nachbarmietshauses, schwebte über die kleinen Häuser. Immer weiter weg, bis Kine das Loch in der Wand nicht mehr sehen konnte. Oder das Haus. Oder die Straße.

Diebin im Ufo

Im Liegen lauschte Kine, ob wilde Tiere in der Dunkelheit herumliefen. Sie konnte keine hören, abgesehen von ein paar Krähen; aber nur die Götter wussten, was sich hier draußen im dichtesten Wald herumtrieb. Ganz bestimmt Bären. Wie hörte sich eigentlich ein Bär an? Und was war mit bissigen Elchen, die mit ihrem Geweih Bäume ausreißen konnten? Ganz zu schweigen von Wölfen. Und Werwölfen. Nein, okay, vielleicht keine Werwölfe, aber da draußen konnte viel anderes Viehzeug rumlungern. Das konnte man mitten in der Wildnis nie wissen.

Na ja, klar, zugegeben, sie konnte immer noch die Lichter der Stadt sehen, wenn sie den Hals reckte, sie war nicht gerade in Alaska oder so gestrandet, aber trotzdem! Sie war froh, dass sie die Kugel hatte. Eine uneinnehmbare Festung, ihre kleine Höhle zwischen den Bäumen. Sie war in Sicherheit, hatte es warm und … Hunger.

Vielleicht war Alaska gar keine so dumme Idee? Dort konnte sie leben wie die Leute in alten Zeiten, fischen und auf die Jagd gehen und die anderen die anderen sein lassen. Doch zugegeben, in alten Zeiten passierte viel Übles, in jeder Hinsicht, aber niemand wurde zum Schwimmen oder in ein Engelskostüm mit Flügeln gezwungen. Das war das Problem mit der Welt von heute. Die Leute zwangen sich gegenseitig zu idiotischen Sachen, die nichts mit Überleben zu tun hatten. Kine war wie dafür geschaffen, in Ruhe gelassen zu werden. Wie geschaffen für Alaska. Was sollte sie sonst machen? Nach Hause konnte sie ja nicht mehr. Da gab es nur noch eine zertrümmerte Wand im vierten Stock, einen Papa im Mantel der Enttäuschung, eine hysterische Möwen-Mama und … Feuerwehrmänner.

Noch einen Vorteil hatten die alten Zeiten: keine Feuerwehrmänner. Soviel sie gehört hatte, jedenfalls.

Kine holte ihr Handy heraus, obwohl ihr dabei ganz schlecht wurde. Sie wusste ja, was sie erwartete, und so war es auch. Massenhaft Nachrichten über alles, was so wahnsinnig schiefgelaufen war. Sie scrollte alle durch. Die meisten waren von Mama und Papa. Alles war dabei, von zornigen »Warte du nur«-Nachrichten bis hin zu flehenderen »Wir sind nicht wütend«. Kine schnaubte. Nicht wütend? Sicher …

Im Schein des Displays sah das Gesicht der Stoffpuppe noch hässlicher aus. Es kam ihr vor, als ob Strahlen aus der Wirklichkeit aus dem Handy drangen und die Kugel, ihre Bubble, verpesteten, die Freiheit zerstörten.

Kine scrollte weiter und fand mehrere Nachrichten von Aurora.

Kine?! Was ist los? Wo bist du?

Stimmt es, dass du das Haus abgerissen hast und in einer Kugel wohnst? Ruf mich an!

Kine, ich bin unterwegs!

Shit. Mama hatte gepetzt. Sich mit ihren Freundinnen verbündet. Das war ein Problem. Dann konnte sie auch nicht zu Vivi oder Aurora.

Noch eine Nachricht:

Vivi sagt, du musst uns anrufen! Ich habe ihr das Handy weggenommen, sie hat beim Jugendamt nachgelesen, was mit Kindern passiert, die von zu Hause weglaufen, du weißt ja, wie sie ist. Ruf an, Kine!

Kine schlotterte. Alles schien plötzlich Wirklichkeit geworden zu sein. Wie aufwachen und merken, dass es doch kein Albtraum war. Es war echt, und das lag ihr schwer wie ein Stein im Bauch. Schlechtes Gewissen vielleicht?

Schwachsinn! Warum sollte sie ein schlechtes Gewissen haben? Man hatte sie doch gezwungen, abzuhauen. Der Stein im Bauch war bestimmt Hunger. Nahrungsmangel.

Sie entdeckte eine neuere Nachricht von Vivi, die offenbar ihr Handy zurückbekommen hatte.

In was für einer Kugel bist du? Sei vorsichtig, das kann Täuschung sein, fass sie nicht an, schick Bilder!

Bilder? Hallo, sie konnte doch keine Bilder schicken. Sie war auf der Flucht. Heimatlos. Für immer rausgeflogen. Vivi und Aurora würden das nie verstehen. Sie konnte nicht zu ihnen und nicht nach Hause, also … Was sollte sie machen?

Das war eine gruselige Frage. Ekelig. Wäre die Frage ein Tier, wäre sie eine fleischfressende Raupe.

Kine bekam Gänsehaut und schüttelte die Vorstellung ab. Sie stand auf, um auf die Stadt hinabzusehen. Sie konnte so gerade das Gleichgewicht auf dem Bauch der Puppe halten. Der schien seit dem vorigen Abend etwas dicker geworden zu sein. Vielleicht hatte sie ihn im Schlaf verknautscht.

Sie hielt sich an der riesigen Stecknadel fest, die in der Schulter der Puppe steckte. Die war wie die Nadeln, die Aurora beim Nähen gebrauchte, nur überdimensioniert. Die rote Kugel am Ende war so groß wie ein Apfel. Alter Falter, hatte sie Hunger! Sogar bei einem Apfel würde sie schwach werden.

Die Stadt sah jetzt im Dunkeln so friedlich aus. Eine Ansammlung von Lichtern, als ob der Sternenhimmel auf die Erde gefallen wäre. Da unten wusste niemand, was abging. Nur Mama und Papa, Vivi und Aurora. Und ein paar Feuerwehrmänner. Wie lange würde es noch dauern, bis alle es wussten? Bis Mama die Polizei anrief? Sie hatte in einer der Nachrichten zwar gemeint, sie würden das tun, aber das war das sicherste Zeichen, dass sie es *nicht* getan hatten. Noch nicht.

Ihr einziger Trost war, dass – ganz egal, was passierte – niemand an sie rankam. Ganz egal, wie viele Wände sie noch einriss, hier war sie in Sicherheit. Sie konnte alles machen …

Kine starrte auf die Lichter der Stadt. Eine kleine Anhäufung davon war rot, das war das Schild des Burger-Ladens. Sie hatte kein Geld, aber … brauchte man Geld, wenn man eine Kugel hatte? Sollte sie hier draußen etwa verhungern? Sollte in hundert Jahren eine Expedition einen Haufen Knochen von ihr in einer Glaskugel finden? Nein, das nun wirklich nicht! Es gab schließlich Menschenrechte und sie hatte ein Recht auf Essen. Sie konnte etwas leihen, nicht stehlen. Das war ein total großer Unterschied.

Sie warf einen Blick zur Puppe. Die Schatten der Äste von den Bäumen sahen aus wie schwarze Krallen, die den umwickelten Körper zerfetzten. Der Totenkopf grinste breit mit seinen Zähnen aus Zickzack-Stichen.

Kine rutschte in die Armbeuge der Puppe, blieb dort sitzen und pulte an einer der schiefen Nähte herum. »Dir fällt sowieso nichts ein, was du dazu sagen könntest, du bist eine Stoffpuppe! Du bist schon tot. Du brauchst kein Essen, aber ich!«

Die Kugel ruckelte etwas und glitt langsam hinab zur Stadt. Sie schwebte niedrig, unmittelbar über den kahlen

Bäumen. Weiter oben war es zu unheimlich, und sie war sich einfach nicht sicher, ob sie nicht abstürzen konnte. Was, wenn sie *raus* dachte und die Kugel sie im Flug rausließ? Oder was, wenn die sich einfach auflöste? Der Gedanke war unheimlich, aber gleichzeitig war es total cool zu fliegen. Viel cooler als unheimlich.

Kine machte mit dem Handy ein Foto von den Bäumen unter sich, für den Fall, dass Vivi und Aurora doch keine Verräterinnen waren. Das mussten sie einfach sehen, sonst würden sie es ihr nie glauben.

Sie näherte sich dem Zentrum. Erstaunlich viele Menschen liefen da unten herum, ohne nach oben zu gucken. Niemand bemerkte sie, noch nicht einmal, wenn sie direkt über ihnen schwebte. Sie landete die Kugel in dem kleinen Park gleich neben dem Burger-Laden. Nicht dass es ein richtiger Park gewesen wäre, eher ein schlammiger Fleck mit ein paar zerzausten Bäumen und einer Statue in der Mitte, von der niemand wusste, wen oder was sie darstellen sollte.

Kine stieg aus der Kugel und blickte sich um. War es schlau, sie da allein liegen zu lassen? Was, wenn sie … abhaute? Oder jemand anders da einstieg und sie klaute? Das wäre der Super-GAU! Kine biss sich auf die Lippe. Ihr blieb keine andere Wahl, sie musste sich etwas zu essen besorgen. Sie musste nur blitzschnell sein.

»Bleib!«, sagte sie zur Puppe, in der Hoffnung, dass die ihr wie ein Hund gehorchen würde. Dann ging sie in den »Speck«-Burger-Laden, im vollen Bewusstsein, dass

Mama das gehasst hätte. Mama hatte durch ihre Arbeit beim Gesundheitsamt diesen Imbiss zweimal schließen lassen, aber was wussten die denn schon über sauleckere Burger? Vielleicht waren die Bakterien notwendig für den Geschmack?

Der Imbiss war voll, und es roch herrlich angebrannt. Kine tat, als wäre nichts, und setzte sich gleich mit dem Rücken zur Wand an einen abgewetzten roten Tisch in einer Ecke. Hinter der Kasse stand ein Typ, der aussah, als hätte er eine Woche lang nicht geschlafen. Er trug eine gelbe Cap mit dem roten »Speck«-Logo und einen Ring in der einen Augenbraue. Ein Mädchen und ein jüngerer Typ schaufelten am Grill Burger hin und her, wickelten sie in Papier und warfen sie in die Burger-Ausgabe. Die Leute nahmen sich das, was sie bestellt hatten, wenn sie aufgerufen wurden. Aber weil die Leute träge waren und selten hinhörten, lag immer Essen in der Ausgabe.

Es war fast *zu* einfach. Niemandem würde sie auffallen, bis sie wegrannte. Trotzdem zögerte sie. Kein Moment war perfekt genug. Viele fertige Burger mussten da liegen, so viele, dass sie sich mehrere nehmen konnte, ohne dass jemand reagierte, aber nicht so viele, dass die Leute Schlange standen. Sie linste nach draußen zur Kugel. Die war fast nicht auszumachen, doch auf dem Glas sah sie die Spiegelung von den Straßenlaternen. Die Kugel war ihr Fluchtauto nach dem Raub. Sie musste sich beeilen, verschwinden, bevor jemand die Kugel fand oder bevor hier jemand auftauchte, den sie kannte.

Kine stand auf und schlenderte zu den Burgern. Nahm ein Tablett und belud es so gleichgültig wie möglich. Sollte sie vielleicht pfeifen? Sie pfiff. Warum pfiff sie? Das war bescheuert, alle wussten, dass unschuldige Leute nicht pfiffen! Der Typ an der Kasse sah sie an. Sie erstarrte in der Bewegung. Zwei Tüten mit Pommes und vier Burger lagen auf ihrem Tablett. Und ein großer Becher Cola. Einen fünften Burger hatte sie in der Hand.

Der Typ zeigte mit einem Stift auf sie. »Hey? Hast du …«

Kine raffte das Essen mit den Armen zusammen und rannte zur Tür hinaus. Der Typ rief ihr hinterher. Sie warf einen Blick zurück und sah, wie er über den Tresen sprang und sie verfolgte. Von allen Imbissbuden-Bedienungen dieser Welt musste sie ausgerechnet dem über den Weg laufen, der Weltmeister im Hürdenspringen war. Typisch! Ihre Füße donnerten über den Boden, aber nicht rasch genug. Er war viel größer und schneller als sie. Kine japste nach Luft. Sie verlor einen Burger. Der Softdrink-Becher wurde von ihren Armen eingeklemmt und der Trinkhalm in der Cola spuckte einen Strahl aus. Der Typ meckerte beim Laufen. Er konnte jetzt nicht mehr als einen Meter hinter ihr sein, und ihre Füße fühlten sich schwach an. Die Angst sog alle Kraft aus ihnen.

Die Kugel war so nah. So unglaublich nah. Gleich konnte Kine sie berühren. Sie warf sich nach vorn durchs Glas. Hinter sich hörte sie einen dumpfen Aufprall, als der Typ gegen die Kugelwand ditschte. Sie schaute ihn an, während sie nach Luft schnappte. Seine Wange klebte am Glas. Sein eines Auge war nach unten gezogen und ließ ihn aussehen, als würde er gleich schmelzen. Er machte ein paar wackelige Schritte rückwärts und rieb sich die Nase, wobei er die Kugel verwirrt anstarrte.

Er bemerkte die Frau nicht, die hinter ihm auftauchte. Kine erinnerte sich an sie und an den kleinen Jungen, den sie hinter sich herzog. Auf dem Friedhof hatte er sie für einen Zombie gehalten. Am besten nichts wie weg hier!

Die Kugel hob vom Boden ab. Der kleine Junge zeigte auf sie, die Augen unter dem Fahrradhelm weit aufgerissen.

»Mama! Guck mal! Eine Diebin in einem Ufo!«

»Ja, da kann man mal sehen«, meinte die Mutter geistesabwesend.

Der Burger-Typ stand mit der Cap in der Hand und offenem Mund da, als er zu Kine hochglotzte. Sie bekam wieder Luft. Ihr Herz hämmerte, und sie merkte, wie ihr die Tränen kamen. In ihrem ganzen Leben hatte sie noch nie so viel Angst gehabt. Die Kugel stieg immer höher, bis sie ihn nicht mehr sehen konnte. Dann sauste sie über die Dächer und wieder zum Wald.

Sie biss ein riesiges Stück vom Burger ab. Schluchzte beim Schlucken. Dass sie ihr Essen verweigern wollten, nur weil sie kein Geld hatte! Was für eine grausame Welt! Sie schwebte tiefer in den Wald hinein. Keine halben Sachen mehr, sie wollte weg von allem.

Sie fand eine Felskuppe, die über einem Fluss aufragte.

Einsam und schön. Dort landete sie, legte die Kugel in dem gefrorenen Moos zurecht. Draußen konnte sie den Fluss brausen hören.

Die Tränen liefen, als sie Bissen für Bissen von dem lauwarmen Burger schluckte. Er schmeckte nicht mehr lecker, und an ihr klebte überall Ketchup. Sie sah die Puppe an.

»Du kriegst nichts«, sagte sie und trat gegen den prallen, sackartigen Bauch. »Du bist dick genug.« Das stimmte ein bisschen. Sie wirkte größer als vorher. Mehr ausgestopft irgendwie. »Was glotzt du so?«, fragte sie. »Soll ich etwa verhungern? Willst du das?«

Kine verdrückte zweieinhalb Burger und fast alle Pommes, bevor sie aufgab. Sie ging nach draußen auf den Berg und warf den Rest in den Fluss. Auch die leeren Flaschen und die Pizza-Box. Sie wollte sie nicht um sich haben, sie nicht einmal mehr riechen. Wenn alles weggespült wurde, würde die Welt vergessen, was sie getan hatte.

Aber so würde es nicht kommen. Sie hatte gestohlen. Gestohlen und zerstört. Geschwänzt und gelogen. Nie mehr wieder würde sie irgendwo dazupassen. Der Junge hatte recht gehabt. Sie war eine Diebin im Ufo.

Kriegsbemalung

Das Handy zeigte zwölf Anrufe in Abwesenheit von Mama an, drei von Papa, fünf von Aurora und einen von Vivi, was vermuten ließ, dass Aurora wieder Vivis Handy beschlagnahmt hatte. Die Nachrichten zu zählen, schaffte sie nicht. Das Batteriesymbol ganz oben auf dem Display war blutrot. Bald war das Handy tot. Wenn sie die Nachrichten nur noch etwas länger ignorierte, würden sie für immer verschwinden. So wie sie.

Was wollte sie mit dem Handy in der Wildnis? Sie brauchte doch nicht mehr zu wissen, was in der Welt passierte. Oder wer was in der Schule gesagt hatte. Sie freute sich schließlich auf ein Leben ohne Kontakt mit der Außenwelt. Ja, wirklich. Ganz bestimmt.

Die Nacht war schwarz und sternenklar. Eiskalt, sicher, aber in der Kugel war es immer warm. Und ein bisschen … langweilig. Sie hatte nur *ein* Buch mitgenommen, und das hatte sie schon durchgelesen. Was sollte sie jetzt machen?

Die Puppe starrte sie mit leblosem Blick an, und dieses grottenschlecht aufgenähte Grinsen hatte jedenfalls nichts von Mitgefühl. Wer hatte dieses Monstrum hergestellt? Besaß es tatsächlich magische Kräfte? Die Puppe musste doch die Kugel lenken.

»Ich weiß, was du denkst«, sagte Kine zur Puppe. »Man braucht kein Telefon, wenn man nicht mit anderen reden will, häh? Tja, da irrst du dich! Das ist nicht da, um mit Leuten zu reden, das ist da, um …« Sie dachte nach. »… um sie sich vom Hals zu halten! Ich muss doch wissen, was passiert und wohin sie gehen. Sonst weiß ich nicht, wo ich meine Ruhe habe. Außerdem lese ich Bücher und Comics damit, komm mir also nicht mit so was!«

War es Einbildung, oder sah das Zickzack-Grinsen etwas höhnischer aus als sonst?

»Schwachkopf … Ich muss es aufladen«, murmelte Kine.

Aber sie musste mehr als aufladen, so viel war sicher. Es brachte nichts, bis ans Ende des Lebens einfach nur im Wald auf einer Bergkuppe zu liegen. Sie brauchte Strom und Wasser. Eine Dusche, die am allerdringendsten. Eigentlich einen leer stehenden Bunker, mit allem, was sie brauchte, um zu …

Die Hütte! Alter Falter, sie war ein Dussel! Warum war sie nicht schon vorher darauf gekommen? Oben auf der Hütte gab es doch alles, was sie brauchte: Dusche, Ladegerät, Klamotten … Das war genial! Na ja, das war so lange genial, bis Mama und Papa auf die gleiche Idee kamen.

Dann würden sie mit den Feuerwehrmännern und der Burger-Polizei kommen. Sie musste sich beeilen! Bevor die beiden genauso smart waren wie sie.

Kine setzte sich rittlings auf den Bauch der Puppe und konzentrierte sich auf die Richtung. Die Kugel tat einen Ruck und sauste los. Zweige peitschten gegen das Glas.

Sie stieg immer höher, segelte durch dunkle Wolken. Wenn zufällig Leute im Wald unterwegs waren und zum Himmel hochschauten, dann würden sie sie nicht einmal sehen. Sie würden nur das Lämpchen am Handy erkennen und es für einen Stern halten. Für ein Teil in den unendlichen Weiten des Universums.

Kine fühlte sich nicht mehr wie ein Teil des Universums, aber das machte nichts. Das Universum war ein Scheißort, der sie bestrafte, ohne dass sie etwas Falsches getan hatte.

Sie biss sich auf die Lippe. Was kostete eigentlich eine Hauswand? Konnten sie sich die Reparatur leisten?

Es dauerte länger als gedacht bis zur Hütte. Sie hatte nie so genau darauf geachtet, wo entlang man fahren musste, um dort anzukommen, wusste nur, dass es oben in den Bergen war. Der Waldweg schlängelte sich ohne ein einziges Auto aufwärts. Dann tauchte die Hütte auf einer mit Wald bedeckten Kuppe am Ende eines Sees auf.

Sie landete die Kugel neben der Schmalseite der Blockhütte und stieg hinaus in die Dunkelheit. Das gefrorene Gras unter ihren Füßen knirschte. Die Luft war beißend kalt. Noch hatte es nicht geschneit, und das war superseltsam so kurz vor Anfang Dezember. Alle redeten darüber. Erderwärmung, sagten sie.

Kine ruckelte vorsichtig die lose Diele auf der Veranda hoch und fand den Ersatzschlüssel. Dann schloss sie auf, ging hinein und machte Licht. Die Hütte war wunderbar, nicht besonders groß, hatte aber, was sie brauchte: Strom, warmes Wasser und Essensnotrationen. Genug für eine lange Flucht.

Sie schloss ihr Handy zum Aufladen an und kletterte auf den Schlafboden, um nachzusehen, ob da etwas lag, was sie gebrauchen konnte. Alles fühlte sich erschreckend wirklich an. Sie war ernsthaft auf dem Weg fort von allem und jedem.

Bei dem Gedanken zitterte sie. Die Kugel war jetzt alles, was sie hatte. Ohne die war sie nur Kine, ein Mädchen auf der Flucht, das bald von der Polizei gekrallt würde. Und vom Jugendamt. Und der Schule. Sie würde für den Rest ihres Lebens zu Zwangsarbeit verdonnert werden, um die Hauswand im Umweg 33 abzubezahlen. Und zu Gefängnis für den Burger-Diebstahl. Oder noch schlimmer: wieder gezwungen werden, in die Schule zu gehen.

Alle würden erfahren, was sie angestellt hatte, und sie wäre Freiwild. Monrad konnte alles, was sie besaß, anzünden, und niemand würde einen Finger rühren. So wie auch für Aslak niemand einen Finger rührte. Genauso gut könnte sie jetzt sterben.

Warum musste alles so … sichtbar gemacht werden? Sie wollte nicht, dass jemand sie sah. Verurteilte und missverstand und lachte. Denn das taten die Leute. Sie hasste sie, und sie wollte nie wieder jemanden sehen!

Sie fand Bettzeug, ein Extrakissen und trug alles nach draußen. Jetzt war sie bald fertig. Erst musste sie noch duschen.

Kine eilte ins Badezimmer und sprang unter die Dusche. Der Burger-Gestank war kaum abzukriegen, aber nach drei Runden mit Shampoo war er weg. Sie zog sich frische Klamotten an. Die waren etwas steif, aber was machte das einer Tochter der Wildnis schon aus? Was noch? Sie durchstöberte die Schränke. Konserven, Wasser, Nüsse … ein Malkasten?

Ja, tatsächlich. Der war schon viele Jahre alt, weckte aber Erinnerungen. Die Farben waren verschmiert. Das Rot und das Schwarz waren fast verbraucht. Kine nahm ihn mit zum Spiegel. Sie leckte an einem Finger und rieb ihn in der Farbe. Dann malte sie sich zwei schwarze Striche auf jede Wange. Das war saucool. Sie musterte sich im Spiegel. Ihr schwarzes Haar war nass und struppig. Sie war blass und ihre Augen geschwollen. Aber mit der Bemalung sah sie stark aus. Das war Tarnung. Kriegsbemalung. Sie hatte die Hauptrolle im neuesten Actionfilm aller Zeiten. Sie gegen den Rest der Welt.

Kine sammelte ihre Sachen zusammen, schloss die Hüttentür ab und stieg wieder in die Kugel. Sie hatte ein Problem, klar. Im Krieg gegen den Rest der Welt. Wie sollte sie denn für immer ihre Ruhe haben, wenn sie sich nie weit von der Hütte entfernen konnte?

Die Puppe sah sie an, als wäre sie der Meinung, Kine hätte viel zu lange gebraucht, um das zu kapieren.

»Leicht für dich, das zu sagen, du brauchst nichts«, murmelte Kine. Sie schaute sich in der Kugel um. Sie musste sie so einrichten, dass sie darin überleben konnte, ohne von der Hütte abhängig zu sein.

Sie seufzte. »Ich wünschte nur, ich hätte … ein Klo! Wenn auch nur ein kleines Plumpsklo!«

Unter ihren Füßen rührte sich etwas. Kine zuckte vor Schreck zusammen. Das lag am grauen Schnee auf dem Boden. Der kroch! Plötzlich wirbelte er auf wie im Sturm. Gestöber um sie. Kine schrie und schützte ihren Kopf mit den Armen. Wind peitschte ihr nasses Haar. So plötzlich, wie es losgegangen war, wurde es wieder still. Sie lugte über ihre Arme. Der Schnee rieselte wieder zu Boden und blieb still liegen, als sei nichts passiert. Doch, die Puppe war vorgerutscht! Kine starrte sie an. Sie hatte sich ein Stückchen näher zu ihr herangeschoben, da war sie ganz sicher. Und was sah sie da bruchstückhaft hinter ihrem Rücken? Eine Kiste? Die war vorher noch nicht da gewesen!

Kine schlich hinter die Puppe, um nachzusehen. Da stand eine Holzkiste. Die hatte einen runden Deckel mit Handgriff. Kine war vor Schreck fast wie gelähmt. Trotzdem musste sie nachsehen, sie konnte es nicht lassen. Sie hob den Deckel und starrte ins Nichts. Ins absolute Nichts. Bloß in schwarze Finsternis.

»Hallo?«, versuchte sie es.

Das Echo verhallte in der Kiste, als befände sich der

ganze Weltraum dort unten. Das war nicht möglich! Die Kiste war doch nicht größer als ein niedriger Hocker. Die sah eigentlich aus wie …

Ein Klo! Genauer: ein kleines Plumpsklo! Sie hatte tatsächlich …

Hilfe, sie hatte sich ein Klo gewünscht und eins bekommen!

»Alter Falter!« Kine ließ den Deckel los und hielt ihr Gesicht mit beiden Händen fest, als müsste sie ihren Kopf an Ort und Stelle halten. Sie sprang aus der Kugel und rannte auf dem gefrorenen Gras im Kreis. Das war doch nicht möglich! So lief das in der Welt nicht! Die Welt hatte … Regeln! Egal, was es war, das passte nicht zu den Regeln, sonnenklar!

Sie blieb stehen, sammelte ein Steinchen auf und stieg wieder in die Kugel. Sie musste wissen, was hier abging. Kine klappte den Klodeckel wieder hoch. Es roch nach nichts, nur nach Wald. Nach altem Holz. Sie ließ das Steinchen hineinfallen und wartete.

Nichts. Noch nicht einmal der leiseste Aufprall. Das Klo war bodenlos. Sie hatte ein schwarzes Loch in der Kugel.

»Shit, shit, shit!«

Sie trat vor der Puppe von einem Bein aufs andere. Das war doch nicht zu fassen. Das war total abgefahren. Das war … Sie griff nach ihrem Handy, hielt sich aber zurück. Das hier konnte sie niemandem erzählen. Alle würden sie für verrückt halten. Vielleicht war sie das auch? Außerdem hatte sie sich abgemeldet. Sie gegen den Rest der Welt. Sie hatte niemanden mehr. Nichts und niemanden.

Oder hatte sie mehr, als sie glaubte?

»Ich wünsche mir … Klopapier?«, flüsterte sie, fast mit Angst vor ihrer eigenen Stimme. Der Schnee wirbelte wieder hoch und sammelte sich wie eine Wolke vor ihr. Eine lebendige graue Wolke, die ein bisschen mit sich kämpfte, sich erst in die eine und dann in die andere Richtung streckte. Wie ein Schwarm Insekten. Es dauerte nur wenige Sekunden, dann landete der Schnee wieder auf dem Boden. Zusammen mit einer Rolle Klopapier.

Beinahe hätte sie das Handy fallen lassen. Sie blieb stehen und glotzte die weiße Rolle an. Das war einfach zu krass. Ein wahnsinniges Gefühl flutete ihren Körper. Als würde sie sich auf etwas freuen, nur heftiger. Ein Gefühl von unendlicher Macht. Von unendlichen Möglichkeiten.

Ja, sie war allein. Sie hatte nichts und niemanden. Abgesehen von absolut allem, was sie sich wünschen konnte.

Keine Übertreibungen

Drei Kilo Süßigkeiten waren etwas mehr, als sie sich vorgestellt hatte. Sie hatte eine Menge in Größe ihres eigenen Kopfes an Vanille-Pralinen, Sahnebonbons, Crocos, Türkisch Pfeffer, Happy Cola und zähen Lakritz-Totenköpfen gegessen.

Kine rollte sich auf den Bauch, und dabei fiel ihr plötzlich ein, dass sie auch zwei Becher Kakao getrunken hatte. Sie blieb über der Stoffpuppe hängen und tat nichts weiter, als sich darauf zu konzentrieren, nicht zu kotzen. Ihre Kiefer waren so steif, dass sie nicht einmal mehr in der Lage war, ihren Mund aufzumachen, darum ging übergeben jetzt gar nicht.

Super. Beim nächsten Mal würde sie sich Süßigkeiten in Stückchen wünschen, immer nur eins auf einmal. Vielleicht zwei.

Sie starrte auf alles, was sich um die Puppe herum angehäuft hatte. Bücher, Stifte, schwarzer Glitzerkleber, ein neuer Kapuzenpulli mit einem krassen Totenkopf auf der Vorderseite, Kissen und ein Bettbezug. Mit Totenköpfen, klar. Unterhosen. Vier Stück, denn die erste, die aufgetaucht war, als sie sich eine Unterhose gewünscht hatte, war eine schwarze Boxershorts gewesen und hätte einem erwachsenen Mann gepasst. Die roch verdächtig gebraucht; darum hatte sie die in das bodenlose Klo geworfen und beim nächsten Versuch klar und deutlich um ungebrauchte Unterhosen gebeten.

Sie hatte gelernt, dass sie sich beim Wünschen so genau wie möglich äußern musste. Wenn sie sich unklar ausdrückte, wie bei der ersten Unterhose, konnte sie alles Mögliche kriegen. Wenn sie aber die Details sorgfältig angab, bekam sie, was sie wollte. Und was sie nicht haben wollte, konnte sie ins Klo werfen, und weg war es.

Zum Glück war sie ein bodenständiges Mädchen. Nicht die Sorte, die zu Übertreibung neigte. Sie hatte sich nur Sachen gewünscht, die sie wirklich brauchte: eine Taschenlampe, eine Zahnbürste, einen Spiegel, einen Thermobecher mit Wonder Woman, ein iPad, eine batteriebetriebene Lavalampe – sie musste schließlich Licht haben – und Reserve-Akkus fürs Handy. Die Zombie-Puschen waren vielleicht ein etwas zu spontaner Wunsch, das musste sie zugeben. Aber alle brauchten doch Hausschuhe.

Zwischen der Discokugel und dem aufblasbaren Flamingo lagen dreitausend Kronen. Die hatte sie sich nur gewünscht, um auszuprobieren, ob es klappte; aber was wollte sie mit Geld, wenn sie sich alles wünschen konnte?

Sie musste beim Ausprobieren vorsichtig sein. Durfte es nicht übertreiben. Beim bloßen Gedanken, dass sie aus Versehen etwas tun könnte, was der Kugel schaden würde, überlief es sie kalt. Sie musste bescheiden sein und den Überblick behalten. Zwei Eigenschaften, die bei ihr zum Glück stark ausgeprägt waren. Na gut, genügend ausgeprägt waren. Mehr als beim Durchschnitt. Manchmal.

Kine setzte sich hin und kickte die Cthulhu-Mütze und ein paar selbstleuchtende Schnürsenkel weg. Ob sie sich wohl etwas wünschen konnte, was sie schon besaß? Oder wurde alles neu hergestellt?

»Ich wünsche mir … ein Mangabuch aus dem Regal in meinem Zimmer.«

Der ascheartige Schnee stieg zwischen dem Jedi-Bademantel und dem neuen Headset mit Dornen auf. Er verdichtete sich zu einer dicken Wolke und ließ ein Mangabuch auf ihren Schoß fallen. Kine schlug es auf. Ihr Name stand mit Filzstift geschrieben auf der Innenseite. Das war zweifelsfrei ihre Schrift. Sogar der Totenkopf über dem »i« war da.

Das fühlte sich total unwirklich an, machte sie schwindelig, als hätte sie alles Geld auf der ganzen Welt gewonnen. Sie stand auf und blickte sich um, schämte sich ein bisschen für das, was sie sich wünschen wollte, aber niemand konnte sie hier sehen. Sie hatte die Kugel sogar zwischen die Bäume hinter der Hütte geschoben, für den Fall, dass Mama und Papa kamen.

»Ich wünsche mir … Superkräfte! Nicht solche, die mich verrückt oder grün oder so machen, sondern nur eine Art allgemein saustarke Superkräfte.«

Der Schnee blieb bei der Gitarre liegen, ohne sich zu rühren. Kine hob den einen Fuß von Toxine an, aber die Puppe war so schwer wie zuvor. Sie hatte nichts anderes erwartet. Kine schaute sie an.

»Was grinst du so? Ich musste es doch ausprobieren!« Kine setzte sich wieder hin. Die Puppe war maulfaul wie immer. Sollte sie wirklich bis in alle Ewigkeit ihre Zeit mit einer bis zum Platzen vollgestopften Flickenpuppe verbringen, die viel eher in einen Albtraum passte? Konnte sie sich nicht einfach bessere Gesellschaft wünschen?

»Ich wünsche mir meine Katze Tipsi!« Kine lächelte und streckte die Arme aus, um sie aufzufangen. Die Schneewolke vereinigte sich und ließ einen Haufen Knochen vor ihr fallen.

»Tipsi!« Kine schlug die Hände vor den Mund.

Was hatte sie getan? Sie hob den blassen Totenschädel hoch. Doch, der war eindeutig von einer Katze. Alter Falter, sie hatte ihre Katze umgebracht! Sie starrte in die leeren Augenhöhlen. Da war etwas. In dem Schädel. Sie schüttelte ihn, und schwarze Erde rieselte heraus. Wie war denn Erde da hineingekommen?

Plötzlich war ihr klar, wie alles zusammenhing. Das hier war nicht die lebende Katze. Das hier war die erste Tipsi, die vor vielen Jahren gestorben war. Klar, dass dann nur noch Knochen übrig waren.

Sie seufzte. »Also … ich wünsche mir Tipsi Nummer zwei, meine lebende Katze, die bei uns zu Hause ist.«

Nichts passierte. Kein Schnee. Keine Katze. Ob der Wunsch zu schwer zu erfüllen war?

Sie versuchte es noch einmal. »Ich wünsche mir einen Goldfisch. Also, einen lebenden! Irgendeinen lebenden Goldfisch!« Sie hörte nur den Wind draußen in den Bäumen. Es dämmerte ihr, dass sie sich nichts Lebendiges wünschen konnte. Kein Tier jedenfalls.

»In Ordnung«, sagte Kine und steckte sich den Schädel von Tipsi auf den Finger. »Dann gibt es eben nur dich und mich, Tipsi. Dich und mich.« Sie beugte den Finger, damit es so aussah, als würde Tipsi nicken. Das war nicht dasselbe, wie ein lebendes Tier zu haben. Sie musste sich später nach Hause schleichen und die echte Katze holen. Es dürfte leicht sein, sie in die Kugel zu tragen, ohne dass Mama und Papa etwas davon mitkriegten. Und selbst wenn sie es merkten, wäre es egal. Sie war jetzt in Sicherheit. Mehr als in Sicherheit, wirklich, sie war frei.

Sie schaute hoch in Toxines Totenkopf-Gesicht. Die Puppe saß bloß da und verurteilte sie in aller Stille. Eine der schwarzen Nähte an der Seite war aufgerissen.

»Das ist meine Katze! Ich darf sie holen!«

Die Puppe protestierte nicht; es fühlte sich aber an, als wäre sie anderer Meinung. Und wenn schon? Was machte es aus, wenn eine Stoffpuppe Probleme mit ihrer Entscheidung hatte? Das ging weder die noch irgendjemand sonst was an. Das ging nur Kine was an. Sie konnte haargenau so leben, wie sie wollte, so, wie sie es sich immer erträumt hatte. Sie konnte reisen, wohin sie wollte, und sich wünschen, was sie wollte. Sogar auch morgen noch.

Kine krabbelte auf den Puppenbauch und zog die Bettdecke über sich. Die Lavalampe leuchtete grün in einem Haufen aus Harry-Potter-Lego. Morgen würde sie aufräumen. Sachen wegwerfen, die sie nicht brauchte, und aus der Kugel ein schönes Zuhause machen. Dann würde sie sich eine Art Klebepistole oder so wünschen, um die Knochen von der ersten Tipsi zusammenzusetzen. Nur vorläufig, bis sie die lebende Tipsi holen konnte.

Kine entdeckte ein Bonbon. Sie steckte es in den Mund und schloss die Augen. Die freie Kine brauchte keine Zähne zu putzen.

Dann hörte sie einen dumpfen Aufprall.

Sie zuckte vor Schreck zusammen und setzte sich hin. Was war das? Sie legte den Kopf schräg. Horchte. Die Wildnis war ganz still, sogar der Wind hatte aufgehört zu rauschen. Kine kaute am Daumennagel. Ihr Blick flackerte zwischen den Bäumen hin und her. Sie hatte etwas gehört. Ein Schlag aufs Ohr, als wäre der von der Puppe gekommen. Zögernd legte sie ihr Ohr an die zerlumpte Brust. Nein, nichts zu hören. Nur die Füllung knisterte leise, als sie sich dagegen drückte.

Pah, das konnte sonst was gewesen sein, kein Grund zur Panik.

Sie blieb liegen und zählte alles auf, was es gewesen sein konnte, von einer Maus im Boden bis zu einem Baum, der umgefallen war; aber der Schreck wollte sie nicht loslassen. Sie lag allein in der Dunkelheit, umgeben von hohen Tannen, in denen sich alles mögliche Gruselige verstecken konnte. Am Ende ließ sie die Kugel über die Baumwipfel aufsteigen. Dort blieb sie hängen, bis sie sich traute, die Augen zu schließen. Ihre Gedanken wurden immer mehr zu Träumen, bis sie endlich in ein schwarzes Loch gesogen wurde, mit Tausenden von Burgern.

Zen-Frühstück

Kine wachte in aller Frühe auf. Es war Montagmorgen, und sie brauchte nicht in die Schule. Nie wieder.

Sie versuchte zu lächeln, aber ihre Kiefer waren noch steif nach den unfassbaren Mengen von Bonbons, und es fühlte sich an, als hätte jemand ihre Zähne mit Zuckerguss überzogen. Wo war sie? Und was rauschte da?

Mit einem Stöhnen setzte sie sich in der Armbeuge der Puppe auf. Das Laken hatte sich wie ein Schlafsack um ihre Beine gewickelt. Draußen vor der Kugel war alles weiß. Nebel umflutete das Glas und zog in einem gleichmäßigen Strom an beiden Seiten vorbei. Er ähnelte einer Parade von Geistern. Sie konnte gleich unter sich Wasser erahnen.

Kine stand auf und starrte direkt in einen Wasserfall. Die Kugel hing am äußersten Rand des Felsens, als wäre das die natürlichste Sache der Welt. Panik flutete Kine. Sie zuckte zurück und drückte sich dicht an die Puppe. Unter ihr donnerte das Wasser mit einer Kraft ins Flussbett, die nach der Kugel schnappte, sie zum Vibrieren brachte.

»Hoch ...«, flüsterte sie. Ihre Stimme war nur ein Piepsen, doch die Kugel stieg auf. Kine segelte sie auf sicheren Grund zu und setzte sie auf dem Hang ab.

Kines Zeigefinger schnellte zur Puppe, die sie mit ihrem ausdruckslosen Knopfauge ansah. »Was soll der Scheißaffenschrott? Du kannst nicht einfach rumdüsen, wenn ich schlafe! Was, wenn wir in einem Flugzeugmotor oder so landen! Verflucht, Toxine ...«

Sie setzte sich wieder auf den Puppenbauch. Der Schreck ließ nach, und ihr fiel auf, dass sie in einer wunderschönen Gegend angekommen waren. Perfekt als Touristen-Reklame. Die Umrisse von Tannen und Fichten verschmolzen im Nebel. Zwischen den schwarzen Felsen entlang des Flussbettes war Wasser gefroren, und Raureif glitzerte auf der Außenseite der Kugel.

Kine sah das Durcheinander an, das sie sich gewünscht hatte. Von Menschen geschaffene Dinge. Leeres Plastikzeugs, das, weggeworfen, um sie herumlag. Das passte schlecht zu der sauberen und friedlichen Natur draußen. Flusswasserfall, Fichten, Frostnebel, Discokugel ... Was gehört nicht dazu?

Sie wünschte sich ein Glas Wasser und eine Zahnbürste und trat hinaus in die Kälte, um Zähne zu putzen. Das half wenig gegen den schlechten Geschmack im Mund. Gestern Abend hatte sie sich selbst versprochen aufzuräumen, und das wollte sie jetzt auch machen, sofort. Sie brauchte keine Dinge. Dinge waren Materialismus, hatte Vivis Mutter gesagt, oder hatte sie Kapitalismus gesagt?

Egal, Dinge hatten was mit -ismen zu tun, und die brauchte sie nicht. Sie hatte sich verabschiedet und die Menschheit verlassen. Sich abgemeldet.

Sollte sie sich vielleicht ein oranges Laken wünschen und eine Nonne mit kahl rasiertem Kopf werden, die nichts mehr brauchte? In einem Bergtempel. Wie war es im Himalaja im November? Da machten die doch solche Zen-Dinge. Aber das war wohl auch so ein -ismus, Minimalismus.

Ihre Wollsocken wurden langsam kalt und feucht, darum spülte sie den Mund aus und stieg wieder zurück in die Kugel. Das Glas fühlte sich jetzt zäher an als vorher. Lag das vielleicht an der morgendlichen Kälte? Sie machte sich daran, Dinge ins Klo zu werfen: Lego, Filzstifte, Ersatzakkus, selbstleuchtende Schnürsenkel, Skateboard, … Wann hatte sie sich das denn gewünscht? Total gaga, warum wollte sie auf einem Brett rumsausen, wenn sie doch die Kugel hatte?

Sie war jetzt eine Tochter der Wildnis. Nur ein orangefarbenes Laken von einer Bergnonne entfernt, was zum fetten Elch wollte sie mit all dem Krempel? Das Geld stopfte sie in die Tasche. Sie brauchte es zwar nicht, aber dreitausend Kronen konnte man doch nicht einfach wegwerfen, oder? Eine schwarze Lederjacke behielt sie auch, die war zum Wegschmeißen einfach zu cool. Und die selbstleuchtenden Sternenaufkleber. Sie waren schön, deshalb klebte sie sie auf das Kugelglas.

Allmählich sah es um sie herum gut aus. Sie wünschte

sich ein paar Kissen in unterschiedlichen Farben, mit denen sie den Boden auslegte. Auf denen konnte man besser gehen als auf dem Schnee, der darunter liegen blieb. Außerdem sah die Kugel dadurch aus wie ein fliegendes Bett. Erste Klasse in den Kine-Airlines.

Jetzt waren nur noch die Knochen von der ersten Tipsi übrig. Sie kniete sich hin und sortierte die bleichen Gebeine. Wie konnte sie die so zusammensetzen, wie sie gehörten? Soweit sie sich erinnern konnte, hatten sie die Anatomie einer Katze im Schulunterricht nicht durchgenommen. Typisch. In der Klausen-Schule brachte man ihnen nur unnützes Zeug bei.

Eine Suche im Handy wäre eine Kleinigkeit, doch dazu müsste sie *draufschauen*. Und aufs Handy zu gucken, bedeutete Nachrichten von Mama. Papa. Aurora. Über die Schule. Die Polizei. Feuerwehr. »Speck«-Burger-Laden …

Sie schüttelte den Gedanken ab und konzentrierte sich auf Tipsi. Mit Metalldraht würde sie es nicht hinbekommen, dazu brauchte man Kleber. Weichen, elastischen Kleber. Die Knochen mussten sich bewegen können, sonst würden sie wieder abbrechen. Sie dachte lange nach, dann wünschte sie sich schnell trocknenden Gummikleber, der flexibel, geruchlos und für Knochen geeignet sein musste.

Der Schnee drang zwischen den Kissen auf dem Boden empor und wirbelte kurz um sie herum, bevor ihr eine Tube auf den Schoß fiel. Sie schraubte sie auf und machte sich daran, Tipsi zusammenzukleben.

Als sie halb fertig war, merkte sie, dass sie Hilfe brauchte.

Schwanz, Rückgrat und Schädel waren in Ordnung, aber Pfoten und Rippen sahen überhaupt nicht richtig aus …

Widerwillig holte sie das Handy aus dem Beutel, der um ihren Hals hing. Es war, wie sie befürchtet hatte. Rote Warnsignale von Nachrichten und unbeantworteten Anrufen. Die letzten Nachrichten waren von Papa, dann hatte Mama also endlich ihr Handy-Guthaben verbraucht. Mamas frühere Nachrichten waren ein einziger Mischmasch aus unterschiedlichen Botschaften: Drohungen, Vorwürfe, Herzchen und Smileys, Gemecker und Liebeserklärungen.

Kine knurrte. Sie rief ein Bild eines Katzenskeletts auf und klebte die letzten Knochen fest. Dann wünschte sie sich eine Holzschale mit Cornflakes. Das mit der Holzschale fühlte sich richtig an, jetzt, da sie Nonne werden wollte. Sie wünschte sich auch Vollmilch. Noch was, worüber die beiden sie allein hätten entscheiden lassen sollen. Sie war fast zwölf, nicht drei. Um die Freiheit zu bestätigen, wünschte sie sich eine Schachtel Macarons. Nicht irgendeine Schachtel, sondern die Schachtel, die genau jetzt in Mamas Sporttasche lag.

Die Macarons landeten auf ihrem Schoß. In der Schachtel lagen nur noch vier, aber Kine grinste trotzdem. Das hier eröffnete total wahnwitzige Möglichkeiten. Sie konnte sich wünschen, was anderen gehörte. Nur mal vorgestellt: das Feuerzeug von Monster-Monrad, das Handy vom Jonny-Jarle, die Zitronendrops der alten Ingeborg … Es gab keine Grenzen.

Sie stopfte sich ein grünes Macaron im Ganzen in den Mund. Und noch eins. Lakritzgeschmack. Mmmm, saulecker.

Das Handy leuchtete wieder: eine Nachricht von Aurora.

Das hier ist offiziell. Wir lassen das mit dem Klamotten-Einsammeln und spenden lieber diese Kostüme der Heilsarme.

Dann kam ein Bild von einer verzweifelten Vivi in hautengem Engelskostüm mit Stehkragen. Sie sah aus, als würde sie gerade von einer weißen Raupe verspeist. Kine schnaubte so vor Lachen, dass ihr Macaronkrümel aus dem Mund flogen. Das war das Abgefahrenste, was sie je gesehen hatte. Dann hatten sie also heute die Kostüme gekriegt, und wenn schon die dünne Vivi darin einer Raupe glich, wie hätte dann erst Kine darin ausgesehen? Wie eine Raupe, die eine andere Raupe gefressen hatte?

Zum Glück würde sie nie wieder etwas anziehen müssen, was sie nicht wollte. Nie ein Raupenkostüm. Nie Flügel. Nie singen.

Sie wollte gerade das Handy wegpacken, als eine Nachricht von Papa kam.

Sie hat die Polizei angerufen. Komm nach Hause, Kine.

Chillimilli im Meer

Kine starrte auf die Nachricht von Papa. Die Macarons waren ein kotziger Kloß im Hals. Die Polizei …

Warum mussten die beiden immer so schrecklich rumnerven? Warum konnte man sie nicht einfach in Ruhe lassen? Sie wollte nichts wissen von der Polizei, auch nichts vom Loch in der Wand oder von den Engelskostümen. Das hatte alles nichts mehr mit ihr zu tun!

Sie sollte das Handy wegwerfen. Oder irgendwohin fliegen, wo es kein Netz gab, so wie im Keller. Ganz weit unten. Auf dem Meeresboden oder so.

Kine hob den Klodeckel und warf die letzten Macarons weg. Sie setzte sich in die Armbeuge der Puppe, stellte sich das Skelett von Tipsi auf den Schoß und streichelte ihm den Kopf. Das war nicht das Gleiche wie mit Fell. Es schnurrte auch nicht, was ja das Allerschönste an Katzen war.

Kine flog die Kugel den Fluss entlang zum Meer. Am besten machte sie einen großen Bogen um Straßen, jedenfalls wenn die Polizei jetzt im Spiel war. Die würde bestimmt versuchen, sie zu fangen. Mussten sie zur Unterstützung vielleicht das Militär anfordern? War es erlaubt, mit Raketen auf Kinder in Kugeln zu schießen?

Wie viel hielt diese Kugel eigentlich aus? Offenbar war sie wasserdicht und konnte durch eine Hauswand donnern, ohne auch nur einen Kratzer abzubekommen. Aber wie sah es bei Handgranaten aus? Oder Atombomben?

Kine schüttelte über sich selbst den Kopf. Jetzt musste sie sich zusammenreißen, damit sie nicht so wurde wie Vivi.

Der Wald wurde lichter, und der Fluss öffnete sich zum Meer. So kurz vor Weihnachten hätte es schon längst schneien müssen, aber die Wasserkante war kahl. Kine flog weiter geradeaus. Durchpflügte die schwarzen Wellen. Gerade so tief, dass das Wasser bis zur Hälfte der Kugel reichte. Dann hielt sie an, zur Sicherheit.

Die Kugel war dicht, wie sie es erwartet hatte. Sie trieb wie ein Korken auf der Oberfläche, schaukelte in den Wellen. Kine befühlte das Glas. Es war jetzt kühler, aber in der Kugel war es immer noch genauso warm.

»Runter«, sagte sie mit einem gespannten Kribbeln in der Brust. Die Kugel gehorchte. Kine hielt die Luft an, als sie unter die Wasseroberfläche tauchte. Sie war unter Wasser! Sie war sicher und trocken, aber unter Wasser. Das war so abgefahren, dass sie sich auf die Lippe beißen musste, um nicht zu kreischen.

Es war dunkel, gar nicht die hellblaue Traumwelt, die

sie sich vorgestellt hatte, aber so sah es wohl im hohen Norden der Welt aus. Sollte sie vielleicht eines Tages an einen wärmeren Ort fliegen? In die Karibik zum Beispiel? Was würde sie da nicht alles zu sehen bekommen: Haie, Schiffswracks und elektrische Aale.

Die selbstleuchtenden Sterne, die sie ans Glas geklebt hatte, glommen gespenstisch grün, waren aber meilenweit entfernt von genug Licht. Sie musste mehr haben. Ein kräftiges, das aber keinen Strom verbrauchte. Für den Strom hatte sie bisher noch keine gute Lösung gefunden, aber darum konnte sie sich später Gedanken machen.

Sie wünschte sich eine Taschenlampe. In den Wünscheschnee kam sofort Leben. Unter Wasser hörte sich das Aufwirbeln anders an, es peitschte herum wie ein Sandsturm. Die Taschenlampe fiel ihr vor die Füße, und der Schnee verzog sich wieder unter die Kissen. Kine schaltete sie ein. Das Licht strahlte in die Tiefe hinab, und sie zuckte zusammen, als sie sah, dass sie nicht allein war. Sie befand sich mitten in einem Fischschwarm.

Ein silberfarbener Tornado umkreiste sie. Heringe? Oder war das was anderes? Mit Fischen kannte sie sich nicht gut aus.

Die Fische glänzten bei jeder plötzlichen Bewegung, badeten in blauem Licht. Einige fegten ganz dicht am Glas vorbei. Das war superschön. Das Merkwürdigste war, dass sie zu wissen schienen, wohin sie wollten. Nie änderte nur *ein* Fisch die Richtung, das taten sie alle gleichzeitig. Als ob sie die Gedanken der anderen lesen konnten. Hunderte Heringe oder was das für welche waren, die sich wie ein großes Lebewesen benahmen. Was hielt sie zusammen?

Was hielt überhaupt irgendwas zusammen? Was hielt Kine mit Aurora und Vivi zusammen? Waren das dieselben Dinge? Waren Menschen wie diese Meeresbewohner?

Kine blinzelte und versuchte, sich selbst in dem Fischschwarm zu sehen: einen einsamen Hering. Sie sah keinen. Sobald einer von ihnen auch nur ein bisschen aus der Reihe tanzte, schoss er pfeilschnell wieder zu den anderen zurück. Manchmal sah es aus, als ob sich der gesamte Schwarm nach diesem einen Fisch richtete. Ein bisschen so, wie als Aurora und Vivi sich ihretwegen im Klassenzimmer ganz nach hinten gesetzt hatten.

Eine unerwartete Sehnsucht setzte sich wie ein Ziehen im Bauch fest. Kine senkte den Blick, sah auf die bunten Kissen, auf denen sie kniete, und erkannte, dass sie sich wegen ihrer Freundinnen Farben gewünscht hatte. Sie selbst hätte alle in Schwarz genommen, klar. Aber sie war wegen Aurora von Rot und Gelb umgeben. Von Grün und Blau wegen Vivi. Obwohl sie nie in die Kugel kommen würden.

Kine machte mit dem Handy ein Selfie. Sie versuchte, total gechillt auszusehen, umgeben von Fischen. Dann schickte sie das Bild an Aurora und Vivi.

Alles okay, mache Chillimilli im Meer. Wärt ihr doch bloß hier. Habt einen coolen Tag in der Schule, LOL

Sie schickte dasselbe Bild an Mama, brauchte aber lange, bis sie wusste, was sie ihr schreiben wollte. Etwas Beruhigendes musste es sein, ohne das Geringste zu versprechen.

Entspann dich, alles gut. Ich habe gefrühstückt, bin in Sicherheit. Sorry für das Loch in der Wand. Bleibe heute unten im Meer, weniger Nervkram. Grüße an Papa und die Polizei

Danach stellte sie auf lautlos und verstaute das Handy wieder im Beutel. Sie lehnte sich mit einem Lächeln an die Puppe. Fühlte sich leichter. Es war schön, hier zu sein. Die Heringe wussten nicht, was Kine getan hatte, und es kratzte sie auch nicht. Auf dem Meeresboden wurde niemand zum Singen gezwungen. Oder zum Schwimmen. Doch warte … Das wurden sie, klar.

Was könnte sie im Schwimmunterricht nicht alles mit dieser Kugel anstellen! Oh Mensch, was für eine überirdische Vorstellung! Die würde sie vor allem beschützen! Sie konnte auf dem Boden liegen und mit ihrem Handy spielen, während die anderen sich für die tyrannische Quälerin abstrampelten. Wenn die Schwimmhalle endlich einstürzen würde, wäre die Kugel ihre Rettung. Und wenn einer fies war, konnte sie auf den drauffliegen, einfach so und gut. Auf Jarle zum Beispiel …

Ihre Wut kam unerwartet. Wurde schwarz wie das Meer. Der Heringsschwarm verschwand, als ob er vor den Gedanken floh, die sie ausstrahlte.

Jarle … Sie könnte ihn an den Beckenrand quetschen, bis er platt an der Kugel klebte wie ein rotes Kaugummi. Die komplette Gang könnte dort kleben. Oder sie konnte sich all das wünschen, von dem sie wusste, dass es die anderen gern haben wollten, nur um sie vor Neid leiden zu sehen. Sie konnte sich alles wünschen, was sie besaßen, konnte alles Mögliche zu ihnen sagen, und sie konnten nicht an Kine rankommen.

Kine schaute zur Puppe hoch. Die ließ den Kopf im Schein der Klebesterne hängen.

»Was denn?«, fragte sie. »Sie haben es verdient!«

Sie merkte, dass die Kugel aufgehört hatte, sich zu bewegen. Sie hatte sich auf eine Sandbank auf dem Meeresboden gelegt. Eine Scholle starrte sie aus schiefen Augen an. Dann schubberte sie sich in den Sand und blieb in einer Plastiktüte hängen. Sie zappelte sich frei und schoss zwischen Krabben und Seeigeln davon. Und zwischen leeren Flaschen. Und einer Bierdose.

Miese Menschen, sogar den Meeresboden hatten sie vermüllt! Kine stieg wieder an die Oberfläche. Sie durchbrach die Wellen, sauste an Land und parkte die Kugel auf den Ufersteinen. Dann checkte sie ihr Handy. Zwei nicht beantwortete Anrufe von Mama, fünf von Aurora.

Aurora war fleißiger als Mama, das wollte was heißen. Die Sehnsucht erwachte wieder. Aurora war nicht wie die anderen. Sie nähte ihre Kleidung selbst, ohne dass es sie viel kratzte, wie andere das fanden. Und sie achtete darauf, dass Vivi keine Überdosis Nachrichten bekam.

Eine Erinnerung drängte sich auf: von damals, als Kine eine Brille mit Augenpflaster tragen musste. Die hatte sie von ganzem Herzen gehasst. Aber eines Tages war auch Aurora mit einer Brille auf der Nase aufgekreuzt, obwohl sie gar keine brauchte. Eine Spielbrille aus blauem Plastik. Und plötzlich war Kines Augenpflaster für die anderen kein Thema mehr. Aurora war super. So super würde Kine nie werden.

Der Gedanke machte sie wütend und traurig zugleich. Lange war das her, jetzt vorbei. Sie brauchte niemanden. Außer Tipsi. Die lebende Tipsi. Sie war ihre Katze, und darum war Kine traurig, klar.

Kine hatte das Gefühl, dass sie an die frische Luft musste. Sie stemmte sich aus der Kugel, betrat bloß in Wollsocken den winterkalten Meeresstrand. Der Wind spielte mit ihren Haaren. Das war ein schönes Gefühl. Steine unter den Füßen, Wind im Haar, Geruch vom Meer, … Und kein Mensch in Sicht. Außer einem Typen in Wathose, der bei einem Bootshaus weiter weg mit offenem Mund dastand.

Aufgeflogen … Zeit, abzuhauen.

Kine stieg wieder in die Kugel, ihre Bubble. Die war immer noch zäh. Ein bisschen schwergängiger als vorher. Sie musste sich mehr anstrengen als sonst. Lag das vielleicht am Meer? Das hatte das Glas bestimmt abgekühlt, sodass es dadurch irgendwie fester geworden war.

Sie setzte sich auf den Bauch der Puppe und ließ die Kugel vom Boden abheben. Nun war es an der Zeit, die

Katzen-Aktion zu planen. Operation Tipsi die Zweite. Jetzt war Dienstagmorgen, und die perfekte Uhrzeit wäre um vier, wenn Mama beim Yoga war.

Kine wünschte sich einen Thermobecher mit warmem Kakao. Sie machte klar, dass sie ihn von Noahs Kaffeewagen unten beim Friedhof haben wollte. Sie stand mit den Händen bereit da und konnte ihn ohne Verschütten auffangen. Der Kakao schmeckte lecker, aber irgendwie war es nicht dasselbe, wenn er nicht von einem Typen mit Dreadlocks serviert wurde, der viel zu langsam redete und sie Wednesday nannte.

Das Katzenbiest

Die anderen aus der Klasse saßen jetzt in Gerwins knoblauchverpestetem Bus auf der Heimfahrt von der Klausen-Schule. Kine dagegen schwebte in der Luft und wartete den richtigen Zeitpunkt ab. Sie lümmelte bäuchlings auf den Kissen und guckte auf die Stadt hinunter, während die Kugel gemütlich vorwärtsschaukelte.

Sie war zwar erst vor zwei Tagen zu Hause durch die Wand gecrasht, aber trotzdem war es merkwürdig, die Stadt wiederzusehen. Die lag einfach nur da unten und zeigte deutlich, wie lächerlich wenig es ausmachte, dass sie den Ort verlassen hatte. Das kratzte Kine kein Stück, klar. Mottenburg war eine Schrottstadt, wo die Leute ihre Zeit damit verschwendeten, Dinge zu tun, über die sie sich keine Gedanken mehr machen musste.

Die Häuser waren in dem dunklen Licht grau, aber sie kannte sich überall so gut aus, dass sie blind hätte durch die Gegend laufen können. Der Friedhof mit der Bank, die ein schiefes Bein hatte. Die kotzgrünen Zäune an der

Straße. Der Marktplatz, wo der Stadtrat den größten Tannenbaum der Welt aufstellen wollte, weil sie blöd genug waren zu glauben, dass dann Leute herkommen würden. Und die Schule oben auf dem Hügel.

Von oben glichen die Mietshäuser solchen Schlangen, die die Leute strickten, wenn sie nichts anderes zu tun hatten. Die Stadt war ein Schlangennest aus Mauerschlangen in verschiedenen Farben. Kine lenkte die Kugel zum Umweg 33. Dort hatte sie fast ihr ganzes Leben lang gewohnt. Wo wohnte sie jetzt? Wie lautete ihre Adresse? Shit, wohin sollte man Pakete an sie schicken?!

Panik durchschoss ihre Brust, doch dann fiel ihr ein, dass das total egal war. Was sollte sie mit Paketen? Sie brauchte sich nie mehr etwas zu bestellen, sie musste es sich einfach nur wünschen.

Sie war Kine. Kine in der Kugel. Das war ihre Adresse. Vielleicht sollte sie sich Visitenkarten wünschen, solche wie die von Mama?

Kine Villemo Botten
Bubble
Welt (Teilweise)

So ungefähr vielleicht? Wie würde Scheiß-Jarle sie dann wohl nennen? Bubble in der Bubble?

Kine lächelte. Sollte er sie doch nennen, wie er wollte, sie würde ihn sowieso unter der Kugel zu Brei zerquetschen. König der Idioten, Brotgehirn. Ein Brotgehirn, das ein bisschen die Haare schön hatte, mehr war er nicht. War ihm aufgefallen, dass sie in den letzten zwei Tagen nicht in der Schule gewesen war? Sie hoffte es. Und sie hoffte, dass er und die Gang das beschissene Gummiringwerfen bereuten und dass sie bis ans Lebensende nicht mehr schlafen konnten. Wohlverdient.

Sie erreichte den Umweg. Das Loch in der Wand klaffte ihr entgegen. Sie bekam einen wehen Kloß im Bauch. Es war mit schwarzer Plastikplane abgedeckt worden, die der Wind immer mit einem *Flapp* raus- und reinzog. Es sah so ähnlich aus wie die Lautsprecher im Wohnzimmer. Das Loch war ein riesiger Lautsprecher, der all ihre Ausrutscher auf die Straße hinausposaunte. Das Lied handelte davon, wie sie die Wand zerstört hatte und wie andere hinter ihr aufräumen mussten. Und dafür bezahlen mussten, garantiert!

Nein! Das war nicht mehr ihr Problem, und für das Loch konnte sie auch nichts. Sie hatte nichts falsch gemacht. Sie wollte nur in Ruhe gelassen werden. Und das war ein Menschenrecht oder sollte es jedenfalls sein.

Sie ließ die Kugel über dem Dach hängen, während sie in den Hinterhof starrte. Es dauerte nicht lange, bis die Tür aufging und Tipsi nach draußen schlüpfte. Dann kam Mama. Von hier oben war sie nur eine lila Strickmütze, die die Tür abschloss und durch das Tor hinausging. Kine behielt sie im Auge. Sie wollte abwarten, bis die Luft rein war. Zumindest, bis Mama die Kreuzung hinter sich gelassen hatte. Aber … warum ging sie die Straße hinunter? Jetzt war doch Yoga-Zeit, sie hatte schließlich auch die Sporttasche dabei.

Hier stimmte was nicht. Das Yoga-Studio lag in einer ganz anderen Richtung. Die Neugier siegte, und Kine schwebte näher heran. Mit Sicherheitsabstand folgte sie ihr, versteckte sich hinter Hausdächern, wenn sie konnte, bis die lila Mütze im »Backaluten« verschwand, in der besten Bäckerei der Stadt.

Kine schlich mit der Kugel hinunter in eine enge Gasse auf der anderen Straßenseite, von wo aus sie durchs Fenster gucken konnte. Es war Mama, da gab es keinen Zweifel. Sie nahm die Mütze ab und setzte sich ans Fenster. Holte ein Buch heraus und bekam eine Tasse Kaffee und einen … Was war das? Einen Muffin! Mama schwänzte Sport, um in der Bäckerei ihren Spaß zu haben! Mit Muffins! Was für ein Betrug! Das war schlimmer als neulich, als sie die Macarons in ihrer Tasche gefunden hatte. Die hatte sie sicher hier gekauft, und nach allem, was Kine jetzt wusste, war Mama niemals beim Sport gewesen. Bloß hier. Vielleicht war alles Lüge! Mama war nicht perfekt, sie tat nur so, bestimmt damit sich andere schlechter fühlten. Und das Allerschlimmste war: Wie konnte sie da so entspannt sitzen, wenn ihre Tochter auf der Flucht war?

Kine knirschte vor Wut mit den Zähnen. Das brachte das Fass zum Überlaufen. Sie hob aus der engen Gasse ab und düste nach Hause, um Tipsi zu holen. Die Katze musste mit, das war gar keine Frage mehr.

Sie vergewisserte sich, dass niemand sie sah, dann

schwebte sie in den Hinterhof hinab. Sie streckte den Kopf aus der Kugel. Die war immer noch zäh.

»Tipsi … Komm, miez, miez, miez.«

Tipsi gab ein leises »Miau« von sich, kam aber nicht. Stattdessen blieb sie sitzen und schnupperte am Reifen von einem der Fahrräder, als ob das spannender wäre als Kine.

Kine zog den Kopf wieder zurück und wünschte sich einen Dorsch. Drei Sekunden später landete ein klebriges Fischmonster in ihren Armen, das so groß und schwer war, dass Kine in die Knie ging. Der Dorsch musste mehr wiegen als sie, aber wenigstens war er tot.

»Alter Falter, ist das denn so schwierig?!« Kine hievte den Dorsch über die Kante des Klos und ließ ihn im Loch verschwinden. Jetzt würde sie nach Fisch stinken, bis sie duschen konnte. Sie stemmte die Hände in die Hüften und schielte wütend zur Puppe hinüber.

»Ich wünsche mir ein normales, sauberes Stück Dorsch, das in einem Katzenfressnapf in normaler Größe liegt, okay?«

Der Wünscheschnee tanzte eine Weile um sie herum und brachte exakt das hervor, was sie sich gewünscht hatte. Manchmal war sie überzeugt, dass die Kugel oder die Puppe mit Absicht Fehler machten, um sich einen Scherz mit ihr zu erlauben. Die konnten schließlich beinahe ihre Gedanken lesen, wenn sie flog, warum also nicht auch, wenn sie sich etwas wünschte?

Kine trat aus der Kugel und schob Tipsi den Katzennapf hin. »Komm doch … miez, miez, miez.«

Tipsi schlich näher. Sie verhielt sich wie die meisten Katzen, wog das Für und Wider ab. Auf der einen Seite konnte sie Fisch kriegen, auf der anderen Seite wollte sie nicht kommen, wenn sie gerufen wurde, darum war es schwierig für sie. »Katzenbiest« hatte Mama sie einmal genannt.

»Komm doch, du Katzenbiest … Feine Mietze …«

Tipsi gab nach, schlängelte sich zwischen den Rädern hervor und machte sich daran, den Fisch zu mampfen. Kine nahm sie auf den Arm und ging auf die Kugel zu. Der Arm, auf dem sie Tipsi trug, sank ins Glas, kam aber nicht hindurch. Kine drückte kräftiger. Sie schob Tipsi vor, die Katze aber zappelte nur gegen die glatte Oberfläche. Sie fing an, wild zu protestieren, wobei sie am Glas kratzte. Kine drehte sich um und versuchte es mit dem Rücken voran in die Kugel, die schreiende Katze an ihre Brust gedrückt. Es funktionierte teilweise, Kine kam hinein, aber ihre ausgestreckten Arme mit der wild zappelnden Katze blieben draußen stecken. Tipsi entwischte ihr mit einem Satz. Kine bekam noch den grauen Schwanz zu fassen und zog. Tipsi spreizte alle viere von sich und krallte sich an der Außenseite fest, wobei sie schrie, als stünde ihr Leben auf dem Spiel. Kine biss die Zähne zusammen und zog fester. Um Verzeihung würde sie hinterher bitten. Tipsi drehte sich in der Luft und zerkratzte ihr die Hand. Dann schoss sie weg und versteckte sich unter einem Anhänger.

»Katzenbiest!«

Kine rieb sich die Hand. Ein geschwollener Kratzer

zeichnete sich auf der Haut ab. Blut sickerte heraus. Aber das war nicht Tipsis Schuld, dass musste sie zugeben. Nichts Lebendiges kam in die Kugel. Nur sie allein. War sie vielleicht nicht mehr am Leben? Was, wenn sie, ohne es zu wissen, schon gestorben und in dieser Kugel gelandet war? Bei dem Gedanken bekam sie weiche Knie.

»Kine?«

Das war Mamas Stimme. Kine zuckte zurück in die Kugel und starrte Mama an, die im Tordurchgang stand. Kine schluckte. Was sollte sie jetzt machen? Ihr Herz schlug wie ein Hammer. Ihr fiel wieder ein, dass niemand an sie herankommen konnte. In der Kugel war sie in Sicherheit, nicht einmal das Katzenbiest konnte reinkommen. Mama konnte vor Wut toben, soviel sie wollte, das machte nichts.

Aber Mama sah nicht wütend aus. Sie machte ein paar unsichere Schritte auf die Haustür zu. »Was … was hast du da an? Und … in deinem Gesicht?«

Mama fasste sich an die eigene Wange wie ein verwirrtes Kind. Kine begriff, was sie meinte. Mama hatte die schwarze Jacke, die Kine trug, noch nie gesehen. Ganz zu schweigen von der Kriegsbemalung, die sie im Gesicht hatte. Sie hatte schlicht vergessen, sie abzuwischen. Sie musste total gestört aussehen. Gestört genug auf jeden Fall, damit Mama Paranoia kriegte. Gleich fing sie bestimmt wieder an zu schreien wie eine Möwe.

Aber Mama kriegte keine Paranoia. Sie sank bloß auf die Treppe und blieb mit der Sporttasche zwischen den Beinen sitzen. Dann brach sie in Tränen aus. Zuerst leise.

Aber es wurde heftiger, und bald schluchzte sie so, dass ihre Schultern zuckten. Kine wurde so übel, dass sie sich am liebsten übergeben hätte. Die Haustür ging auf. Da stand Papa. War er überhaupt nicht zur Arbeit gegangen? Was war hier los?

Er ging vor Mama in die Hocke und strich ihr über den Rücken, während er Kine ansah. Den Mantel der Enttäuschung hatte er nicht an.

»Chill mal«, murmelte Kine. »Das ist nur eine Jacke. Und eine Bemalung.« Ihr fiel ein, dass es vermutlich auch ein wenig schwarze Wimperntusche war, von der sie vergessen hatte, dass sie sich die gewünscht hatte. Aber sie wusste, dass es hier weder um die Jacke noch um Schminke ging. Sie hatten Angst um sie gehabt. Richtige Angst. Die hatten sie immer noch. Alle Nachrichten über die Schule und die Lehrerin und die Freundinnen und die Wand und … alles.

Sie wollte sie umarmen, traute sich aber nicht aus der Kugel. Sie zog die Jacke aus und warf sie fort. Die roch sowieso nach Fisch.

»Hört mal … Ich dachte …« Ihre Worte brachen ab. Mama und Papa sahen sie an, und darum war es schwierig zu faken, dass alles wäre wie immer. Sie versuchte es noch einmal. »Ich dachte mir, ich guck morgen mal in der Schule vorbei«, sagte sie so gleichgültig wie möglich.

Kurz war es totenstill.

»Dann kommst du also aus der Kugel?«, fragte Papa vorsichtig. Kine schüttelte den Kopf, so heftig, dass er die

Hände hob. »Nein, nein, ist in Ordnung, Kine. Ist schon gut. Es ist gut, dass du in die Schule willst. Darüber freuen wir uns, nicht wahr, Synne?« Er stieß Mama an. Sie nickte zögernd, nahm die Mütze ab und fuhr sich mit den dünnen Fingern durchs Haar. Es war genauso schwarz wie Kines, das Einzige, was sie mit Sicherheit von ihr geerbt hatte.

Beide sahen verängstigt und erleichtert aus. Kine bekam ein schlechtes Gewissen. An die Schule hatte sie den ganzen Vormittag gedacht, als sie über der Stadt gehangen hatte, und das hatte nichts mit Mama oder Papa zu tun. Sie musste dahin, um Aurora und Vivi zu sehen. Und um sich an Jarle zu rächen. Damit er begriff, dass sie mehr war als bloß Bubble. Sie war stark und konnte jetzt machen, was sie wollte.

»Willst du in deinem Zimmer schlafen?«, fragte Mama.

»Nein, schon … schon in Ordnung, ich kann heute Nacht auf dem Dach hängen. Hier drinnen wird es nicht kalt, und ich habe alles, was ich brauche«, erklärte Kine. Aber das fühlte sich nicht ganz wahr an.

Papa kam näher. »Weißt du, was wir machen, Kine? Wir nehmen die Plastikplane ab, dann kannst du mit der Kugel ins Zimmer fahren und heute Nacht dort bleiben. Das hört sich doch gut an, oder?«

Kine nickte und konnte gerade eben noch die Tränen zurückhalten.

Die Entscheidung

Mama kam ins Zimmer, um zum fünfzigsten Mal Gute Nacht zu sagen, und versicherte Kine, dass die Polizei nicht kommen würde. Danach blieb sie noch eine Weile an der Tür stehen, als wollte sie noch etwas loswerden. Kine stellte sich vor, dass sie im Kopf eine Liste mit Dingen durchging, die man Töchtern sagte, die weggelaufen waren; aber auf der Liste konnte jetzt nicht mehr viel übrig sein.

Mama hatte den ganzen Abend geredet und immer wieder gefragt, ob Kine über etwas sprechen wollte. Das wollte sie nicht. Oder vielleicht doch. Kine wusste es nicht, sie fühlte sich immer hin- und hergerissen zwischen Mama, die über alles reden wollte, und Papa, der immer nur über Steine und Erdbeben reden wollte. In einer perfekten Welt wäre es andersherum gewesen, weil Mama so schnell geschockt war. Papa dagegen fand das meiste normal, darum wäre es ein Vorteil gewesen, wenn er fürs Reden zuständig gewesen wäre.

Er hatte auch etwas gesagt, aber typische Papa-Dinge. Wie, dass aus dem größten Weihnachtsbaum der Welt vielleicht doch nicht der größte der Welt werden konnte, weil er dann zu viel wiegen würde. Mottenburg würde wohl auf dem siebten Platz oder so was Schwaches auf der Liste mit dem größten Weihnachtsbaum der Welt landen, was eigentlich keine große Überraschung war.

Mama hatte immer noch ihre Sportklamotten an. Als ob sie die brauchte, um zur Bäckerei zu spazieren. Aber Kine hatte mit keinem Wort verraten, dass sie sie gesehen hatte. Diesen Betrug musste sie für sich behalten, denn das machte ihre eigenen Betrügereien etwas weniger … betrügerisch.

Mama zog den Pferdeschwanz im Nacken stramm und räusperte sich. »Willst du das Licht anhaben? Soll ich es wieder anmachen?«, fragte sie mit unnormal hoher Stimme. Sie schaltete es ein, überlegte es sich aber gleich wieder anders.

»Aus? Aus ist natürlich am besten. Oder willst du …?« Ihre Hand bewegte sich wieder zum Lichtschalter.

»Mama …«

»Aus. Okay. Gute Nacht«, sagte sie wieder und ließ die Tür angelehnt. Dann war endlich Ruhe.

Kine legte sich auf den Bauch der Puppe, satt und müde nach Papas selbst gemachter Pizza. Sie war kurz aus der Kugel gestiegen, hatte aber die ganze Zeit genug Abstand gehalten, damit sie loslaufen und sich in Sicherheit bringen konnte, falls nötig. So weit war es nicht gekommen. Alles war … merkwürdig gewesen. Gut irgendwie. Sie hatten sogar die ganze Mahlzeit überstanden, ohne dass Mama auch nur einen Ton über Fett oder Bakterien verloren hatte.

Kine war aufgefallen, dass der Stapel mit den Weihnachtspaketen noch im Flur stand, obwohl der letzte Termin, an dem man alles zur Post bringen musste, damit es noch rechtzeitig ankam, schon mehrere Tage zurücklag. Das war ein Schock, und das bedeutete, dass in den letzten Tagen weder Mama noch Papa sie selbst gewesen waren. Das war traurig und gut. Am ehesten gut.

Dennoch weigerte sich Kine, woanders als in der Kugel zu schlafen. Die hatte mitten im Loch in der Wand einen genialen Platz gefunden. Eingekeilt, sodass die eine Hälfte der Kugel drinnen und die andere draußen war. Das war das coolste kugelrunde Fenster der Welt. Sie war in ihrem Zimmer, aber gleichzeitig draußen vor der Wand.

Die Schule … Sie wollte morgen in die Schule. Jedenfalls hatte sie gesagt, dass sie hingehen wollte. Es versprochen. Sie gruselte und freute sich. Da gab es natürlich nichts, wovor sie sich gruseln musste, weil sie jetzt die Kugel hatte, aber sie war gespannt, wie das werden würde.

Ihr Blick wanderte in der Dunkelheit umher, fand Umrisse von Dingen, die sie in- und auswendig kannte: Bücher, Comics, Kuscheltiere, eine leere Flasche, die sie als Kerzenständer benutzte, die Tasse mit den Filzstiften, die Nachttischschublade mit dem gammeligen Wecker, den sie nie wieder gebrauchen würde. Und auf dem Schreibtisch sah sie das winzig kleine grüne Licht des Ladegeräts, das an ihren PC angeschlossen war. Den hatte sie kein einziges Mal vermisst. Aber der gehörte ihr. Das war sicher.

Warum also fühlte sich alles wie eine Lüge an? Warum hatte sie das ungute Gefühl, dass ihr Zimmer eine Filmkulisse war? Kine rutschte unruhig auf der Puppe hin und her. Sie saß schlecht, egal wie viel sie sich zurechtrückte. War dieses verwachsene Spielzeugtier tatsächlich dicker geworden? Sie versuchte stattdessen, sich hinzulegen. Etwas kratzte an ihrer Wange.

Sie hob den Kopf und strich mit der Hand über den Stoffkörper. Da! Da war etwas in der Naht, die auf der einen Seite über die Brust verlief. Sie zog den Verband weg. Ein paar Stiche waren aufgeplatzt, und ein Stück Papier guckte heraus. Kine versuchte, es mit den Fingern zurückzustecken, dafür war die Puppe aber zu vollgestopft. Sie zog das Papier heraus, einen langen, zerknüllten Streifen.

Darauf stand etwas geschrieben, in Kinderschrift. Ein Teil eines Satzes. Sie strich das Papier mit der Hand glatt und blinzelte.

… dises Pulver.

Das war alles. Diese zwei Worte ziepten ein bisschen im Gedächtnis, ohne dass sie ihr etwas gesagt hätten. Als hätte sie sie früher schon einmal gelesen, aber das bildete sie sich wohl nur ein.

Kine guckte hoch ins Puppengesicht. Der Totenkopf hing über ihr, als wartete er darauf, dass sie einschlief. Im Dunkeln sah er echter aus, doch sie wusste, dass die Augenhöhlen nur aufgenähte Filzstücke waren. Und das blanke Funkeln in dem einen Auge kam von einem ganz normalen Knopf. Der war ekelig, weil sich die Straßenbeleuchtung darin spiegelte.

Die Tür quietschte. Kine zuckte vor Schreck zusammen, aber es war nur Tipsi. Die Katze schob sich durch den Türspalt und kam mit einem leisen Miau zur Kugel. Zum Glück schien sie vergessen zu haben, dass Kine kürzlich versucht hatte, sie zu kidnappen. Oder zu … cat-nappen.

»Tipsi! Entschuldige!« Kine warf den Papierzettel weg und drückte sich durchs Glas nach draußen. Es war jetzt so zäh, dass sie verschwitzt war, noch bevor sie aus der Kugel gestiegen war. Was war hier los? Das konnte doch nicht sein? Oder doch? Vor ein paar Tagen hatte sie so leicht wie nichts durch das Glas hinein- und herausspringen können.

Sie fing an zu frieren. Das Zimmer war kalt, aber das war auch kein Wunder mit einem fetten Loch in der Wand.

Tipsi rieb sich an ihrem Bein, als hätte sie nicht erst vor ein paar Stunden versucht, Kine mit ihren Krallen zu schlachten. Katzenbiest. Kine lächelte, ging in die Hocke und streichelte sie. Tipsi schnurrte. Ein wahnsinnig schönes Geräusch, das sie liebend gern mit in die Kugel genommen hätte.

Die Kugel, ja … Sie musste herausfinden, was nicht stimmte. Kine drückte sich wieder durchs Glas, blieb aber auf halber Strecke stecken. Es war jetzt noch schwerer als gerade eben. Sie blieb mit dem vorderen Bein drinnen und mit dem anderen draußen stehen, während sie ihre Kräfte sammelte. Irgendetwas war völlig verkehrt … Ihr wurde klar, was bald passieren würde. Die Kugel war kurz davor, sich zu schließen. Undurchdringlich zu werden wie echtes Glas.

Panik packte sie wie eine eiskalte Hand ums Herz. Sie stand mit der einen Hälfte ihres Körpers drinnen und mit der anderen draußen, sie würde in zwei Teile zerschnitten werden!

Das Glas drückte gegen ihren Nacken, zog sich wie ein Gürtel enger um ihren Oberschenkel zusammen. Sie musste sich in die eine oder die andere Richtung bewegen, und zwar *jetzt*. Ehe es zu spät war. Sie musste sich entscheiden. Drinnen oder draußen?

Die Gedanken wirbelten in ihrem Kopf herum, nicht in der Lage, sich zu ordnen. Die Entscheidung war unmöglich. Das blockierte sie ganz und gar. Sie brauchte mehr Zeit, sie musste über das Ganze nachdenken und sich entscheiden und …

Was gab es da eigentlich zu entscheiden? Was sollte sie ohne die Kugel machen? Die war alles, was sie hatte. Alles, was draußen war, flimmerte vor ihren Augen vorbei wie ein Film in langsamem Internet. Ein Loch in der Wand, gestohlene Burger, eine Sportlehrerin, die sie gerammt hatte. Schwimmen, Jarle und die Gang, ein abgerockter Weihnachts-Chor in Engelskostümen, falsche Singstimme. Ein Rucksack mit einer gammeligen Brotscheibe in der Außentasche.

Außerhalb der Kugel würde sie in allem ertrinken, was sie angestellt hatte. Das wäre, wie kopfüber in einem Gummiring im Becken zu hängen mit den Lungen voller Wasser. Kine holte tief Luft. Fühlte sich gewürgt. Niemals! Nie im Leben!

Mit letzten Kräften presste sie sich hinein. Ihr Fuß blieb stecken. Das Glas umschnürte ihn, immer fester. Kine zerrte hysterisch daran, fiel hin. Das Gewicht ihres Körpers riss den Fuß los, und sie blieb liegen, das Gesicht im Bauch der Puppe vergraben.

Drinnen. Sie war drinnen.

Sie stand auf, legte ihre feuchte Hand aufs Glas und drückte versuchsweise dagegen. Nichts passierte. Sie drückte, so fest sie konnte, erreichte aber nur, dass ihre Hand einen leichten Abdruck im Glas hinterließ. Sobald sie die Hand wegnahm, zog es sich wieder glatt.

Noch war es nicht zu spät. Sie konnte mit aller Kraft wieder nach draußen gelangen. Vielleicht Mama und Papa rufen, damit sie ihr beim Rausziehen halfen. Damit sie nach draußen kam, damit sie … bestraft würde für das, was sie angestellt hatte? Kine starrte Tipsi an. Die Katze saß wieder vor der Kugel und starrte Kine an.

Kine merkte, dass sie Gänsehaut bekam. Sie hob die Knochen von der toten Tipsi auf. Der Schädel mit erbärmlich kleinen Zähnen lag in ihrer Hand. Sie hatte sich für die Skelett-Katze entschieden statt für die lebende. Hatte sie zum letzten Mal mit Tipsi gekuschelt?

Aber was hätte sie denn sonst machen sollen? So war es am besten. Die Welt da draußen war kalt, gefährlich und voll vergammelt. Da konnte sie ohne die Kugel, ihre Bubble, nicht leben. Hier hatte sie alles, was sie brauchte. Absolut alles.

Kine drückte das Katzenskelett an sich, dass die Knochen klapperten, als sie sich tröstete, indem sie alle Dinge flüsterte, die sie sich wünschen könnte.

Muskeln anstrengen

Kine schwebte hoch oben in einem passend kriegsgrauen Himmel. In der Stadt unter ihr tobte das Leben, sah dem zum Verwechseln ähnlich, was sie in *Die Sims* hätte machen können, nur mit weniger Farben. Und einem schreienden Mangel an Riesenrädern.

Sie hatte das Gefühl, dass sie schon wochenlang nicht mehr zur Schule gegangen war, aber wegen des Wochenendes hatte sie nur zwei Tage versäumt. Zwei Tage waren nichts. Viel zu kurz, als dass die anderen die Schwimmstunde bereits vergessen hatten. Schon gar nicht die Gang, seitdem hatten sie bestimmt über nichts anderes mehr geredet. Bei dem Gedanken wurde ihr ein bisschen schlecht. Sie musste sich selbst daran erinnern, dass die Kugel alles veränderte. Sie allein konnte entscheiden, ob sie in der Schule bleiben wollte oder nicht. Sie konnte sogar die Gang platt quetschen, wenn sie Ärger machten, aber das war jetzt keine so verlockende Vorstellung mehr wie noch vor Kurzem. Sie würde den Ball flach halten. Etwas auf

Abstand bleiben, damit niemand Fotos machen konnte oder so, und würde nicht viel mit den anderen reden. Nur mit Aurora und Vivi. Wenn sie denn noch Lust hatten, mit ihr zu reden. Vielleicht wollte das ja niemand?

Pah! Sollten doch die anderen machen, was sie wollten, das kratzte sie doch nicht. Warum sie sich dann den ganzen Morgen neue Klamotten gewünscht hatte, war ein etwas unangenehmes Rätsel. Aber sie musste doch etwas Sauberes zum Anziehen haben, und das konnte doch auch gleich etwas Stylisches sein. Braune Lederjacke mit weißem Wollfutter und eine fette Fliegerbrille aus der Zeit, als Fotos noch nicht farbig waren. Eine dazu passende Lederkappe hatte sie auch, klar. Mit langen Ohrenklappen und Bändern unterm Kinn. Sie sah aus wie eine Pilotin aus alten Zeiten. Aus dem Zweiten Weltkrieg, garantiert. Richtig passend, da sie möglicherweise die Einzige war, die den Dritten Weltkrieg überleben würde.

Sie hatte auch für einige praktische Dinge wie ein aufblasbares Planschbecken gesorgt, falls sie Lust zu baden hatte. Das lag aufgerollt beim Klo, hinter dem Rücken der schweren Stoffpuppe. Im Lauf der Zeit konnte sie sich bestimmt auch eine richtige Badewanne wünschen. Das Problem war nur, dass sie dann zum Zerteilen auch eine Motorsäge brauchte, wenn sie fertig mit Baden war, um die Einzelteile im Klo zu entsorgen. Das war wohl *ziemlich* viel Gerödel für ein Bad. Außerdem, warum sollte sie überhaupt so viel baden? War doch niemand da, der sie riechen konnte.

Kine stellte fest, dass die Kugel weiter gesunken war, weil vor ihr eine Stromleitung auftauchte. Sie duckte sich und glitt um Haaresbreite darunter hinweg. Zum Glück machte die Kugel ihre Bewegungen nach. Sie musste sich konzentrieren, musste wachsam sein. Immerhin war sie Pilotin in einem fliegenden Dingsbums, das mit Sicherheit gegen eine Million Luftverkehrsregeln verstieß.

Sie entdeckte unten auf der Straße den Schulbus. Der war gerade von der Würgerstraße abgebogen und fuhr den Pflastersteinhügel hoch.

Der Bus schien sie anzulocken. Sie konnte nicht genau sagen, woran es lag, aber der war so unwiderstehlich wie die Kokosberger, die sie zum Frühstück gegessen hatte. Ja, doch, sie hatte sich vorgenommen, auf Abstand zu bleiben, aber irgendwie …

Kine lehnte sich rücklings gegen die Puppe, nahm ein Buch und tat, als würde sie lesen, tat ganz gleichgültig. Dann ließ sie die Kugel hinabgleiten, bis sie und der Bus nebeneinander herfuhren. Aus dem Augenwinkel konnte sie das herrliche Chaos beobachten, das daraufhin entstand. Alle drückten sich Hände und Nasen an den Scheiben platt. Jemand zeigte auf sie, und einige Jungen kletterten über die Rückenlehnen, um bessere Sicht zu haben. Und da waren Aurora und Vivi! Beiden stand der Mund offen, Vivi so weit, dass man ihr einen Apfel hätte hineinstecken können, ohne dass sie es gemerkt hätte.

Kine drehte sich zu ihnen um, schob die Fliegerbrille in die Stirn. Dann winkte sie, als hätte sie sie gerade eben erst entdeckt, und las dann weiter. Sie segelte bis zum Fahrerfenster vor. Als Gerwin sie sah, zuckte er zusammen. Der Bus legte sich gefährlich schräg in die Kurve, sodass der Knoblauchzopf an der Windschutzscheibe tanzte. Gerwin riss sich zusammen und schaffte es, auf seiner Straßenseite zu bleiben, senkte aber das Tempo.

Kine tat das Gegenteil. Sie düste am Bus vorbei den Hügel hinauf. Als der endlich auf den Schulhof fuhr, hing sie schon über der Treppe und spielte die Gelangweilte.

Gerwin öffnete die Bustüren – dazu brauchte er wie immer drei, vier Anläufe –, und alle drängelten gleichzeitig nach draußen. Jarle war der Erste. Er kam mit allen anderen hinter sich angelaufen.

»Checkt die Bubble!«, rief er und zeigte auf Kine, als wäre sie seine Entdeckung.

Ob er sie meinte oder die richtige Kugel, war ihr unklar, aber das war auch total egal. Die Kugel war so oder so cool. Kine wurde von allen Seiten umringt. Alle reckten den Hals und drängten wie eine Schafherde nach vorn. Wäre sie nicht in der Kugel gewesen, hätte sie gedacht, ihr letztes Stündlein hätte geschlagen. *Von verrückt gewordenen Schülern der Klausen-Schule aufgefressen*, würde es in den Nachrichten heißen. Aber sie würde nicht aufgefressen werden, und das Allerbeste war: Sie war sich sicher, dass niemand an den Badereifen-Flopp dachte. Sie war jetzt der Boss. Sie war das Mädchen in einer riesigen schwebenden Glaskugel, das hinfliegen konnte, wohin es wollte. Das Mädchen mit der Fliegerbrille und der Lederjacke. Sie war Bubble.

Sie rauften sich um die besten Plätze und schrien durcheinander. Kine erhob sich und setzte ihren gnädigsten Blick auf.

»Halt, halt, halt! Chillt jetzt mal ein bisschen!«

Es wurde still. So still, dass es knirschte, als Vivi auf eine vereiste Pfütze trat.

»Gut«, sagte Kine und guckte auf ihre Hand, als würde sie ihre Fingernägel begutachten. »Eine nach dem anderen, hebt die Hand, wenn ihr Fragen habt.«

Ungefähr fünfzig Hände schossen hoch. Ein Chor aus Rufen verwandelte den Schulhof in eine Möwen-Kolonie. Da hätte sich sogar Mama die Ohren zugehalten. Kine zeigte auf niemanden. Sie wartete, bis die anderen den Wink verstanden und sich wieder abgeregt hatten. Wen sollte sie zuerst fragen lassen? Vivi und Aurora standen ganz hinten. Beide hatten die Hände oben, aber sie traute sich nicht, sie zuerst dranzunehmen. In ihren Augen lag etwas, bei beiden, das an Papa im Mantel der Enttäuschung erinnerte, und darum hatte sie ein ungutes Gefühl.

»Lasse?«, sagte sie und zeigte auf Lasse.

Warum hatte sie Lasse ausgesucht? Er gehörte doch zur Gang! Breit und saubeliebt, weil seinen Eltern der Kiosk beim Kino gehörte. Allerdings war Lasse nicht mehr so ein Drecksack wie früher. Zum Beispiel hatte er schon länger niemandem mehr seinen Ellenbogen in die Seite gerammt. Er war ein bisschen netter geworden, seit bei ihm Pickel zu sprießen angefangen hatten, gehörte aber trotzdem zu den Feinden.

Lasse ließ den Arm wieder fallen und stellte die eine Frage, auf die alle warteten: »Hast du WLAN?«

»Klar«, antwortete Kine. Die Wahrheit war etwas komplizierter. Sie hatte sich ein Handy und ein iPad mit schon bezahlter Karte und massenhaft Datenvolumen gewünscht. Dazu war sie durch Lernen und Ausprobieren gekommen, aber was sie hatte, erfüllte seinen Zweck.

Vivi schaute Kine unter ihrem Löwenzahnhaar mit Dackelblick an. Sie trat auf der Stelle, als müsste sie dringend aufs Klo. Vivi war nicht fies, sie würde nichts Kompliziertes fragen. Kine konnte es nicht rechtfertigen, die beiden zu ignorieren, darum riskierte sie es.

»Vivi?«

»Wie kannst du da drin atmen? Ich habe gelesen, dass man immer frische Luft haben muss, sonst bekommt man zu wenig Sauerstoff, und dann stirbt das Gehirn ab, und man …« Aurora legte ihr die Hand auf den Mund.

»Hier drinnen ist immer frische Luft und immer die perfekte Temperatur«, antwortete Kine.

Dann zeigte sie auf Viktoria. Die war noch eingebildeter als früher, und ihre Augenbrauen sahen aus, als hätte sie die mit einem Filzstift aufgemalt.

»Was ist mit einem Fön? Und Spiegel?«, fragte Viktoria. Kimberly stimmte ihr zu, aber das war keine Überraschung. Sie hatte Haare bis zur Hüfte, oft mit Glitzer darin.

Die Jungen verdrehten stöhnend die Augen. »Really?«, fragte Tommy wie immer in seinem blöden Englisch. »Spiegel? Darüber machst du dir echt Gedanken?«

Kine setzte wieder ihre Fliegerbrille auf und breitete die Arme dramatisch aus. »Bitte keine Fotos. Und ich muss euch bitten, einen Schritt zurückzugehen«, erklärte sie ernst.

Sie hatten bestimmt Todesangst vor dem, was Kine sich einfallen ließe, wenn sie nicht gehorchten. Also traten sie als geschlossene Herde einen Schritt zurück. Alle, außer Jarle. Kine ignorierte ihn. Sie flüsterte etwas zwischen zusammengebissenen Zähnen, damit niemand es hören konnte.

»Ich wünsche mir einen protzigen kleinen Spiegel.«

Der Wünscheschnee stieg zwischen den Kissen hoch. Durch die Herde ging ein Raunen, und alle traten noch einen Schritt zurück, während der Schnee in der Glaskugel herumwirbelte. Als er wieder auf dem Boden der Kugel gelandet war, hielt Kine einen Spiegel in der Hand. Rund und silberverziert. Ganz grauenhaft, aber Viktoria würde er bestimmt gefallen.

»Ich bekomme alles, was ich mir wünsche«, verkündete sie, gespielt gleichgültig. Alle schnappten nach Luft, sowohl ihre Klasse als auch die aus der Vierten und Fünften, die nach und nach rausgekommen waren. Die Hände reckten sich noch weiter nach oben. Der Einzige, der nicht die Hand oben hatte, das war Jarle, klar. Er stand in seinem blauen Hoodie da, bestimmt weil er wusste, dass das die Königsfarbe war. Er schob die Hände in die Taschen und warf den braunen Pony zurück. Sie wusste, er würde fragen, ohne die Hand zu heben. Sie wusste es einfach.

Sobald alle wieder ruhig waren, fragte er: »Woher hast du die?«

Das war eine gute Frage, ein bisschen vorwurfsvoll gestellt. Wusste er etwas, oder wollte er sie nur auf die Probe stellen? Er schaute ihr in die Augen, nagelte sie mit Blicken fest. Weil es ihr peinlich war, bekam sie heiße Wangen. Sie hatte die Kugel gefunden, als sie seinen Namen auf einen Grabstein geschrieben hatte. Weil sie sich gewünscht hatte, er wäre tot.

Das laut auszusprechen, davor brauchte sie keine Angst zu haben, jetzt nicht mehr. Aber sie wollte es nicht, wollte ihn nicht wissen lassen, dass er sie so weit getrieben, sie zum Weinen gebracht hatte. Damit würde sie ihn zum Sieger, zum Überlegenen machen, und davor konnte nicht einmal die Kugel sie beschützen.

Kine zuckte mit den Schultern. »Habe ich gefunden.«

Sie riss sich von seinem Blick los und zeigte auf Tamara, die mit erhobener Hand auf und ab sprang. Kurz sah es so aus, als hätte sie ihre Frage vergessen, aber dann kam es: »Was ist das für eine Puppe? Ich will ja nicht fies sein, aber … das ist wirklich die hässlichste Puppe, die ich je gesehen habe. Sau-unheimlich!« Die Frage war unangenehm. Kine sah die Puppe an. Sie hatte sich an sie gewöhnt, aber jetzt, da es jemand anders laut aussprach, war es, als würde sie sie zum ersten Mal sehen. Tamara hatte recht, sie war hässlich. Wirklich ekelig. Ihr kam eine Idee.

»Ja«, antwortete Kine und zeigte auf das Knopfauge. »Ich finde ja, die sieht Jarle ziemlich ähnlich.«

Die Schar brach in Gelächter aus, und Kine linste heimlich zu Jarle hinüber. Er verschränkte die Arme über der Brust und lächelte schief, als wüsste er genau, dass sie es nicht so gemeint hatte.

»Fühlst du dich darum so wohl da drinnen und willst nicht rauskommen?«, fragte er mit funkelnden Augen. Kine merkte, wie ihr das Lächeln verging. Sie suchte nach einer guten Antwort, fand aber keine. Er dachte, sie wollte nicht rauskommen, aber in Wahrheit konnte sie es nicht mehr. Nie mehr. Sie kaute auf ihrer Unterlippe.

Monrad rettete sie. »Haut ab!«, kam es von dem rothaarigen Bagalut in Camouflage-Hose. Er boxte sich zwischen den anderen durch und legte die Hände auf die Kugel, tastete nach einer Öffnung, die es nicht gab. »Wo zum Henker ist die Luke?«

Kine gab ihr Bestes, um nicht zu lachen. Eins konnte Monrad überhaupt nicht ausstehen: wenn er ausgelacht wurde. Ohne die Kugel hätte sie jetzt mächtige Angst. Dieser geisteskranke, hirntote Pyromane von Monrad, der übelste Mobber auf der Schule, stand vor ihr und klopfte ans Glas.

»Du musst drücken«, antwortete sie. Monrad drückte.

Nichts passierte, wie sie sehr gut wusste. »Du musst fest drücken!«, wiederholte sie. Monrad stemmte sich vom Kies ab und drückte, bis er stöhnte. Aurora kicherte. Vivi erstickte ein prustendes Lachen mit der Hand.

»Nein, nein«, sagte Kine. »Du musst *richtig* drücken. Streng deine Muskeln an!« Monrad keuchte und presste. Seine Wangen liefen feuerrot an, was darauf schließen ließ, dass er kurz vorm Platzen war. Die anderen fingen an zu lachen. Zuerst zaghaft, weil sich vorher noch nie jemand getraut hatte, ihn auszulachen.

Alle glotzten Monrad an. Bloß Jarle sah sie an. Sein Gesicht war todernst. Als hätte sie etwas falsch gemacht. *Er* kritisierte *sie*. Er, der in der Schule alle Spielregeln bestimmte! Er, der der Boss in der Gang war, der bestimmte, wer cool war und wer nicht, was erlaubt war und was nicht, sogar welchen Spitznamen die Leute kriegten! Welches Recht hatte so ein Arschgesicht, sie zu kritisieren? Das war … pervers!

Kine kochte vor Wut. Sie setzte mit der Kugel zurück, sodass Monrad vor der Treppe auf die Nase fiel. Die Lachsalven mischten sich mit dem Läuten der Schulglocke, die alle in die Klasse rief.

Hinein, ja … Sie hatte keine Lösung, wie sie mit der riesigen Kugel ins Klassenzimmer kommen sollte. Vielleicht hängte sie sich einfach draußen vors Fenster? Kine ließ die Kugel langsam die Treppe hochsteigen, während die anderen ihr gegen das Glas High Five gaben.

Sie spürte Jarles Blicke im Rücken brennen. Und wenn schon, es war nicht ihr Problem, dass er nicht mehr der King war. Aber es war nicht gerecht! Es war, als ob er nie zufrieden wäre. Als ob sie nie gut genug war, weder mit noch ohne Kugel.

Die Expertinnen

Noch vor Schulschluss am Freitag konnte Kine über die vergangenen drei Tage zusammenfassend sagen, dass es die besten waren, die sie je auf der Klausen-Schule erlebt hatte. Das Sklavenlager, zu dem sie ihr Leben lang gehört hatte, war zu ihrem persönlichen Vergnügungspark geworden.

Die Kugel passte gerade eben durch die Flügeltür, aber nicht ins Klassenzimmer. Stattdessen hatte sie sie so vor der Tür platziert, dass sich das Glas in den Raum wölbte. Aufsatz war am Anfang total hysterisch gewesen; aber egal, wie er sich aufführte, er konnte sie nicht als fehlend ins Klassenbuch eintragen. Sie war schließlich ganz eindeutig anwesend.

Seine größte Sorge war der Weihnachts-Chor, was sonst. Er wusste nicht, wo er Kine unterbringen sollte. Die Kugel brachte seine »ausgewogene Komposition« ganz durcheinander. Aurora hatte darauf hingewiesen, dass die Kugel schwebte, und wenn man überhaupt etwas über

Engel wusste, dann, dass sie durch die Luft schwebten. So gesehen passte die Kugel perfekt dazu.

Kine dachte gar nicht daran, mitzumachen, tat aber so, als ob. Sie sagte, sie könnte einen gefangenen Engel darstellen, der eingesperrt war, weil er etwas labil war. Alle in der Klasse drehten durch, bis sie sich vor Lachen über den Tischen bogen.

Der Schwimmunterricht war das Beste von allem! Die Quälerin war nicht wütend gewesen, sie hatte sich sogar so verhalten, als wäre nie etwas passiert. Rollte das »R«, wenn sie grölte, dass sie rascher schwimmen und nicht die Bahnen kreuzen sollten. Kine hatte die Grenzen der Kugel maximal ausgereizt, war auf dem Boden des Beckens herumgerollt, nach oben rotiert und hatte die Wasseroberfläche durchbrochen, wobei sie mit über den Kopf erhobenen Armen wie eine Ballerina in der Kugel stand. Einfach nur aus Jux, klar; aber die Synchronmeisterinnen Linda und Benedikte waren vor Neid ganz grün um die Nase geworden. Bei dem Gedanken grinste Kine, als sie durch die Wolken nach Hause sauste.

Ununterbrochen bekam sie Nachrichten auf ihr Handy. Früher schickten ihr fast nur Aurora und Vivi Nachrichten, jetzt aber bekam sie auch welche von Leuten, die sich sonst nie bei ihr gemeldet hatten. Viktoria, Bård, Henriette … Jetzt war sie wegen der Kugel plötzlich interessant. Jetzt wollten sie mit ihr befreundet sein. Typisch. War doch kein Wunder, dass sie sich abgemeldet hatte, oder?

Einige Nachrichten waren von einer Journalistin, die

beim *Mottenburger Tageblatt* arbeitete und der Gerüchte über die Kugel zu Ohren gekommen waren. Kine hatte nicht geantwortet. Sie wollte keinen Ärger. Wenn sie die Nachrichten einfach ignorierte, würde die Frau das Ganze bestimmt vergessen. Wenn nicht, dann musste Kine eben wieder verschwinden. Raus in die Wildnis abhauen, so wie sie es ursprünglich vorgehabt hatte, obwohl sie dazu keine so große Lust mehr hatte.

Sie segelte zwischen den Schornsteinen der stillgelegten Fabrik hindurch, sank hinab zum Umweg und parkte die Kugel perfekt im Loch in der Wand. Dann drückte sie gegen das Glas, um in ihr Zimmer zu gehen. Es klappte nicht, klar. Die Kugel war ja härter geworden, aber sie vergaß es so leicht. Das war schon mehrmals vorgekommen. Kine blieb mit den Händen auf dem Glas und einem kalten Kribbeln in der Brust stehen. Sie atmete tief durch, während sie bis zehn zählte.

»Was ist?«, fragte sie die Puppe. »Was könnte ich im Haus machen, was ich nicht auch hier machen kann, hä?«

Sie war ruhelos und versuchte, im Kreis zu gehen, aber das war nicht so einfach, weil auf dem Boden so wenig Platz war. Wenn sie wie früher nach Hause gekommen wäre, wäre sie die knarrende Treppe nach unten in die Küche gegangen, hätte mit Tipsi gekuschelt, den Kühlschrank aufgemacht, etwas zu essen gefunden, was sie eigentlich nicht mochte, nach Mamas Meinung aber essen sollte. Dann hätte sie auf dem Sofa einen Zeichentrickfilm geguckt oder gespielt, bis Mama und Papa nach Hause gekommen wären. Und dann hätte sie Mecker gekriegt, weil sie nur Zeichentrickfilme geschaut und gespielt hatte. Der reinste Albtraum! Jetzt konnte sie viel mehr machen.

Kine klappte den PC auf. Das war der dritte, den sie genauso viele Tage gehabt hatte, weil den Geräten immer der Strom ausging. Sie musste sich eine bessere Lösung einfallen lassen, als die Reserve-Akkus auszutauschen, die funktionierten nur im Handy. Sie schaltete ein Anime an und wünschte sich eine große Schale Pasta. Das war ein Ausrutscher. Als Ergebnis saß sie mit einer Schale ungekochter Pasta auf dem Schoß da. Anfängerfehler. Sie warf sie weg und wünschte sich eine neue Schale mit warmer, perfekt gekochter Pasta mit Würstchen und Ketchup. Dann aß sie, nur in Unterhose und T-Shirt, während sie zurückgelehnt den Film schaute. Besser konnte das Leben nicht mehr werden.

Doch, etwas Luft nach oben war da noch: Die Puppe hätte eine bessere Liegefläche abgeben können; die wurde mit jedem Tag nur noch klumpiger und härter. Sollte sie vielleicht mal versuchen, sie zu entsorgen? Sie in Stücke schneiden und ins Klo werfen? Aber was, wenn die Kugel die Puppe zum Funktionieren brauchte? Was, wenn sie sich ohne die nichts wünschen konnte? Das war ein Risiko, das sie ganz eindeutig nicht eingehen konnte.

Kine schmiss die leere Pastaschale ins Klo und warf den PC zur Seite. Sie musste etwas tun. Sich bewegen. Ihre Gedanken kehrten die ganze Zeit immer wieder zu dem Punkt zurück, dass sie die Kugel nicht verlassen konnte, dass sie eingesperrt war; und daran mochte sie nicht denken. Das war lebensgefährlich, weil sie daran nichts ändern konnte. Sie war jetzt Bubble. Ihr blieb einfach nichts anderes übrig, als es sich hier gemütlich zu machen.

Sie wünschte sich fürs Handy ein Paar Lautsprecher und drehte die Musik voll auf. Dann wünschte sie sich einen Stahldraht, ein paar Haken und schwarze Vorhänge aus leicht durchsichtigem Stoff. Bald war aus der Kugel ein ultracooles schwarzes Himmelbett geworden. So eins, wie sie es sich schon immer gewünscht, aber nie bekommen hatte. Sie war das glücklichste Mädchen auf der Welt.

Sie bekam bessere Laune und fing an, zur Musik zu tanzen, hüpfte nur in Unterwäsche herum wie eine Verrückte, spielte Luftgitarre und sang aus vollem Hals mit. Falsch und fürchterlich, aber was machte das, wenn es niemand hörte? Sie war frei. Sie hatte ein schwarzes Himmelbett. Sie hatte Death Metal.

Und sie hatte Gesellschaft.

Ein Schatten im Augenwinkel brachte sie zum Stillstand. Mama war mit einer fremden Frau in der Zimmertür aufgetaucht. Kine fühlte, wie ihre Wangen kochten. Sie raffte ihre Klamotten an sich und versuchte, in die Hose zu steigen, ohne jemanden anzuschauen. Dann stellte sie die Musik leiser und stemmte die Hände in die Hüften.

»Wie wäre es mit Anklopfen, nur mal so zum Beispiel?«

Mama stand mit der Hand an der Tür da, und Kine begriff, dass sie wahrscheinlich geklopft hatte, ohne dass Kine es hatte hören können.

Die fremde Frau kam mit einer Selbstverständlichkeit ins Zimmer, dass man hätte meinen können, es gehörte ihr. Vorsichtig ausgedrückt: beunruhigend. Sie war rund und hatte etwas an, das einem lila Zelt nicht ganz unähnlich war. Über dem Zelt trug sie eine Weste in einem etwas anderen Lilaton. Ihre Beine wirkten im Verhältnis zum Körper zu dünn, und ihre Strumpfhose erzeugte beim Gehen ein nerviges Knirschen.

Sie setzte sich vor die Kugel, auf Kines Stuhl. Sie schob ihre Tasche darunter, als wäre sie im Flugzeug oder hätte Angst, jemand könnte sie ihr klauen. Ihre Haarspange war auch lila und sah aus, als könnte sie jeden Moment herausrutschen.

»Hallo, Kine«, sagte sie, als würden sie sich schon lange kennen.

Kine durchschaute die Absicht sofort. Sie wich zurück und guckte Mama in der Tür an. »Eine Psychiaterin! Du hast eine Psychiaterin angerufen?!«

Wie konnte sie nur? Eine Seelenklempnerin?! Kine starrte auf die Tasche unter dem Stuhl. Sie war aus hautfarbenem Leder, bestimmt aus dem vorigen Kind gemacht, dem diese in ein Zelt gekleidete Psychiaterin »geholfen« hatte.

»Psychologin«, korrigierte die Frau, ohne dass es das Ganze besser gemacht hätte. »Ich heiße Kirsten. Möchtest du, dass ich später wiederkomme?«

Kine blinzelte verwirrt. Sie wusste nicht so genau, was sie sagen sollte, und merkte, dass das der Sinn der Sache war. Das war eine ausgeklügelte Fangfrage. Natürlich wollte sie nicht, dass die Frau wiederkam, wollte sie aber auch nicht hier haben.

»Ja, später«, antwortete Kine.

Die Frau guckte auf eine goldene Uhr, die etwas zu stramm um ihr Handgelenk saß. »Gut, passt es in einer halben Stunde? Ich kann …«

Kine stöhnte genervt, setzte sich hin und verschränkte die Arme vor der Brust. »Na gut, lass hören!«

»Ich bin es, die hier zuhört«, antwortete Kirsten so einladend, dass einem davon ganz schlecht wurde. Sie winkte Mama aus dem Zimmer und fing an, von ihrer Arbeit zu erzählen. Kine drehte die Musik auf, bis sie nichts mehr hören konnte. Die Psychologin hob die Hände als Zeichen, dass sie aufgab. »Ich verstehe, über meine Arbeit brauchst du nichts zu wissen. Was möchtest du mir gern über die Kugel erzählen?«

Kine zuckte mit den Schultern. Da gab es nicht viel zu erzählen. Sie sah aber auch keinen Grund zu lügen, darum sagte sie, sie hätte sie gefunden und dass die Frau es vergessen konnte, sie da rauszukriegen. Sie brachte es nicht fertig, ihr zu sagen, dass sie nicht mehr nach draußen kommen *konnte*. Das laut auszusprechen, würde bedeuten, dass es wirklich war, und das war eine etwas zu erschreckende Wirklichkeit. Womöglich genauso erschreckend wie die Wirklichkeit außerhalb der Kugel.

Kirsten erkundigte sich nach dem Grund, warum sie nicht nach draußen kommen wollte. Als Antwort drehte

Kine die Musik wieder hoch. Nach einer halben Stunde Lauter- und Leiserstellen hatte Kirsten die Nase voll. Sie riss die Tasche an sich und rauschte mit flatterndem Zelthemd ab.

»Such dir eine Psychologin!«, rief Kine ihr hinterher. »Ich habe gehört, das soll helfen!«

Die Tür knallte zu. Kine kicherte und nahm das Handy. Sie überlegte, ob sie Aurora und Vivi in einer SMS von dem ganzen Theater erzählen sollte, ließ es aber sein. Sie könnten dann den Eindruck kriegen, mit ihrem Kopf stimmte tatsächlich irgendwas nicht. Stattdessen machte sie sich daran, Nachrichten zu lesen. Entsetzliche Nachrichten. Die schrecklichsten, die sie finden konnte. Grausame Dinge, die sie daran erinnerten, dass die Welt da draußen ein Scheißort war.

Sie wünschte sich einen Becher heißen Kakao mit Sahne, Marshmallows und Schokostreuseln, mit dem sie es sich auf der Suche nach Krieg, Naturkatastrophen und verrückten Mördern gemütlich machte. Dann ging sie auf die Homepage vom Gesundheitsamt, wo Mama arbeitete, und las über lebensgefährliche Bakterien und geschlossene Restaurants. Auf der Seite von Papas Arbeit fand sie Nachrichten über Gefahren von Erdrutschen, riskanten Tunnelprojekten und Erdbeben.

Nach einer Stunde mit beruhigendem Elend klopfte es an der Tür. Was denn jetzt schon wieder? Musste sie etwa wieder von zu Hause weglaufen? Musste sie Ernst machen mit dem Umzug nach Alaska?

Mama ließ eine neue Frau ins Zimmer und verschwand dann wieder. Kine wappnete sich innerlich, aber diese Frau sah ganz anders aus als ihre Vorgängerin. Sie sah fast wie … selbst gemacht aus. Sie trug einen unmodernen gehäkelten Schal und hatte sich einen Haufen Schmuck um den Hals gehängt. Dünne Ketten mit Steinen und Kristallen, eine mit einem Schlüssel und eine andere mit einem Auge. Auch die typisch selbst gemacht. Über ihre Schultern flossen dunkle, etwas zu spröde Haare. Wahrscheinlich mit selbst gemachtem Shampoo ruiniert. Ihre Ohrringe waren aus Federn gebastelt, und ihr Blick war verträumt, irgendwie warmherzig und verschleiert. Kine wusste, dass es ganz egal war, was sie dieser Frau erzählte, sie würde darüber nur lächeln und verständnisvoll nicken. Würg …

Kine las weiter in ihrem Handy.

Die Frau schnipste ihre Haare hinter die Schultern und kniete sich so vor die Kugel wie andere Leute vor ein Lagerfeuer. Die Frau roch auch ein bisschen nach Lagerfeuer. Nach Rauch oder so was Ähnlichem. Sie legte eine Hand auf ihre Brust und rasselte mit dem Schmuck: »Ich bin Sternenstrahl.«

Kine verdrehte die Augen. »Was für ein Einfall«, murmelte sie, verzichtete aber darauf, darüber zu streiten, inwieweit Sterne strahlten oder nicht. Sternenstrahl lächelte und nickte verständnisvoll. Keine Überraschung. Sie erzählte weiter, dass sie Mama vom Yoga kannte, und fragte Kine, wie sie sie nennen sollte.

Kine hob eine Augenbraue. Sie nennen sollte? Sie musste doch wissen, dass sie Kine war? Aber Leute, die sich Sternenstrahl nannten, glaubten wahrscheinlich, man könnte sich seinen Namen selbst aussuchen. Vielleicht war das hier gar nicht so übel? War das vielleicht eine Möglichkeit, ein bisschen Spaß zu haben?

Sie verstaute das Handy wieder im Beutel und kniete sich ganz dicht ans Glas. Dann starrte sie Sternenstrahl tief in die Augen und säuselte mit sanfter Stimme: »Ich habe auf dich gewartet.«

Sternenstrahls Gesichtszüge entgleisten einen Augenblick vor Ungläubigkeit, bevor sie wieder strahlte. Ihre Wangen erröteten vor Begeisterung, ihre Augen funkelten wie bei einer Verliebten. Kine warf einen kurzen Blick auf die selbstleuchtenden Sterne, die sie ans Glas geklebt hatte, und beschloss, die Vorstellung voll auszukosten.

»Sternenstrahl, ich komme aus … dem Universum. Ich komme mit einer Botschaft an die Menschheit.«

Sternenstrahl griff nach einem der Kristalle, die auf ihrer Brust baumelten. Der war wohl beruhigend oder so. Kine unterdrückte ein Kichern, während die leichtgläubige Frau näher kroch. »Wer bist du? Wie lautet die Botschaft?«

»Ich bin … Karma. Die Menschen müssen sich bessern, oder sie werden …« Kine trommelte mit den Fingern auf ihren Oberschenkel und suchte nach dem Wort. Es lag ihr auf der Zunge, so ein protziges Weltuntergangswort, das ungefähr so viel bedeutete wie aufgefressen werden. »Verzehrt! Sich bessern, oder sie werden verzehrt.« Kine räusperte sich.

Sternenstrahl nickte energisch. »Ich weiß, ich weiß, Karma! Was sollen wir machen?«

Kine seufzte. »Na ja, nichts funktioniert hier! Ihr werft überall Müll hin, das Meer ist voller Plastik, die Schwimmhalle stürzt bald ein, der Weihnachtsbaum wird zu schwer, die Bank auf dem Friedhof ist schief ...« Kine merkte, dass ihrer Stimme beim Sprechen der gurumäßige Ton immer mehr verloren ging, darum fand sie ihre Mitte wieder, sprach ruhiger und sanfter weiter: »Vom Kleinsten zum Größten. Nichts funktioniert, und alle machen Fehler. Ende der Durchsage.« Sie rutschte zurück. »Nein, warte! Eins noch: Die Häuser auf dem Marktplatz sind hässlich! Alle haben die gleiche kotzgrüne Farbe, und die blättert auch noch ab. Ist es denn so schwierig, daran etwas zu machen, hä?!«

Sternenstrahl schüttelte den Kopf: »Nein, Karma! Ich werde es ihnen sagen.«

»Gut.« Kine hob ein Buch hoch und wedelte die Frau damit weg. »Ende der Durchsage.«

»Danke, Karma.«

»Karma!?« Mamas Möwen-Stimme kreischte von der Tür her. »Sie ist nicht Karma, sie ist ein ganz ungezogenes Mädchen!« Sternenstrahl erhob sich und schaute Mama voller Mitleid an. Dann lächelte sie Kine zu, als hätten sie ein Geheimnis, und verließ das Zimmer, wobei ihr Schmuck um den Hals rasselte.

Kine brach in Lachen aus. Mama legte mit Meckern los, aber Kine lachte so laut, dass sie nicht ein Wort hörte. Die Tränen kullerten. Am Ende ging Mama hinaus und knallte die Tür zu.

Kine hielt sich den Bauch und trocknete ihre Tränen. »Oh, Hilfe! Ich sterbe!«, lachte sie und legte eine Hand auf die Schulter der Puppe. »Wir zwei, also echt! Wir werden krass viel Spaß haben, du und ich.«

Sie lehnte sich zurück an die bandagierte Brust. Da war es wieder, das Stechen. Sie setzte sich aufrecht hin und stocherte in der Füllung, die aus der Naht quoll. Etwas Schwarz-Grünes. Sie zog daran. Es war eine Feder. Eine dunkle, grün schimmernde Feder. Kine starrte sie an. Was hatte sie beim letzten Mal gefunden, als sie in der Füllung herumgebohrt hatte? Den kleinen Zettel mit der Kinderschrift.

… dises Pulver.

Papier und Feder? Bestimmt nicht das sonderbarste Material, mit dem man eine Puppe ausstopfen konnte. Sonderbar war, dass diese Feder das genaue Gegenstück zu der Feder war, die an Sternenstrahls Ohr gehangen hatte. Und sie roch ebenfalls nach Rauch. Das konnte unmöglich Zufall sein. Angst begann in Kines Körper zu picken, schickte ihr Gänsehaut über die Arme. Irgendetwas stimmte hier nicht. Irgendetwas Widerliches lief hier ab, und sie hatte keine Ahnung, was.

Die Schummelpäpstin

Kine stand vor dem Spiegel, probierte Hüte auf und gab sich dabei viel Mühe, nicht daran zu denken, dass sie nicht mehr aus der Kugel kommen konnte. Der Gedanke streifte sie nicht einmal. Auch nicht die Puppe; an die dachte sie auf gar keinen Fall. Sie hatte genug damit zu tun, neue Kopfbedeckungen auszuprobieren, und das war jetzt viel einfacher, nachdem sie herausgefunden hatte, dass sie sich nicht total genau ausdrücken musste, wenn sie sich etwas wünschte. Sie brauchte nur Bilder von dem, was sie sich wünschte, im Internet zu finden und darauf zu zeigen. Und jetzt gab es in den Onlineshops Vorweihnachtsangebote. Das machte zwar keinen Unterschied, sie bekam sowieso alles kostenlos, aber … das gab ihr irgendwie das Gefühl, dazuzugehören.

Bis zum Dezember waren es nur noch ein paar Tage, und Mottenburg war voller Vorfreude. Das konnte man in den Schaufenstern der Geschäfte und an den Stapeln von Weihnachtsbäumen erkennen, die nur darauf warteteten, an den Straßenlaternen entlang der Hauptstraße festgebunden zu werden. Haufenweise Lichterketten lagen aufgerollt auf den Gehwegen, und alle lächelten mehr als sonst. Es war, vorsichtig ausgedrückt, deprimierend.

Die Leute konnten sich also das ganze Jahr wie Schweine benehmen, und dann spielten sie plötzlich die Netten, bis der Advent vorbei war? Eins, zwei, drei … Gemütlichkeit! Oder was?

Egal, es sah trotzdem schön aus. Und Kine hatte sich widerwillig vom Dekorieren anstecken lassen.

Nein, Dekorieren war der falsche Ausdruck, natürlich, sie war noch nie eine Dekorateurin gewesen. Was sie machte, das war … anspruchsvolles und technisches Interieurdesign. Sie hatte sich Malfarbe, Muttern, Metallstangen, Zangen, Klebeband und einen Haufen anderes Zeug gewünscht, das nach Gebrauch überflüssig war und im Klo entsorgt wurde. Manchmal schmiss sie Dinge weg, von denen sie wusste, dass sie sie später noch brauchen würde, fand es aber einfacher, sich eine neue Säge zu wünschen, als so etwas in der Kugel aufzubewahren.

Sie hatte auch gelernt, dass es mehr über Energie zu wissen gab, als sie ahnte. Das hatte ein paar unangenehme Stromstöße und Kraftausdrücke gekostet, bei denen Aurora die Luft weggeblieben wäre; aber jetzt hatte sie wenigstens Zugriff auf Strom. Nicht nur schwächliche Aufladebatterien, sondern ein echtes Stromaggregat für die aufwendigeren Arbeiten. Es lief mit Benzin, und an dem

Gestank wäre sie fast erstickt, also hatte sie es in eine Kiste mit Kupferrohren eingebaut, die ins Klo führten.

Das Kupfer hatte sie inspiriert, sich ein altmodisches Armaturenbrett zu wünschen, komplett mit Messinstrumenten, Knöpfen und Schaltern. In der Kugel sah es aus wie in einem Cockpit, passend zu Fliegerbrille und Lederkappe. Das war so wahnsinnig krass! Wie nannte Aurora das noch, wenn sie altmodische Kleider nähte? Retro! Kine hatte ein Retro-Ufo. Das hatte jede Menge Gerödel bedeutet, aber es half ihr, nicht zu denken. Denken war der Tod. Sobald sie eine Pause einlegte, schweifte ihr Blick zur Puppe, egal wie sehr sie versuchte, es bleiben zu lassen.

Kine wusste, dass etwas in der Puppe steckte. Etwas Ekeliges. Sie hatte keine Ahnung, was, aber es nagte die ganze Zeit an ihr, knabberte wie eine Maus an ihrem Gehirn. Es war einfach dumm, daran zu denken; denn die Gegenstände, die sie gefunden hatte, waren total harmlos. Ein zerknüllter Zettel mit Kinderschrift. Eine Feder, die zufällig so aussah wie die, die am Ohr von Sternenstrahl hing, dieser flippigen Yoga-Frau. Alter Falter, war die leichtgläubig gewesen.

Ich bin Karma. Ich komme mit einer Botschaft an die Menschheit.

Kine musste beim bloßen Gedanken daran lachen. Sie guckte wieder die Puppe an, aber die saß nur da mit der ewig schlecht gelaunten Miene und den Zickzack-Zähnen. Mit *Toxine* hatte sie einen passenden Namen ausgesucht, die Götter wussten, dass das Zusammensein mit ihr manchmal die Atmosphäre vergiften konnte.

»Pah«, murmelte Kine und starrte im Spiegel den lodenen Federhut an. »Was verstehst du denn schon von Mode?« Sie warf den Hut zur Puppe. Der blieb pendelnd an der riesigen Nadel hängen, die aus der Schulter ragte. Sie hatte inzwischen bestimmt schon zwanzig weggeworfen, und jetzt sollte sie sich auf den Weg in die Schule machen. Nicht, weil sie musste, sondern weil sie zurzeit sowieso schlecht schlief. Dann konnte sie auch problemlos einen guten Eindruck schinden, indem sie pünktlich kam.

Sie schaute auf die Uhr. Eine neue, mit Perlen am Armband.

Perlen …

Natürlich! Kine wurde klar, dass sie sich mit den Hüten viel zu sehr eingeschränkt hatte. Warum sich mit einem Hut zufriedengeben, wenn man etwas wirklich Krasses kriegen konnte? Eine Krone zum Beispiel? Eine Tiara mit Perlen und vollem Programm? Sie suchte im Internet unter *echte Tiara* und zeigte auf das heftigste Bild. »Ich wünsche mir so eine Tiara!«

Der Schnee kroch unter dem Armaturenbrett hervor, fast wie eine Million Käfer. Er wirbelte kurz um sie herum und ließ ihr dann die Tiara vor die Füße fallen. Sie hob sie hoch und setzte sie sich auf den Kopf.

Die. War. Krass!

Das hier war so weit von einem Kostümverleih entfernt, wie es nur ging. Die hier war original. Schwer und echt. Diamanten funkelten, massenhaft. Sie fassten kleine Öffnungen ein, in denen jeweils eine tropfenförmige Perle hing. Sie war die Königin von Bubble. Chefin im eigenen Reich. Sie war die uneingeschränkte Herrscherin und hatte die Tiara als Beweis. Die war an den Ohren etwas zu weit, aber das war dann eben so.

Kine nahm am Armaturenbrett Platz, setzte sich die Fliegerbrille auf und flog die Kugel rückwärts aus der Hauswand. Unter sich sah sie ein Wohnmobil, das seit gestern dort in der Einfahrt parkte. Sicher von jemandem, der in der Nachbarschaft zu Besuch war; aber die wurden garantiert weggejagt. Niemand durfte vor dem Tordurchgang parken. Das war der Vorteil an der Kugel, sie konnte parken, wo sie wollte.

Ihr Handy meldete eine Nachricht. Kine fummelte es hastig aus dem Beutel. War sie vielleicht von Aurora oder Vivi? Sie waren in letzter Zeit so still. Sonst wurde immer die kleinste Kleinigkeit gepostet, jetzt aber schienen keine Kleinigkeiten mehr zu passieren.

Das machte zwar nichts, klar, aber … Sie guckte aufs Handy. Wieder von der nervigen Journalistin. Kine verdrehte die Augen. Das war Viktorias Schuld, sie hatte ein Bild hochgeladen, auf dem man die Kugel im Hintergrund sehen konnte, und hatte es erst einen Tag später entfernt. Kine löschte die Nachricht. Wenn sie wieder was schickte, dann würde Kine die Nummer blockieren.

Hatte sie Musik, die zu Tiara, Lederjacke und Fliegerbrille passte? Sie klickte auf eine Playlist mit Punk und sang *»Don't know what I want, but I know how to get it«.* Dabei tauchte sie unter Stromleitungen hinweg und fuhr Slalom zwischen den Autos auf der Hauptstraße. Die Wagen schlingerten um ihr Leben, als sie Kine sahen. Einige bekamen Schlagseite und landeten im Graben. Die Fahrer kletterten verstört aus ihren Fahrzeugen und hoben ihre geballten Fäuste.

»Na, dann fahrt doch zur Seite, ihr Amateure!«, rief Kine und trank einen Schluck Kakao aus ihrem Thermobecher. Sie fegte am Schulbus vorbei und grüßte mit der Tiara wie mit einem Hut. Sofort meldete sich ihr Handy mit einer Nachricht von Aurora. Sie war zwar kurz, aber immerhin schickte sie etwas.

Hast du für die Klassenarbeit gelernt?

Uups … Stimmte, in der ersten Stunde schrieben sie heute eine Klassenarbeit. In Gemeinschaftskunde. Na und? Sie brauchte keine guten Noten mehr. Eine Ausbildung machte man, um eine Arbeit zu bekommen, und wozu brauchte man eine Arbeit, wenn man alles bekam, was man sich wünschte? Sie warf einen Blick über die Schulter. Die Puppe starrte zurück. Kine meinte, eine Warnung in dem leeren Blick zu erahnen. In etwa so, wie dass das hier nicht ewig so weitergehen konnte.

Was, wenn die Kugel eines Tages weg war? Was, wenn sie in ihrem eigenen Bett aufwachte und Verantwortung für alles übernehmen müsste, was sie getan hatte? Alles, vom Burger-Diebstahl über das Loch in der Wand bis hin zu den gammeligen Pausenbroten und den Autos im Graben?

Vielleicht doch nicht so dumm, gute Noten zu haben, nur für den Fall des Falles? Zum Glück war, das hinzukriegen, ein Kinderspiel. Kine wünschte sich die Lösungen für die heutige Klassenarbeit in Gemeinschaftskunde in der Klasse 6B der Klausen-Schule und saß dann mit drei Bögen Papier da, in der Ecke zusammengeheftet.

Sie lächelte. Das Leben war doch so einfach.

Kine versteckte die Lösungen unter dem Armaturenbrett und flog die Kugel über den Schulhof. Eine Schar Kinder mit offenen Mündern von der zweiten bis zur dritten Klasse hielten ihr die Tür auf, damit sie ins Gebäude kam. Sie wartete, bis alle da waren, und parkte die Kugel in der Tür zum Klassenzimmer.

Die anderen starrten verzweifelt auf die Blätter, die Aufsatz austeilte. Jarle stöhnte. Er saß ganz hinten in der Ecke und trommelte sich mit dem Bleistift gegen die Stirn. Seine Haare lagen hinten platt am Kopf, als wäre er gerade eben erst aufgestanden. Die Fältchen unter den schmalen Augen zeichneten sich deutlicher ab als sonst. Dadurch sah er älter aus als die anderen. Müde. Als würde er … gequält. Still und voller schwerer Gedanken, die kein anderer verstand. Ein wenig wie sie selbst. Kine lächelte. Sie hätte ihm bei der Klassenarbeit gern ein bisschen geholfen.

Von dem Gedanken überrascht, riss sie ihren Blick los. Wie, verdammt, kam sie denn auf so was? Jarle helfen? Keine Mini-Chance! Er verdiente es, gequält zu werden, und sie hoffte, dass er eine krass unterirdische Klassenarbeit schrieb! So unterirdisch, dass zur Warnung und Abschreckung ein Bild von ihm im Flur aufgehängt würde.

Aber wenn jemand eine so krass unterirdische Note bekam, um damit berühmt zu werden, dann vermutlich Monrad, der gerade mit dem Feuerzeug einen Stift zum Schmelzen brachte.

Aufsatz warf seinen blonden Pony zurück und kam zur Kugel. Heute trug er grüne Strümpfe. Das war seltsam, weil er sonst nichts Grünes anhatte. Aber dann entdeckte sie die grüne Tasche neben seinem Lehrerpult und beruhigte sich damit, dass alles normal war wie immer. So normal, wie es nur sein konnte.

Er klebte die Fragen auf die Außenseite des Glases und bat Kine, den PC zuzuklappen. Das tat sie gut gelaunt. Er wusste ja nicht, dass sie die Lösungen bereitliegen hatte.

In der Klassenarbeit ging es um die Umwelt. Um die Abbauzeit von Plastik und vergleichbaren Produkten. Sie achtete vor allem darauf, sich in eigenen Worten auszudrücken, damit Aufsatz nichts merkte. Als sie fertig war, hielt sie die Blätter mit ihren Lösungen ans Glas, damit er von den Antworten ein Foto machen konnte, um sie später zu korrigieren. Das lief wie geschmiert.

Ja, das war eigentlich Schummeln, das wusste sie. Aber, alter Falter, sie lebte in einer Kugel, oder etwa nicht? Niemand konnte von ihr verlangen, dass sie die gleichen Dinge hinbekam wie andere, zum Beispiel für Klassenarbeiten lernen und so. Es war nur gut und richtig, dass sie die Regeln für sie lockerten, weil sie nun einmal in einer so besonderen Situation war. Alle würden ihr in dem Punkt recht geben. Alle.

Der Rest des Tages fühlte sich trotzdem schwer an. Aufsatz nahm für den Schulchor mehrere Änderungen in der Reihenfolge der Lieder vor und hatte eine Anleitung verfasst, wie sie ihre eigenen Engelsflügel nähen sollten. Auch die klebte er Kine an die Kugel. Er ging tatsächlich davon aus, dass sie vorhatte mitzumachen. Nicht nur das, er ging davon aus, dass sie sich eigene Flügel nähen würde. Haha, nie im Leben.

Als Kine endlich nach Hause fliegen konnte, hatte es angefangen zu schneien. Das wurde auch höchste Zeit. Weißer Puder rieselte auf die Hausdächer unter ihr. Es hätte schön aussehen können, wenn der Schnee sich auf den Straßen nicht in traurigen grauen Matsch verwandelt hätte. Sie hatte um diese Jahreszeit immer nasse Beine, wenn sie nach Hause kam. So war das jetzt nicht mehr. Darüber hätte sie sich freuen sollen, denn wer war schon gerne nass und kalt? Aber es war nur schade.

Sie streifte das Dach im Umweg und entdeckte eine Menschenmenge vor dem Mietshaus. Was war da los? Sie lenkte die Kugel unauffällig hinter den Schornstein und guckte hinab. Mehrere Wohnmobile hatten in der Straße geparkt. Auch ein eiförmiger Campingwagen. Auf dem schmalen Rasenstreifen zwischen Haus und Weg stand ein grünes Zelt. Jemand hatte in einer verrosteten Schale Feuer gemacht. Was zum fetten Elch …? Wer waren die Leute, die den Umweg besetzt hatten? Konnte man etwa auf der Straße einfach einen Campingplatz eröffnen?

Eine Frau kam aus dem Campingwagen und schaute zu ihr hoch. Kine zuckte zusammen. Sie erkannte Sternenstrahl an ihrem Schmuck und dem gehäkelten Schal. Die flippige Yoga-Frau zeigte begeistert nach oben zur Kugel. Die anderen strömten um Sternenstrahl herum und glotzten hoch zu Kine. Lächelnd fingen sie an, die Arme wie Äste im Wind zu schwenken.

Alter Falter, die waren genauso durchgeknallt wie Sternenstrahl. Sie hielten Kine für Karma, für so was wie eine göttliche Abgesandte aus dem Universum. Kine rückte die Tiara zurecht und begriff, dass das an dem Eindruck wahrscheinlich nichts ändern würde. Sie tat, als wäre nichts, schwebte über sie hinweg und parkte die Kugel in dem Loch in der Wand.

Sie stellte die Kissen ein wenig am Glas entlang auf, damit sie nicht zu ihr hineingucken konnten. Sie reckte den Hals und schaute zu ihnen nach unten. Sie standen, immer noch winkend, da. Kine drehte ihnen den Rücken zu und lehnte sich an die Kissen. Was, um alles in der Welt, sollte sie jetzt machen? Mama würde austicken, wenn sie von der Arbeit nach Hause kam.

Die Puppe starrte sie aus dem einen Knopfauge an. Wie wohl das andere Auge ausgesehen hatte? Der fehlende Knopf?

»Halt den Schnabel!«, sagte Kine. »Was kann ich dafür, dass die Leute keinen Spaß verstehen?«

Kine hatte das sichere Gefühl, dass ihr die Puppe gern geantwortet hätte, wenn es möglich gewesen wäre. Kine stand auf und warf das Laken über sie. Die Puppe blieb wie ein Gespenst dort sitzen. Eine klumpige Form unter dem weißen Tuch. Das machte das Ganze nur noch schlimmer. Jetzt konnte sie sich vorstellen, dass sie darunter grinste. Oder etwas machte, was Kine nicht sah. Sie riss das Laken wieder weg, setzte sich hin und drehte die Musik auf. Dann suchte sie nach Nachrichten über Widerliches und Gefährliches, das sich in der Welt ereignet hatte. Vivi hatte ihr Links zu den besten Seiten geschickt.

Auf einem der ersten Bilder, die sie anschaute, war die Tiara zu sehen. Genau die, die sie aufhatte. Die war jedenfalls genau gleich. Die Überschrift sprang ihr ins Auge.

Britische Kronjuwelen spurlos verschwunden.

Ihr Körper fühlte sich bleischwer an, alles Blut sackte in ihre Beine. Panik bohrte sich in ihre Brust. Sie riss sich die Tiara vom Kopf und warf sie ins Klo. Die versank im schwarzen Nichts ohne einen Laut. Ohne eine Spur.

Kine kniete auf den Kissen und starrte über die Stadt. Schneeflocken tanzten gegen die Kugel. Sie erreichten Kine nie, schmolzen nur auf dem Glas. Sie hätte sie gern auf der Haut gespürt. Auf der Zunge. Es brauchten gar nicht viele zu sein. Bloß eine. Eine einzige Schneeflocke auf der Zunge.

Aber das würde nie passieren. Sie wohnte jetzt in der

Kugel und konnte nicht mehr nach draußen. Sie war hier gefangen mit sich selbst. Kine und die creepy Puppe.

Draußen war sie eine Schummelpäpstin. Eine Juwelen-Diebin. Eine Burger-Diebin. Eine Schwimmlehrerin-Schubserin. Eine Wand-Zertrümmerin. Eine Pausenbrot-Vergesserin.

Kine nahm das Skelett von Tipsi in den Arm und fing an zu weinen.

Be in a nice pickle

Es war Viertel nach fünf Uhr morgens, und Kine hatte fast keine Stunde am Stück geschlafen. Sie drehte und wand sich wie ein Wurm, ohne eine bequeme Lage zu finden. Gab es da nicht ein Sprichwort oder so was vom Schlaf der Unschuldigen? War sie nicht mehr unschuldig? Musste sie sich etwa wegen des klitzekleinen Ausrutschers mit der Tiara auf ein schlafloses Leben einstellen?

Sie starrte über die nächtlich ruhige Stadt. Die wenigen Lichter, die sie sah, wirkten gedämpft, zu verschlafen oder verfroren, um ihre Aufgabe anständig zu erfüllen. Im Umweg war es dunkler als sonst, und in der Straße wimmelte es nur so vor Wohnmobilen von Sternenstrahl und den anderen Hippies. Fast alle standen kreuz und quer geparkt. Konnte von denen denn niemand richtig Auto fahren?

Kine drehte sich wieder auf die andere Seite. Aber jetzt starrte sie in ihr Zimmer und wurde daran erinnert, dass sie da nie mehr im Kreis laufen, nie mehr unters Bett krabbeln oder etwas im Schrank verstecken konnte. Nicht, dass das noch ein schlaues Versteck gewesen wäre, denn der Rucksack mit dem vergessenen Pausenbrot stand da drinnen. Bald würde Mama ihre Kollegen vom Gesundheitsamt anrufen müssen, um den ganzen Schrank desinfizieren zu lassen. Allerdings wäre das dann zu spät, klar. Aus dem Pausenbrot war wahrscheinlich schon eine Rasse von intelligenten Superkäfern geworden. In ein paar Monaten würden sie Bad und Küche erobern und so den ewigen Bakterienkrieg beenden. Das Gesundheitsamt würde das Militär rufen, und ganz Mottenburg müsste evakuiert werden. Den Umweg 33 würde man in Plastik verpacken, und Leute in weißen Raumanzügen und mit Helmen würden kommen, um den ganzen Mist zu verbrennen.

Sie stöhnte und drehte sich noch einmal um. Die Uhr bewegte sich im Schneckentempo auf sechs zu. Sie würde heute nicht in die Schule gehen, das schaffte sie einfach nicht. Klar, sie hatte schon immer gedacht, dass sie das nicht schaffte, aber das hier war eine neue Art von Nicht-Schaffen. Die saß tiefer. Und die hatte nichts mit den anderen zu tun. Im Gegenteil, sie wäre durchaus sehr gern hingegangen, um sie zu sehen. Aurora und Vivi. Aufsatz, den armen Schweden, der immer noch glaubte, er könnte die Klasse in die engen Kostüme zwängen. Sogar Jarle könnte sie sehen. Nichts war mehr wie früher.

Die Tiara, die sie sich gewünscht hatte, war also gestohlen. Echte Kronjuwelen. Ein Gegenstand, für den Leute

Schlange standen und Geld bezahlten, um ihn zu besichtigen, und nun war er weg. Und das nur, weil sie Lust auf eine stylische Kopfbedeckung gehabt hatte. Was hatte sie sich sonst noch gewünscht, das woandersher kam? Sie hatte gedacht, das käme alles aus dem magischen Schnee, dass das einfach so … entstand.

Sie hatte sich doch keine Sachen wünschen wollen, die anderen gehörten, jawoll! Aber vielleicht war es ja so, dass all der Krempel, der ihr in die Kugel geliefert worden war, eigentlich jemand anders gehörte. Vielleicht …

Sie drehte sich auf den Rücken und starrte hoch ins Puppengesicht, das über ihr hing. Die Puppe hatte schon immer den Kopf etwas hängen lassen. Am Anfang hatte sie gedacht, sie sähe deprimiert aus. Jetzt wirkte es urteilend. Eine deprimierte, verurteilende Puppe voller Mist.

Kine zog den Ellenbogen an und boxte ihr damit vor die Brust. »Ich kann nichts dafür! Wie hätte ich denn wissen sollen, woher die Sachen kommen? Du sitzt ja bloß da und hältst die Klappe, und mit dem Ding hier wurde keine Gebrauchsanweisung mitgeliefert!«

Sie besann sich. Gebrauchsanweisung? Was für ein Gedanke. Vielleicht …?

Kine schlug die Decke zurück, setzte sich aufrecht hin und wünschte sich eine Gebrauchsanweisung für die Kugel. Der Wünscheschnee kroch langsam zwischen den Kissen hervor. Er sah etwas träge aus, als hätte sie ihn aufgeweckt. Die Vorstellung machte sie nervös. Der Schnee sauste ein bisschen hin und her und ließ ihr ein Heftchen auf den Schoß fallen. Sie lächelte voller Hoffnung, bis sie sah, dass es sich dabei um eine Gebrauchsanweisung für eine Solarleuchte namens »Bubble« handelte.

Alter Falter … Sie fuhr sich durchs Gesicht. »Also … Ich wünsche mir eine Gebrauchanweisung für *diese* Kugel, nicht für eine Lampe, sondern für diese Kugel, in der ich gerade sitze!«

Der Schnee blieb zwischen den Kissen auf dem Boden liegen, ohne das kleinste Anzeichen, sich zu rühren. Damit hatte sie gerechnet.

Kine stand auf und warf das Heftchen ins Klo. Es flatterte hinab in die Dunkelheit wie ein weißer Schmetterling und verschwand. Wo landete es jetzt? Wo war die Tiara gelandet? Wurde das alles pulverisiert? In eine andere Dimension oder so was Ähnliches katapultiert? War ihr Klo ein schwarzes Loch im Weltall?

Sie zog sich an, checkte die Uhr auf dem Handy: Viertel nach sechs …

Nur wenige waren verrückt genug, sich so früh draußen herumzutreiben. Doch Kaffee-Noah war einer davon. Kine manövrierte die Kugel aus der Wand, vorsichtig, damit sich nicht noch mehr Steine lösten. Am allerwenigsten konnte sie es gebrauchen, dass Sternenstrahl und die anderen Hippies da unten aufwachten. Dann flog sie hinüber zum alten Friedhof.

Wie hatte sie nur in dem Glauben leben können, dass Dinge einfach so entstanden, nur weil sie sie sich gewünscht hatte? Sie war nicht dumm, sie hatte gute Noten.

Jedenfalls genug Grips, um zu wissen, dass nichts aus dem Nichts entstand. Naturgesetze waren Naturgesetze. Aber andererseits saß sie in einer Schwebekugel, die Gedanken lesen und Wünsche erfüllen konnte und innerhalb von einer Nacht in ihrem Zimmer gewachsen war, darum war sie sicher, dass die Naturgesetze gerade im Streik waren. Total verständlich, denn es musste öde sein, die ganze Zeit ein und dieselben Gesetze zu befolgen. Sie war ja gewissermaßen auch im Streik, aus den gleichen Gründen. Nicht, weil sie etwas gegen Regeln hatte, natürlich musste es Regeln geben. Sie wäre nur gern zu der Konferenz eingeladen gewesen, auf der sie festgelegt worden waren.

Kine holte ganz tief Luft und presste sie fest wieder aus ihren Lungen heraus. Das half angeblich gegen Stress, hatte Mama gesagt. Das hatte sie bestimmt beim Yoga von Sternenstrahl gelernt. Trotzdem war es Schwachsinn. Das Ausatmen hörte sich an wie ein Leck. Wie ein Platten im Fahrradreifen, und es war überhaupt nicht entspannend.

Sie umrundete den Kirchturm, der einsam und allein ohne Kirche dastand. Die war schon vor Ewigkeiten abgerissen worden, lange vor Kines Geburt, und aus irgendeinem Grund hatte man den Turm übrig gelassen, erbaut aus verschieden großen Steinen mit Grünspandach und schiefer Spitze.

Sie entdeckte Noah. Er baute den Kaffeewagen an seinem festen Standplatz in der Würgerstraße auf, gleich gegenüber vom Friedhof. Es war eigentlich kein richtiger Wagen, es war ein umgebauter Transporter. Knallhellblau und mit einer riesigen Klappe an der Seite. Noah schlug die Klappe auf, sodass sie zu einem kleinen Vordach wurde.

Sein Haar baumelte hin und her, wenn er arbeitete. Noah hatte Dreadlocks. Die waren saucool. Kine hätte auch gern welche gehabt, aber dafür war ihr Haar bestimmt zu dünn. Er hatte auch ein Loch im Ohr, so groß, dass ein gebogener Hauzahn darin steckte. Und er hatte sanfte blaue Augen.

Gegen die Kälte pustete er sich in die hohlen Hände und rieb sie, obwohl er die fingerlosen Handschuhe trug. Dann war es jetzt also endlich so kalt geworden, dass sogar Noah fror, der um die Welt gereist war und alles aushielt. Kine fror nie mehr. Das war ein Vorteil, klar. Aber gerade jetzt hätte sie gern etwas Kälte gespürt, nur um das Gleiche wie Noah zu fühlen. Das Gleiche wie der Rest der Stadt.

Er ging in den Wagen und stapelte Pappbecher auf dem kleinen Tresen auf, der von der Luke abstand. Dann entdeckte er sie und winkte ihr zu. Kine sank abwärts und ließ die Kugel neben der Luke hängen.

»Heeeey, Wednesday!« Er hob die Hand, um ihr High Five zu geben. Sie hob ihre auch, und Noah klatschte seine Hand gegen das Glas. Das war nicht dasselbe. Was hatte High Five für einen Sinn, wenn die Hände sich nicht berührten? Kine bedachte ihn mit einem Lächeln, von dem sie wusste, dass es total misslungen war.

Er nahm einen Pappbecher ganz oben vom Stapel. »Brauchst du einen Kakao?«

Kine nickte. Sie hatte vergessen, wie langsam er redete. Davon wurde sie fast hypnotisiert.

»Ich habe Gerüchte über dein Ufo gehört«, sagte er, während er den Becher füllte. »So hatte ich es mir zwar nicht ganz vorgestellt, aber es ist cool. Ich mag die Brille.« Er grinste, als ob die Brille das Unwahrscheinlichste an der ganzen Kugel wäre, und das war ein gutes Gefühl.

Er stellte den Kakao auf den Tresen und drückte den Deckel fest zu. Kine wünschte sich ihn. Genau den. Keinen anderen Kakao, sondern den, den Noah gerade zubereitet hatte. Den bekam sie auch. Der Becher war heiß in ihrer Hand, und sie hatte fast den Eindruck, sie könnte Noah, seinen männlichen Duft, riechen. Sie hob den Deckel ab. Der Dampf stieg auf und beschlug das Glas in der Kugel.

Sie trank einen Schluck, kleckerte etwas auf das Armaturenbrett und wischte es mit dem Jackenärmel ab. Saurer Kakao auf Klamotten war Mist, aber sie konnte sich ja einfach eine neue Jacke wünschen. Die jemand anders gehörte.

Kine hatte ein Unheil verkündendes Brennen in den Augen; sie waren noch immer geschwollen, nachdem sie gestern geweint hatte. Sie schluckte einen ganzen Mundvoll Kakao hinunter und versuchte, sich hinter dem Pappbecher zu verstecken.

»Hey? Wednesday?« Noah lehnte sich weit über den Tresen und hing Nase an Kugel. Er schaute sie aus großen blauen Augen an wie ein todtrauriger Hundewelpe. »Zu viel Chili?«

Kine ließ einen Schluchzer raus und bekam Kakao in die Nase. Sie wischte sie mit dem Ärmel ab, unsicher, ob sie lachte oder weinte. »Nein«, murmelte sie und sah ihn an. »Perfekte Menge Chili. Vielen Dank.«

Noah schenkte sich Kaffee in den eigenen Becher – bestimmt zum zehnten Mal an diesem Morgen – und stützte sich auf die Ellbogen. »Wer hat dir denn heute schon ein Messer ins Herz gerammt, Wednesday?«

Kine schüttelte den Kopf, als wollte sie nichts sagen, fing aber trotzdem an zu reden. »Was, wenn du plötzlich keinen Kaffeewagen mehr hättest«, begann sie mit unterdrücktem Weinen. »Was, wenn du nicht arbeiten und kein Geld verdienen könntest? Wenn du dir nur Dinge wünschen könntest, die du dann auch bekämst. Egal was.«

»Mmmm …« Er trommelte mit den Fingern, als würde er nachdenken; aber sie konnte ihm ansehen, dass er lächeln wollte. »Ich kann mir Schlimmeres vorstellen«, antwortete er. Das glaubte sie ihm gern. Er kam aus Australien, wo es mehr lebensgefährliche Tiere gab als irgendwo sonst auf der Welt. Das und vieles mehr hatte sie durch Vivis Paranoia-Links gelernt.

»Ja, aber … Was, wenn du wüsstest, dass alles, was du dir wünschst, anderen weggenommen wird? Was dann? Niemand würde wissen, wo es abgeblieben ist oder dass du es genommen hast. Es ist einfach … weg. Von denen zu dir.«

Noah trank einen Schluck Kaffee. »Mmm … Das wäre natürlich ein anderer *pickle.*«

Kine lächelte und putzte sich wieder die Nase ab. *Be in*

a nice pickle bedeutete *in der Patsche sitzen*, das hatte sie schon vorher von ihm gelernt.

»Ah!«, sagte er und lehnte sich vor. Er blies auf die Kugel. Sein Atem gefror auf dem Glas. Dann zeichnete er mit dem Finger eine Glühbirne und lächelte listig. »Wednesday, dann würde ich mir nur das Notwendigste wünschen, und ich würde mir wünschen, dass alles von Leuten kommt, die genug haben. Von den Allerreichsten.« Er dachte kurz nach, bevor er hinzufügte: »Oder von den Allerfiesesten.«

Kine blieb der Mund offen stehen. Das war genial. Schlicht und einfach genial. Seine Worte waren wie Balsam auf einer Brandwunde. Warum war sie nicht selbst darauf gekommen? Wenn sie Sachen haben musste, dann konnte sie die von Leuten nehmen, die sie nicht vermissen würden oder die es verdient hatten, sie zu verlieren.

Noah grinste, sich eindeutig im Klaren darüber, dass sie beeindruckt war. »Tja, das wäre zwar immer noch Diebstahl, und man darf nicht stehlen«, sagte er. »Aber dann gleiche ich das lieber damit aus, dass ich jemandem ab und zu mal einen Kakao ausgebe.« Er zwinkerte.

Ein Auto düste vorbei und spritzte Schneematsch auf den Gehweg. Die Stadt wachte gerade auf, und Kine hatte es noch nicht einmal gemerkt. Jemand kam auf sie zugehastet. Kine hatte noch immer Tränen in den Augen und wollte sich den Kunden nicht gern zur Schau stellen, darum setzte sie mit der Kugel rückwärts in den toten Winkel hinter dem Kaffeewagen.

Eine Frau blieb stehen und bestellte einen doppelten Latte. Da war sie wieder, die Frau in der weißen Ballonjacke und mit demselben Jungen im Schlepptau wie immer. Der Kine für einen Zombie gehalten hatte und für eine Diebin im Ufo, als sie die Burger geklaut hatte. Der Junge glotzte in den toten Winkel, als seine Mutter bezahlte. Er trug auch diesmal einen Fahrradhelm, jetzt aber hatte er eine Mütze darunter. Er zeigte auf Kine.

»Mama, Mama, guck mal, das Mädchen in der Seifenblase!«

»Ja, da kann man mal sehen«, meinte die Frau, ohne hinzuschauen. Dann verschwand sie mit dem Jungen, der hinter ihr herlief, die Straße hinunter. Armes Kind. Er würde wohl bleibende Schäden davontragen, weil ihm nie geglaubt wurde. Am Ende wäre er womöglich irgendwann absolut nicht mehr in der Lage, zu wissen, was wirklich war und was nicht.

Wie war es denn bei ihr? Wusste sie denn, was wirklich war? Und was wahr?

Kine blieb auf dem Bauch der Puppe sitzen und konnte fast fühlen, wie die sie mit leerem Blick anstarrte. Davon überlief es ihren Kopf kalt, so wie wenn sie Eis zu schnell aß.

Doch, sie wusste, was die Wahrheit war. Sie ertrug den Gedanken nicht, jemandem davon zu erzählen. Nicht Noah. Nicht Aurora. Denn die Wahrheit war, dass sie feststeckte. Wirklich fest. Sie war in einer Kugel gefangen, mit einer Puppe, die mit jedem Tag mehr anschwoll. Die war so was wie eine verzerrte Version von ihr selbst, mit ekeligen Dingen vollgestopft, die etwas mit ihr zu tun hatten. Und dann war da noch das Geräusch, das sie gehört hatte. Das Klopfen …

»Überall sind Geräusche«, flüsterte Kine. »Ist nicht gefährlich. Das ist wie in einem alten Haus. Jede Menge Geräusche. Können vom Wind kommen oder von einer Tür oder von jemandem, der hinfällt, oder …«

Kine warf den leeren Pappbecher ins Klo, blieb davor stehen und starrte die Puppe an. Die war sackartig und schmutzig. Die Beine hatten keine richtigen Füße, sondern verschmälerten sich nur zu klumpigen Stümpfen. Die Arme auch. Die riesigen Nadeln ragten aus dem verbundenen Körper. Eine aus der Schulter, eine aus dem Arm und eine aus der Stirn, als wäre die ein Nadelkissen. Bei dem roten Filzherz auf der Brust waren ein paar Stiche aufgegangen. Der Verband war an mehreren Stellen verrutscht und gab den Blick frei auf die Nähte darunter. Die, die an der Seite entlang verlief, war ein bisschen aufgeplatzt. Sie konnte die Füllung sehen. Und etwas Rotes.

Ihr Herz fing heftiger zu hämmern an. Sie sollte besser nicht hingucken, sollte besser nicht daran zupfen. Aber sie konnte es nicht lassen. Sie pulte in der Öffnung zwischen den Stichen, bohrte die Finger hinein, bis sie das Rote erwischte, und zog es heraus. Vorsichtig, als könnte es sie jeden Moment anfliegen.

Es war ein Bonbonpapier. Ein zerknülltes Bonbonpapier in Rot und Blau. Das nagte an ihrer Erinnerung.

Sie hatte in ihrem Leben mehr als genug Bonbons gegessen, aber das hier stammte nicht von irgendeinem Bonbon, das wusste sie. Kine warf es schnell ins Klo, damit sie nicht an mehr erinnert wurde. Dann drehte sie die Musik volle Pulle auf.

Sie schwebte nach oben über die Dächer, ohne eine Ahnung, wohin sie wollte. Auf keinen Fall nach Hause. Da müsste sie Mama und Papa erklären, warum Leute vor dem Tordurchgang ihr Lager aufgeschlagen hatten, als ob das ihre Schuld war.

Super für dich

Kine hing ganz hinten in der Klasse und hörte Aufsatz zu, der was über Atombomben erzählte. Das war der dritte Tag, an dem sie mit der Kugel in die Klasse durfte. Die Klausen-Schule hatte sie mit der Erweiterung der Türen überrascht, damit sie in ihrer Kugel durchpasste. Zuerst hatte sie gedacht, sie hätten ihretwegen umgebaut. Dann aber hatte sie begriffen, dass sie es getan hatten, weil Mama durchgedreht war. Sie hatte Hunderte Mails über »sogenannte Maßnahmen für Kinder und Jugendliche mit besonderem Förderbedarf« geschrieben und bei der Rektorin fast Telefonterror veranstaltet.

Und Mama hatte gewonnen, wie immer. So weit war es also gekommen. Kine, die immer zu den Schlauesten gezählt hatte, war jetzt offiziell »eine Schülerin mit besonderem Förderbedarf«. Sie war sonderbar. Wie Aslak. Abgesehen davon, dass Aslak immer fröhlich aussah, egal wie dumm er war, und ganz gleich, wie sehr Monrad ihn in jeder Pause mobbte.

Aufsatz malte Kreise an die Tafel, die radioaktive Strahlung darstellen sollten, während Kine liegen blieb und am Adventskalender herumpulte, den sie sich gewünscht hatte. Wenn sie sich richtig ausgedrückt hatte, kam der von einem stinkreichen und verwöhnten Kind, das noch mindestens drei andere hatte.

Es war der fünfte Dezember, und sie hatte tatsächlich nur fünf Türchen aufgemacht. Das war mehr als ungewöhnlich, das war schockierend, denn sonst hatte sie immer bei allen schon lange vor dem Advent die Schokolade herausgepult. Sie wusste nicht, woran es lag, dass sie die anderen Türchen nicht öffnete. Es war schließlich sinnlos; sie konnte sich so viele wünschen, wie sie wollte. Aber je mehr sie sich wünschte, umso einsamer wurde sie. Umso mehr unterschied sie sich von den anderen.

Ganz tief in ihrem Inneren hatte sie gehofft, durch den Kalender würde sie sich auf etwas freuen, gespannt warten. So wie damals, als die erste Tipsi noch lebte. Da hatten sie sich zusammen gefreut, irgendwie. Sie und Tipsi. Kine guckte die Katzenknochen an, die auf einem Haufen in der Armbeuge der Puppe lagen. Nichts deutete darauf hin, dass Tipsi sich noch einmal freuen würde. Vielleicht Kine auch nicht mehr. Vielleicht könnte sie genauso gut tot sein.

All die anderen freuten sich. Aurora und Vivi saßen flüsternd zusammen über einer Zeichnung vom Engelskostüm. Aurora hatte vor, es umzuändern, sodass es weniger nach Altkleidersammlung aussah. Damit hatten sich die beiden schon mehrere Abende beschäftigt. Ohne Kine. Bei keiner der beiden war zu Hause Platz für die Kugel.

Aufsatz erinnerte sie an die Probe im Anschluss, worauf die Klasse mit Stöhnen und Nörgeln reagierte. Das kam aber nicht mit voller Überzeugung, so als ob sie das alles doch nicht so schlimm fanden. Und Kine hatte das sichere Gefühl, dass Aurora aus tiefstem Herzen das Engelskostüm *mochte*. Das war etwas ganz anderes als ihr sonst so bunter Stil, aber vielleicht war genau das der Grund? Von sich aus hätte Aurora so etwas nie genäht.

Es läutete, und alle strömten nach draußen. Aufsatz rief hinter ihnen her, dass die Zeit knapp war und sie die Flügel so schnell wie möglich nähen mussten. Seine Stimme verstummte, als ihm klar wurde, dass niemand zuhörte und die meisten das Klassenzimmer schon verlassen hatten. Kine hatte schon fast Mitleid mit ihm. Wahrscheinlich käme am Tag ihres Auftritts kein Mensch auf den Marktplatz, nicht einmal jemand vom Stadtrat. Und jetzt war das Ganze noch nicht einmal sicher, stand in der Zeitung. Papa hatte gelesen, dass man die riesige Tanne so lange hatte liegen lassen, dass sie jetzt vertrocknet war. Typisch Mottenburg.

Kine schwebte die Treppe abwärts und wurde von Henriette und Kimberley eingeholt. Die beiden begleiteten sie, und Kimberly redete über Kines Haar. Das war so schön, sagte sie. Schönes Haar? Ihre glatten schwarzen Fransen mit Mittelscheitel? Kine hätte darüber gelacht, wenn sie in der Stimmung dafür gewesen wäre. Vor ein paar Wochen hatte sie in Kimberleys Welt noch nicht einmal existiert, und jetzt sollten sie auf beste Freundinnen machen?

Kine konnte ihre Nähe nicht ertragen. Sie stieg auf, vorbei an der Dachrinne mit der toten Ratte, und ließ die Kugel über dem Dach der Schule hängen, damit sie ihre Ruhe hatte. Von hier aus überblickte sie den ganzen Schulhof, ohne den Krach aushalten zu müssen.

Hinter der Turnhalle entdeckte sie die Gang: Jarle, Monrad, Lasse, Hassan und Tommy. Mit Aslak. Monrad mobbte ihn wieder, zog ihm die Mütze über die Augen. Aslak drehte sich weg und schob die Mütze hoch. Monrad zog sie wieder herunter. Alle anderen stellten sich blind dabei. Vor allem die Lehrkräfte. Sie wussten genau, was da ablief, es interessierte sie einen Dreck, weil das zu viel Gerödel zur Folge hätte, zuzugeben, dass es passierte. Vielleicht würden auch sie Schuld dafür bekommen, darum hielten sie den Mund. Und darum verlor Aslak im Jahr fünfzig Mützen.

Die anderen aus der Gang standen bloß rum, schwatzten und gaben sich gegenseitig ihre eigenen geheimen High Fives oder Fist Bumps. Niemand machte einen Finger krumm. Weder hier noch anderswo. Niemand wollte die Schwimmhalle reparieren, niemand wollte die Türen im Schulbus reparieren, niemand wollte die Bank auf dem Friedhof reparieren, und niemand wollte Monrad reparieren. Kaputt. Alles war kaputt. Und davon hatte sie die Nase voll!

Kine flog die Kugel neben die Gang, sauste auf Monrad zu und drückte ihn an die Ziegelwand. Das ging so schnell, dass er gar nicht mitbekam, was los war. Er stand bloß da wie ein Brotgehirn, eingeklemmt zwischen Wand und Kugel. Seine eigene Mütze hatte er verloren. Die roten Haare klebten ihm auf der Stirn. Seine Augen waren vor Schreck weit aufgerissen. Kine wurde klar, dass er jetzt zum allerersten Mal von jemandem bedroht wurde. Ihre Augen verengten sich zu Schlitzen, sie lehnte sich ans Glas und starrte ihn an.

»Kannst du damit aufhören?« Sie hörte ihre eigenen Worte, als kämen sie von jemand anders. Langsam, mit unnatürlich langen Pausen zwischen den Wörtern, als würde sie ihm alle einzeln vorbuchstabieren. Sie konnte die anderen um sich sehen, aber niemand sagte oder tat etwas. Wie immer.

»Scheiße! Aua, Scheiße!« Monrad zappelte in seiner Camouflage-Hose. Kine reagierte mit etwas mehr Druck. Er schrie.

»Kine?« Sie hörte, dass das von Jarle kam, schaute ihn aber nicht an. Sie starrte nur Monrad in Grund und Boden. Jetzt musste sie nur noch etwas mehr drücken. Nur noch etwas mehr. Dann würde von Monrad bloß noch ein roter Fleck an der Wand übrig bleiben. Weg für immer. Nie wieder würde er jemanden mobben können, und niemand konnte sie dafür belangen. In der Kugel war sie in Sicherheit.

»Sag es!«, forderte sie.

Monrad glotzte sie verwirrt an. Er schluchzte: »W-was s-sagen? Was soll ich denn s-sagen?«

»›Ich höre damit auf‹, sag es!«

Monrad nickte fieberhaft. »Ja! Ja, ich höre damit auf, okay?«

Seine Bestätigung half nichts gegen den Sturm, der in Kine wütete. Der Drang, ihn platt an die Wand zu quetschen, war stärker als alles andere. Brutal und Furcht einflößend. Sie war wie die Atombomben, über die Aufsatz im Unterricht gesprochen hatte. Wenn sie jetzt explodierte, würden alle in einem Umkreis von zehn Kilometern sterben. Ihre Hände am Glas waren schweißnass. Sie konnte es tun. Sie war sowieso eine Schummlerin, eine Diebin, eine Pausenbrot-Vergesserin, eine Wand-Zertrümmerin, eine Lügnerin, …

»Kine!«

Jarle war ganz dicht an die Kugel herangekommen, ohne dass sie es gemerkt hatte.

Sie schnauzte ihn an: »Was?! Was willst du, Jarle?! König Jarle, der Mächtige, der bloß dasteht und zuguckt! Was für ein König bist du, häh?« Kine wusste nicht, woher der Einfall kam, aber sie wünschte sich seinen Hoodie. Der Wünscheschnee peitschte um sie herum wie ein Tornado, so wild, dass ihre Haare elektrisch aufgeladen vom Kopf abstanden. Mit einem Mal stand Jarle nur noch in seinem T-Shirt in der Kälte. Sie grinste und hielt seinen blauen Pullover hoch. »Der Kaiser ohne Kleider?«

Sie wollte, dass er was sagte. Motzte oder auf die Knie

fiel und um Gnade winselte. Sie brauchte irgendetwas, um die Sache bis zum bitteren Ende durchzuziehen. Sie brauchte eine Ausrede, um Monrad plattmachen zu können, und die sollte Jarle ihr liefern. Doch Jarle guckte sie nur an, sah nicht einmal überrascht aus. Er wirkte wie ein Erwachsener, mit Fältchen unter den Augen. Älter als die anderen, die nur dastanden und glotzten wie hirntote Zombies.

Das war, wie ihn ohne Maske zu sehen. Der freche, eingebildete König war weg. Übrig blieb Jarle. Nur Jarle. Mit einem alles durchdringenden Ernst im Gesicht, als wäre sie eine echte Gefahr. Kine hatte so viele Jahre Angst vor ihm gehabt. Ihn gehasst. An ihn gedacht. Davon geträumt, dass er etwas anderes als nur Bubble in ihr sähe. Jetzt sah er sie. Jetzt hatte sie die Chance. Sie konnte sich für alles rächen, was er ihr angetan und gesagt hatte. Das wusste er genau. Und er wartete darauf, das konnte sie sehen. Warum hatte er keine Angst? Wie Monrad?

Jarle breitete die Arme aus und trat einen Schritt zurück. »Alle machen ihr Ding«, sagte er.

Das ergab keinen Sinn. Wollte er, dass sie ihn fragte oder ihm nachsetzte? Was wollte er? Versuchte er, Monrad den Hals zu retten?

Kine spürte einen Stich im Herz. Jarle sollte niemand sein, der andere retten wollte. Jarle sollte ein Scheißkerl sein. Gerade jetzt brauchte sie den Scheißkerl Jarle. Sie merkte, dass ihr zum Weinen war, durfte die anderen das aber nicht sehen lassen. Sie setzte mit der Kugel zurück und ließ Monrad los. Er hatte zwar weiche Knie, konnte sich aber noch auf den Beinen halten.

»Hör auf damit, Monrad! Du rührst niemanden mehr an, kapiert? Verpiss dich!«

Monrad winkte mit dem Arm ab, versuchte zu lachen, als kümmerte es ihn einen Dreck, was sie sagte, obwohl er so viel Angst hatte, dass er fast heulte. Sie konnte ihm ansehen, dass er versuchte, es nicht durchblicken zu lassen. Aber sie machte ja genau das Gleiche. Sie schrie wieder.

»VERPISS DICH!«

Die Jungen murmelten etwas unter sich und verschwanden um die Ecke der Turnhalle. Jarle blieb stehen und sah sie an. Das war ein sonderbarer Anblick. Ein Junge im weißen T-Shirt, mitten im Winter, während Eiszapfen an der Dachrinne hingen. Kurz sah es aus, als wollte er etwas sagen, drehte sich dann aber um und ging weg.

Aslak sammelte Monrads Mütze auf und lächelte. Kine fragte sich, ob er die behalten würde als Ersatz für alle, die Monrad verbrannt hatte, doch da hatte sie ihre Zweifel. Vermutlich würde er sie Monrad zurückgeben. So war Aslak eben. Seine Ballonjacke war ein bisschen zu groß und hing schief an ihm, als würde sie ihm gleich von den Schultern rutschen.

»Alles gut bei dir?«, fragte er altklug, als wäre sie auf dem Eis auf die Nase gefallen. Sie war derart verblüfft, dass sie nicht antworten konnte. Aslak steckte die Mütze in die Tasche und zog ab.

»Willst du nicht mal Danke sagen?«, rief sie ihm nach.

Aslak drehte sich um. »Du hast die Kugel. Das ist super für dich.« Damit ließ auch er sie stehen.

Kine sank in der Armbeuge der Puppe zusammen. Sie sah Aurora und Vivi angelaufen kommen. Das Gerücht hatte wohl schon in der ganzen Schule die Runde gemacht. Kine tat, als sähe sie die beiden nicht, und sauste davon.

Aslak hatte recht. Sie hatte die Kugel. Sie war in Sicherheit. Egal, wie unsicher der Rest der Welt war, sie hatte sich in Sicherheit gebracht. Sie würde überleben, das war also super für sie. Und das war totale Scheiße!

Gargoyle und Weihnachtsmannmütze

Der Schneesturm hatte alle nach Hause getrieben. Die Straßen waren in der Dunkelheit wie leer gefegt. Kaum ein Auto ließ sich blicken. Der Weltuntergang war endlich in Mottenburg angekommen. Keine Sekunde zu früh.

Kine hatte die Kugel ganz außen auf dem Dach der Domkirche zur Ruhe gebettet. Sie lag auf dem Bauch und starrte nach unten, genau wie die Statuen links und rechts von ihr. Die Gargoylen. Diese Wasserspeier in Form von geflügelten Wölfen waren schwarz bei diesem Unwetter. Der eine hatte eine herausgestreckte Zunge, als versuchte er, Schneeflocken einzufangen. Kine war jetzt eine von ihnen. Eine Werwölfin. Eine Dämonin. Ein versteinertes Wesen aus der Hölle, obwohl sie nicht an die Hölle glaubte. Die tausend Jahre alte Ingeborg hätte gesagt, dass Kine hier mit ihrer Teufelsmusik in passender Gesellschaft war.

Der Wind heulte zwischen den Turmspitzen und peitschte nasse Schneeflocken gegen die Kugel. Sie weinten sachte hinab, bis sie vom Glas tropften und verschwanden.

Kine öffnete das letzte Türchen vom Adventskalender. Das war doppelt, und sie aß beide Schokoladenstückchen. Das war's, jetzt hatte sie alle aufgefuttert. Sie, die beschlossen hatte, diesmal alles richtig zu machen. Aber hier lag sie nun. Fünfter Dezember, und der Adventskalender war leer. Das war tödliche Beschränktheit auf allen Ebenen. Sie brauchte sich nur Schokolade zu wünschen. Oder noch einen Adventskalender. Trotzdem hatte sie diesen geleert. Und dabei war die Schokolade nicht einmal lecker.

Sie kam sich wie Müll vor. Die Weihnachtsmannmütze änderte daran überhaupt nichts. Auch nicht die blinkende Lichterkette, die sie um die Puppe gewickelt hatte.

Alles, was sie hinter der Turnhalle getan hatte, lief in ihrem Kopf in Endlosschleife ab, weigerte sich, sie in Ruhe zu lassen. War die Kugel schuld? Oder hatte ihr Gehirn sie schon immer so gequält?

Doch, sie hatte schon immer viel nachgedacht, sich über Dinge geärgert. Die Bubble war der perfekte Ausweg gewesen, weg von allem, was sie quälte, bis sie fast den Verstand verlor. Aber was, wenn der größte Quälgeist ihr eigener Kopf war? Was sollte sie dann machen? Vor sich selbst konnte sie nicht weglaufen. Vor den Gedanken zu flüchten, war unmöglich, und in der Kugel wurden sie nur noch schlimmer. Sie waren eine saure, blubbernde Suppe aus vergessenen Pausenbroten, gestohlenen Kronjuwelen, zertrümmerten Wänden und Klassenarbeiten, bei denen sie geschummelt hatte. Gewürzt mit Papa im Mantel der Enttäuschung und der Quälerin im Schwimmbecken.

Genau jetzt war Monrad die ekeligste Zutat in der Suppe. Ein großer, zu Tode erschrockener Kloß, den sie an der Wand fast zerdrückt hatte. Sie erinnerte sich an bestimmte Einzelheiten, die ihr nicht einmal aufgefallen waren, als es passierte. Wie Hassan Tommy mit dem Ellbogen angestoßen hatte, wie um zu fragen, ob sie versuchen sollten, sie aufzuhalten. Aber Tommy hatte den Kopf geschüttelt. Sie erinnerte sich an die abgewetzte Hintertasche in Jarles Jeans, geformt vom Handy. Und an Aslak mit dem blöden Lächeln.

Du hast die Kugel. Das ist super für dich.

Kine hielt sich die Ohren zu, hörte seine Worte aber trotzdem. Das war nicht gerecht! Was wusste er denn schon, ob das super für sie war? Er und die anderen hätten sich ganz genauso entschieden, wenn sie die Kugel gekriegt hätten. Sie wären reingegangen und drinnen geblieben. Genau wie sie. Jarle auch.

Alle machen ihr Ding.

Kine konnte seinen Blick nicht mehr aus dem Kopf kriegen. Brennender Ernst da, wo sie sonst nur Kinderquatsch gesehen hatte. Sie streckte die Hand nach seinem blauen Hoodie aus. Sagte sich, dass sie den nur als Extra-Kissen brauchte. Sonst nichts. Sie versuchte, sich selbst zu stoppen, aber das war unmöglich. Etwas trieb sie an, eine Kraft, mit der nicht zu streiten war. Sie vergrub ihr Gesicht im Pullover und atmete den Duft ein. Der war herrlich echt.

Sie fing an, die Puppe zu treten. Lag da auf dem Bauch wie ein Kleinkind und strampelte mit den Beinen. Warum roch er so gut? Der beschissene Scheiß-Schrott-Jarle roch gut. Er hätte es verdient, zu stinken!

Der Wecker in ihrem Handy läutete. Kine warf den Pulli weg und setzte sich hin. Es war acht Uhr, aber bei dem Unwetter sah es eher aus wie mitten in der Nacht. Sie musste total bescheuert aussehen, wenn jetzt draußen jemand vorbeiging. Ein Mädchen in einer Kugel, die im Schneesturm auf dem Kirchturmdach hing, mit blinkender Lichterkette und einem leeren Adventskalender.

Sie ließ die Kugel abheben. Ein Dachziegel löste sich und stürzte in die Dunkelheit. Dann war das eben so. In ihrem Sündenregister standen bedeutend größere Untaten.

Die Kugel steuerte auf die Schule zu, als hätte sie einen eigenen Willen. Kine wollte nicht in die Schule, natürlich nicht. Dort hatte sie nichts zu tun. Dass Jarle zu der Uhrzeit mit dem Training fertig war, war ja nicht ihre Schuld. Jedenfalls war das nicht der Grund, warum sie den Wecker gestellt hatte. Sie wollte nur raus und frische Luft schnappen. Sie war ein freier Mensch, sie konnte fliegen, wohin sie wollte. Und jetzt war es eben zufällig in die Nähe der Schule.

Die Puppe starrte sie an.

Kine warf ihr die Decke über den Kopf. »Halt die Klappe …«, sagte sie, als ob die jemals etwas anderes getan hätte. Dann schaltete sie die Lichterkette aus, um nicht auszusehen wie ein blinkendes Weihnachts-Ufo am Himmel.

Sie entdeckte ihn, als sie den Gipfel des Pflastersteinhügels umrundet hatte. Er stand vor der Turnhalle und verabschiedete sich von Hassan, der sich zu seiner Mutter ins Auto setzte. Hassan saß fast nie still, er hatte ADHS; und Kine war sicher, dass er das von seiner Mutter geerbt hatte, denn sie fuhr wie eine gesengte Sau. Das Auto wirbelte Matsch auf, warf sich herum und raste davon.

Jarle zog seine Kapuze über und ging zur Bushaltestelle. Dort blieb er stehen, die Hände tief in den Taschen vergraben, den Nacken gebeugt, als wollte er sich so klein wie möglich machen. Die nächste Straßenlaterne war kurz davor, den Geist aufzugeben. Das Licht ging an und aus, wie es wollte, blinkte wie ein Notsignal im Sturm.

Kine zögerte. Die Kugel zögerte mit ihr und blieb geschützt hinter den Bäumen hängen. Was machte sie hier? Was sollte sie sagen?

Da war etwas an der Art, wie er sie hinter der Turnhalle angesehen hatte. So, als hätte er sie zum ersten Mal gesehen. Das war schön, aber zugleich auch grauenvoll gewesen. Schön, weil er mit dem Blick nicht nur einfach an ihr vorbeifegte, als wäre sie ein Gegenstand, an dem man seine Jacke aufhängen konnte. Er hatte sie gesehen. Und nur sie. Aber auch grauenvoll, weil er Angst gehabt hatte.

Richtige Angst. Jarle hatte sie endlich gesehen und festgestellt, dass sie ein Monster war.

Hatte er wirklich geglaubt, sie wollte Monrad verletzen? Glaubte *sie* das?

Jarle checkte die Uhr auf seinem Handy, wischte das Display an seiner Ballonjacke ab und steckte es wieder in die Tasche. Er zitterte. Der Wind bewarf ihn mit matschigem Schnee, und er wurde auf der einen Seite ganz weiß. Er sah aus wie ein Pfefferkuchenmännchen mit halb fertigem Zuckerguss.

Kine konnte sich ein Lächeln nicht verkneifen. Sie ließ die Kugel sinken und schlitterte sachte auf ihn zu. Er sah sie kommen, tat aber, als wäre nichts. Sie blieb dicht bei ihm hängen, schirmte ihn mit der Kugel vor Wind und Schnee ab. Er entspannte die Schultern ein wenig, sagte aber keinen Ton. Sie sagte auch nichts.

Sie hob einen Comic auf, den sie angefangen hatte, und tat, als würde sie lesen. Das war ein Ausrutscher, denn so wurde alles sehr merkwürdig. Und nun war es zu spät, um noch etwas zu sagen. Das war jetzt eben so, und sie wusste, dass auch er wusste, dass sie beide kein Wort sagen würden. Er würde weder Monrad noch den Vorfall hinter der Turnhalle erwähnen. Er würde den Hoodie, den sie genommen hatte, nicht erwähnen. Oder was sie gesagt hatte. Sie würden hier nur im Sturm rumhängen und so tun, als wäre nichts.

Der Bus kam um die Kurve und blendete sie mit den Scheinwerfern, bevor er zur Haltestelle abbog. Jarle warf sich seine Tasche auf den Rücken und stieg ein. Er setzte sich ans Fenster. Der Bus fuhr wieder aus der Haltebucht. Jarle drehte sich zu ihr um. Er lächelte knapp und deutete auf seinen Kopf. Was meinte er damit? Wollte er etwas sagen? Kine begriff, dass er *ihren* Kopf meinte, nicht seinen eigenen.

Die Weihnachtsmannmütze!

Alter Falter, nein, sie hatte immer noch die Weihnachtsmannmütze auf! Sie riss sie runter, aber da war der Bus schon weg. Sie starrte ihm nach, bis die Rücklichter nicht mehr zu sehen waren. Die Weihnachtsmannmütze zitterte in ihren Händen. Sie hatte Angst, war verzweifelt. Sie war sich so unfassbar im Klaren darüber, dass sie Jarle mochte, dass sie meinte, sie müsste sterben. Im Herzen tat es so weh, dass sie es schlagen hören konnte. Schwer und langsam. Zwei Mal. Drei Mal. Dann wurde es still.

Kine fasste sich an die Brust. War sie tot? Warum hörte sie nichts mehr? Sie legte die Finger aufs Handgelenk und fühlte den Puls. Der war da, ganz normal. Was also …?

Kine wurde es eiskalt. Sie hatte kein Gefühl mehr im Gesicht. Nicht ihre eigenen Herzschläge hatte sie gehört. Die waren von der Puppe gekommen.

Am anderen Ende vom Klo

Kine zog an der Decke, die sie über die Puppe geworfen hatte. Vorsichtig. Mit Angst vor dem, was zum Vorschein kommen würde. Aber da war nichts Besonderes. Die Puppe saß einfach da mit ihrem Zickzack-Lächeln und wurde hin und wieder von der blinkenden Straßenlaterne beschienen. Schatten von Schneeflocken fegten über ihr Gesicht, machten es lebendig.

Sie hatte Herzschläge gehört, das war ganz sicher. Und sie hatte so was vorher schon mal gehört. Ein dumpfes Geräusch: *Ka-dunk* … Gedämpft von der Füllmasse, über die sie lieber nicht mehr wissen wollte.

Kine versuchte ein Lächeln. »Wir sind doch Freundinnen, du und ich«, sagte sie. »Beste Freundinnen. Zwillingsseelen. All good, stimmt's?«

Klar war alles gut, sie war ja in der Kugel. Die Gefahren waren draußen, nicht drinnen.

Wovor hatte sie dann Angst? Die riesige Stoffpuppe war vom ersten Augenblick an ihr Bett gewesen, und sie hatte ihr nie etwas getan. Natürlich hatte sie ihr nie etwas getan, was für ein dämlicher Gedanke war denn *das* jetzt? Das da war eine Puppe!

Kine kroch zu ihr, starrte das tote Knopfauge an. Darin konnte sie nur ihr eigenes dunkles Spiegelbild sehen. Plötzlich leuchtete die ganze Puppe auf. Kine schrie, warf sich nach hinten.

Ein Bus … Das waren bloß die Lichter von einem vorbeifahrenden Bus.

Sie zitterte, schloss die Augen und horchte auf das Geräusch der Reifen, die sich durch den Matsch kämpften und sich im Unwetter entfernten. Es dauerte mehrere Minuten, bis sie wieder in der Lage war, sich zu bewegen, bis ins Mark erschrocken.

Sie flog die Kugel weg von der Straße und musterte die Puppe von Neuem. Die Naht, die an der Seite verlief, hatte sich mit der Zeit immer mehr gespannt. Sie befühlte einen Stich. Obwohl sie ihn kaum mit dem Finger gestreift hatte, sprang er auf. Dann noch einer. Die Füllung quoll durchs Loch, als würde sie freiwillig nach draußen krabbeln. Sie zog daran, außerstande, es bleiben zu lassen.

Eine tropfenförmige Perle schob sich durch die Stiche und fiel in ihre Hand. Dort blieb sie wie eine gefrorene Träne liegen. Die Perle war aus der Tiara, die sie sich gewünscht hatte. Aus den gestohlenen Kronjuwelen.

Sie schluckte angestrengt, zupfte aber weiter an der Füllmasse, zog einen Stoffstreifen hervor. Weiße Spitze mit einem vertrauten Blumenmuster, hässlich zerfleddert an den Rändern. Sie wusste auch, wozu das gehörte. Es war ein Stück von Mamas Brautkleid. Kine hatte Teile vom Rock in Stücke geschnitten, als sie klein war, konnte sich aber nicht mehr an den Grund erinnern. Das Stoffstück wollte sie wohl für irgendetwas verwenden.

Sie ließ einen Schluchzer raus. Mama war so wahnsinnig traurig gewesen. Am Anfang. Danach war sie sauer geworden und hatte überall Hochzeitsfotos aufgestellt. Kine konnte ihnen in der Wohnung nirgendwo entgehen.

Wie um alles in der Welt war der Stoff von Mamas Brautkleid in diese Puppe geraten? War es im Müll gelandet und recycelt worden? Unwahrscheinlich, aber nicht unmöglich. Und was war mit der Perle aus der Tiara? Konnte sie abgefallen und in die Naht gestopft worden sein, als sie schlief? Das wirkte *auf jeden Fall* unwahrscheinlich. Genauso unwahrscheinlich wie eine magische Glaskugel …

Und dann das Bonbonpapier, das sie zuletzt herausgepult hatte. Solche Bonbons hatte sie einmal geklaut, mit Aurora, hatte sich aber nie getraut, es Mama und Papa zu erzählen. Sie hatte die leeren Papiere einfach im Hinterhof vergraben.

Kine starrte die Perle und die weiße Spitze an. Sie schienen in ihrer Hand zu brennen. Sie warf alles ins Klo und knallte den Deckel zu. Sie wollte das nicht hier haben. Wollte auch nicht wissen, was sonst noch in der Puppe steckte. Was, wenn da Dinge drin waren, die so grausam waren, dass sie nicht damit leben konnte? Was, wenn …?

Die Furcht blähte sich in ihrem Bauch auf. Kalt und schmerzhaft.

Nein! Sie hatte nie etwas falsch gemacht! Jedenfalls nicht, bevor sie die Kugel bekommen hatte. Genau aus dem Grund war sie ja hier, weil alle anderen blöde Fehler machten.

Aber nicht sie. Sie war diejenige, die morgens gezwungen wurde aufzustehen. Gezwungen wurde, Magermilch zu nehmen. Zum Schwimmen zu gehen. In einem verfluchten Scheiß-Weihnachts-Chor zu singen. Sie war das Opfer! Sie hatte nie jemanden gemobbt. Sie war lieb und nett! War es immer gewesen.

Kine kaute am Daumennagel. Sie musste es beweisen. Musste beweisen, dass sie ein guter Mensch war. Noch war es nicht zu spät. Sie konnte das mit der Tiara und dem anderen Kram klären. Und das mit der Wand zu Hause. Und das mit Sternenstrahl und dem ständig wachsenden Campinglager im Umweg. Das waren alles nur Missverständnisse gewesen. Viele kleine Missverständnisse, jetzt hatte sie es aber kapiert. Sie konnte das wieder in Ordnung bringen. Alles in Ordnung bringen.

Und am liebsten wollte sie es in Ordnung bringen, bevor sie von der Puppe noch mehr Herzschläge hörte.

Kine guckte sie an. Sie war immer davon ausgegangen, sie hätte ein Knopfauge verloren, aber vielleicht war sie nie fertig gemacht worden?

Die Nadeln deuteten darauf hin. Die großen, blanken Nadeln, die aus dem Körper ragten. Sie wirkten größer als vorher. Wie kleine Schwerter. Groß genug, um Kine aufzuspießen …

Sie lief auf der kleinen Fläche, die sie hatte, im Kreis und murmelte vor sich hin: »Denk nach, Kine, denk nach!«

Sie musste alles wiederfinden, was sie weggeworfen hatte, aber wie? Sie hatte keine Ahnung, wo all die Sachen abgeblieben waren. Aber wenn sie noch existierten, dann mussten sie schließlich irgendwo sein. An einem echten, richtigen Ort. Sie hob den Klodeckel an und schaute in die schwarze Leere hinab. Steckte den Arm hinein und fuchtelte darin herum, aber dort war nichts. Bloß bodenlose Leere.

Die Dinge waren nirgendwo gelandet.

Schwachsinn! Es gab kein Nirgendwo. Alles war irgendwo. Darum hatte man … Karten!

Kine blieb stehen. Natürlich, eine Karte! Sie entspannte die Schultern vor Erleichterung und wünschte sich eine Karte von dort, wo die Gegenstände gelandet waren. Der Schnee blieb liegen und raschelte zwischen den Kissen auf dem Boden. Mehr passierte nicht. Sie musste sich deutlicher ausdrücken.

»Ich wünsche mir eine Karte mit einem Kreuz an der Stelle, wo die verschwundene Tiara, die ich einmal hatte, genau jetzt liegt.«

Das war umständlich ausgedrückt, aber der Wünscheschnee stieg wie ein Bienenschwarm auf, tanzte um sie herum und legte sich nicht eher wieder, bis sie eine Karte in Händen hielt. Eine dicke, aufgerollte Karte. Das Gefühl von Papier auf der Haut war schön und echt. Ein Gefühl der Hoffnung.

Sie entrollte die Karte auf dem Armaturenbrett. Sie erinnerte an eine schwarz-weiße Bauzeichnung, mit mehreren Kreuzen. Nach einer Weile fand sie Mottenburg. Es war ungewohnt, die Stadt als Strichzeichnung zu sehen. Die Kreuze waren in den Bergen verteilt, nicht so weit von der Hütte entfernt. Warum waren es so viele Kreuze? Waren die Dinge an unterschiedlichen Orten gelandet?

Ihr kam eine Idee. Die Kugel erschuf nichts Neues. Sie hatte ihr offensichtlich nie etwas geschenkt, was es nicht schon gab. Also hatte Kine eine Karte bekommen, die es schon gab und die zufällig ein Kreuz an der richtigen Stelle hatte. Oder jedenfalls so nah dran wie möglich.

Kine setzte die Fliegerbrille auf, nahm am Armaturenbrett Platz und düste nach Norden in die Berge. Sie hätte einen Plan haben müssen, hatte aber keine Ahnung, was sie tun würde, wenn sie dort ankam. Sie konnte ja nicht nach draußen und irgendetwas holen. Vielleicht konnte sie die Stelle finden und der Polizei einen Tipp geben, wo der Kram lag? Oder Aurora und Vivi dazu überreden, das zu übernehmen?

Falls sie noch bereit waren, etwas für sie zu tun. Wegen der Kugel war alles so blöd. Sie machten nichts mehr zusammen, und die Nachrichten wurden immer weniger. Der Vorfall hinter der Turnhalle war auch nicht gerade hilfreich. Kine konnte sich vorstellen, wie verrückt sie gewirkt haben musste, als sie Monrad an die Wand gequetscht hatte. Das dachten bestimmt alle. Dass Kine durchgedreht war. Dachte Jarle das auch?

Du hast die Kugel. Das ist super für dich.

Das hatte Aslak gesagt. Aber sie wollte ihnen beweisen, dass es nicht super war. Es war gerade jetzt tatsächlich alles andere als super, sie zu sein.

Weit unter ihr segelte der Wald vorüber, dunkel wie Blutbahnen auf dem weißen Schnee. Sie folgte der Karte auf dem Handy, um zu checken, wo sie sich im Verhältnis zu den Kreuzen auf der Papierkarte befand. Das war nicht so einfach, wie sie sich das vorgestellt hatte. Alles, woran sie sich orientieren konnte, waren ein paar Straßen und Berggipfel. Ansonsten gab es nur wenige Anhaltspunkte. Wald war Wald.

Als sie das erste Hüttengelände erreicht hatte, wurde das Ganze einfacher. Die Häuschen stimmten mit den ersten Kreuzen überein, aber in der näheren Umgebung war nichts Auffälliges zu entdecken. Hatte jemand vielleicht schon alles abgeholt?

Nein, sie hatte sich eine Karte von der Stelle gewünscht, wo genau jetzt die Tiara lag, also musste eins der Kreuze stimmen. Die Frage war nur, warum die Krone hier oben gelandet war.

Kine guckte zum Klo. Eine kleine Kiste mit Holzdeckel. Ein typisches Plumpsklo. Das war eins der ersten Dinge, die sie sich in der Kugel gewünscht hatte.

Plötzlich kam ihr der Gedanke, dass es da einen Zusammenhang geben musste. Sie hatte sich ein Plumpsklo gewünscht und bestimmt das erste bekommen, das die Kugel gefunden hatte. Und damals war sie hier oben in der Hütte gewesen.

Kine packte der Ehrgeiz. Sie trommelte mit den Fingern auf das Armaturenbrett und wünschte, die Kugel würde noch schneller vorankommen, obwohl sie schon so schnell sauste, dass sie die Wucht im Körper spürte. Sie näherte sich der nächsten Stelle auf der Karte und sank wieder. Der Schnee fegte über die Hochebene, und eine klare Sicht war schwierig. Aber etwas weiter unten konnte sie eine Hütte erahnen. Sie sah verfallen aus, wurde wahrscheinlich nicht mehr genutzt. Eingeklemmt zwischen Waldrand und Schneewehen.

Nein, das waren keine Schneewehen, das waren … ihre Sachen.

Ihr verrutschte das Herz in der Brust. Alles, was sie sich gewünscht hatte, lag auf riesigen Haufen um die Hütte. Einiges davon eingeschneit und steif gefroren. Andere Sachen waren so neu, dass sie der Schnee noch nicht hatte zudecken können. Der Anblick war niederschmetternd. Wie war das möglich? Konnte man sich in weniger als einem Monat so viel wünschen? Kine wurde schlecht. Die Kugel thronte über den Haufen, während sie nach so etwas wie dem Kern des Übels suchte. Der Mittelpunkt des Ganzen war anscheinend der kleine Verschlag, der ein Stück von der Hütte entfernt stand. Das Plumpsklo.

Natürlich! Auf irgendeine unbegreifliche Weise war das Klo in der Kugel nach wie vor mit der Stelle verbunden, von der es kam. Alles, was sie weggeworfen hatte, war dort wiederaufgetaucht, wo das Klo einmal gestanden hatte.

Und das war viel. Die Wände des Bretterverschlags waren aufgesprungen. Wahrscheinlich war es da drinnen zu voll geworden. Der Berg an Gegenständen war immer weiter gewachsen, unaufhörlich drückten neue Sachen nach, die sie sich gewünscht hatte. Klamotten, Bücher, Werkzeug, Schuhe, Taschen, Essen, Handtücher, Filzstifte, Spiele, Pralinenschachteln, Vollmilchpackungen, Lautsprecher, Taschenlampen, Süßigkeitentüten, leere Ersatzakkus fürs Handy, Klopapier, Planschbecken, PCs, Pappbecher, … Es nahm kein Ende.

Ein aufblasbarer Flamingo ragte aus dem Schnee, Eiszapfen hingen ihm vom Schnabel. Die sahen wie Zähne aus. Ein aufblasbarer rosa Vampir-Flamingo.

Die Umgebung schaute aus wie eine große Müllkippe. Voller Dinge, die sie benutzt und weggeworfen hatte, bloß um sich mehr zu wünschen. Und noch mehr.

Davon bekam sie Bauchschmerzen. Kine spürte die pochende Gefühllosigkeit im Gesicht, wie immer, wenn sie kurz davor war, sich zu übergeben. Was sollte sie machen? Sie konnte nichts davon wieder zurückbringen. Sie hatte keine Ahnung, wem es vorher gehört hatte oder woher es gekommen war. Und selbst wenn sie es gekonnt hätte, würde es eine Ewigkeit dauern. Vieles war schmutzig, sie hatte ja auch das Klo als … Klo benutzt. Wer wollte denn schon auf der Suche nach Kronjuwelen in ihrer gefrorenen Kacke wühlen? Igitt!

Der einzige Trost war, dass sie so wahnsinnig viel weggeworfen hatte, dass bestimmt tausend Dinge auf jeden kleinen Scheißhaufen kamen.

Kine fühlte es kommen. Sie stürmte zum Klo und konnte gerade noch den Deckel hochreißen, bevor sie sich erbrach. Der Kakao kam hoch, strömte ihr aus dem Mund, zusammen mit den Schokoladenstückchen aus dem Adventskalender, den sie geleert hatte. Säure brannte ihr in der Nase. Die Tränen liefen. Sie konnte nicht mehr. Sie konnte sich nicht mehr bewegen. Sie blieb übers Klo gebeugt stehen und starrte den Rücken der Puppe an. Auch hier war eine Naht aufgeplatzt. Die Füllung guckte heraus, und sie wusste, wenn sie daran zog, würde noch mehr zum Vorschein kommen. Genau wie ihre Sachen auf dem Hang. Eine unaufhaltsame Flut von Müll. Aber in der Puppe steckte der allerschlimmste Müll. Ganz anderer und viel schlimmerer Müll.

Sie wusste nicht, was und warum, aber sie wusste, dass es ihre Angelegenheit war. Sie spuckte ins Klo.

Das Klo! Der Gedanke fuhr ihr wie ein Stromstoß durch den Kopf. Das Klo war ein Ausweg!

Wenn all ihr Krempel hier herausgekommen war, dann musste doch auch sie diesen Weg nehmen können. Wenn sie ins Klo sprang, würde sie dann am anderen Ende wieder aus dem Verschlag nach draußen krabbeln? Oder würde sie von all den Dingen erstickt, unter dem Schnee erdrückt werden?

Das konnte man nicht wissen. Aber ein Hoffnungsschimmer war es. Ein klitzekleiner Lichtstreif, an den sie sich klammerte.

Das Handy in der Tasche meldete sich. Schnell zog sie es hervor, es konnte doch … Aurora sein, sagte sie sich, obwohl Jarle ihr zuerst eingefallen war. Weder Aurora noch Jarle waren dran. Es war noch ein Journalist, der sich mit ihr verabreden wollte. Außerdem hatte Mama ihr geschrieben, dass die erste Journalistin vor der Tür gestanden hatte.

Kine warf das Handy weg und legte den Kopf auf die Knie.

Doch, vielleicht konnte sie durchs Klo entwischen, vielleicht überleben.

Die Frage war nur, ob sie das wollte; denn draußen wartete nur noch mehr Scheiße.

Die Murmel

Kine fühlte sich wie tot. Die Batterien in ihrem Körper waren leer, und sie hatte keine Ahnung, wie man einen menschlichen Körper wieder aufladen konnte.

Die Kugel fegte über den Hang, als fühlte sie mit ihr, pflügte im Slalom zwischen den Bäumen durch den Schnee, die ganze Strecke den Berg talwärts. Ihr Kopf war prallvoll und kurz vorm Platzen. Genau wie die Puppe. Voll fürchterlicher Dinge, die ihr jederzeit aus den Ohren quellen konnten.

So viele Dinge … über die Ebene verstreut, halb zugeschneit. Wie lange würden sie dort liegen bleiben?

In einer Aufgabe in der Gemeinschaftskunde-Arbeit war es um Plastik gegangen. Wie lange die Natur brauchte, um es abzubauen. Sie erinnerte sich nicht einmal mehr an die Antwort, sie hatte doch geschummelt. Nicht gelernt. Aber wahrscheinlich lag auf dem Berg genug herum, sodass sie allein die Schuld für die globale Erwärmung kriegen würde. Typisch für sie, so ein Pech. Alles lief schief.

Immer. Und jetzt war also sie diejenige, die die Erde aus dem Gleichgewicht brachte, die Polkappen schmolz und die Welt ertränkte. Alle würden sterben, und sie würde als Einzige auf der Erde zurückbleiben. Ein Gespenst, das durch die Gegend schwebte, sicher in einer Kugel, während alle anderen um sie herum verschwanden.

»Schwachkopf!«, schnauzte sie die Puppe an, als ob diese Gedanken direkt von ihr gekommen wären. »Streng dein Nadelgehirn an! Wenn alles, was ich mir gewünscht habe, schon vorher irgendwo war, dann bin ja wohl nicht ich schuld daran, dass der Berg voller Müll ist. Nicht ich habe es zuerst angeschafft, das waren andere!«

Dem Argument war nichts entgegenzusetzen, aber dadurch fühlte sie sich nicht besser.

Die Kugel pflügte sich weiter vorwärts, grub vor Kine Erde und Steinchen aus, die am Glas kratzten. Sie richteten nie Schaden an. Kine hatte an der Kugel nie auch nur den kleinsten Kratzer im Glas entdecken können. Die Kugel konnte schlicht und einfach nicht beschädigt werden. Auch nicht von innen, und gerade jetzt war das ein krass beängstigender Gedanke.

Aber wenigstens hatte sie einen Ausweg. Einen Notausgang. Sie war nicht gefangen, sie konnte fliehen, falls nötig. Ins Klo springen und bei der Hütte wieder nach draußen krabbeln, ganz heil. Vielleicht …

Die Idee hatte ihr Hoffnung gemacht, war eine enorme Erleichterung gewesen. Aber durch sie hatte sie auch begriffen, wie viel Angst sie hatte. Wie sehr der Herzschlag der Puppe sie zu Tode erschreckt hatte. Als hätte sie erst gewagt, sich das einzugestehen, nachdem sie einen Ausweg gefunden hatte.

Die ersten Häuser tauchten aus der Dunkelheit auf. In den Fenstern leuchteten Weihnachtssterne, und sie konnte Schatten sehen, die sich hinter den Vorhängen bewegten. Leute. Familien. Ein tückisches Schattentheater, das sie an alles erinnerte, was sie nicht bekommen konnte. Doch, eine Familie hatte sie, aber sie konnte nie mehr mit Papa auf dem Sofa sitzen und Filme von unterseeischen Erdrutschen anschauen. Sich nie mehr die Finger mit Öl verschmieren, wenn sie mit Mama im Hinterhof das Fahrrad putzte. Nie mehr Tipsi füttern.

Kine hob mit der Kugel über die Dächer ab, damit sie auf dem Heimflug nicht zu allen Familien hineingucken konnte. Sobald sie an Höhe gewonnen hatte, sah sie im Umweg ein wahnsinniges Chaos. Die Straße war verstopft mit Wohnmobilen, viel mehr als am Morgen. Und mehr Zelte. Campingwagen mit Kerzen in den Fenstern standen in Reihen. Wie riesige Weihnachtslichterketten. Jemand hatte eine Schranke aufgebaut. Die Polizei? Jedenfalls stand ein Polizeiauto mit offenen Türen dort. Ein Polizist war ausgestiegen und redete mit Sternenstrahl. Sie lächelte, er sah wütend aus. Er fuchtelte unermüdlich mit der Hand in der Luft herum, als ob er ihr zu erklären versuchte, dass sie abziehen mussten. Eine Frau mit einer dicken, altmodischen Kamera machte Fotos vom Loch in der Wand des Mietshauses.

Kine sackte in sich zusammen, stützte sich auf dem Armaturenbrett ab. Das war nicht möglich! Liefen die hier im Glauben durch die Gegend, sie wäre die Abgesandte Karma? Waren die alle aus dem Grund hier? Waren die alle so hirnverbrannt?

Sie drehte sich zur Puppe um, als könnte die ihr helfen. Die starrte nur stumm zurück.

»Es ist nicht meine Schuld, dass die Leute Idioten sind!«

Kine raufte sich die Haare und schrie. Sie hielt das nicht mehr aus!

Sie ließ die Kugel hoch über die Dächer steigen. Höher und immer höher. Aus den Straßen wurden dünne Fäden, die Häuser kleiner. Bis sie keine Ähnlichkeit mehr mit Häusern hatten, sondern mit flachen Feldern in einem Flickenteppich weit unter ihr. Da unten hatte sie nichts mehr zu suchen. Aurora und Vivi hatten vergessen, dass es sie gab. Mama und Papa hassten sie. Die Schule auch. Sie hatte Monrad fast platt gedrückt, Aufsatz fand, sie würde den Weihnachts-Chor kaputt machen, Jarle redete nicht mehr mit ihr, und niemand wusste, wo die britischen Kronjuwelen waren. Kine presste die Hände an den Kopf, aber das Chaos da drinnen wurde nur noch schlimmer. Zertrümmerte Wände, gammelige Pausenbrote, mottenzerfressene Badeanzüge, geklaute Burger und ein gefrorener Flamingo auf dem Berg.

Sie stieg rasend schnell weiter auf. Wenn sie nur hoch genug käme, würde alles, was sie getan hatte, vielleicht auch kleiner? Winzig klein und bedeutungslos. So wie die Autos da unten. Sie konnte sie nicht mehr sehen, nur die Scheinwerfer. Sie bewegten sich auf den Straßen wie in einem Spiel. Alle waren unterwegs irgendwohin. Unterwegs zu jemandem. Fuhren zu einer Verabredung mit Freunden, zur Arbeit, zum Essen oder um Dinge zu organisieren. Alles stand miteinander in Zusammenhang. Alles, was sie sah, hing zusammen. Die Stadt, die Straßen, die Menschen, … Aber nicht sie. Sie war ausgeschlossen.

Kine zog die Knie an und drückte sie an den Körper. Sie hatte noch den sauren Geschmack vom Erbrochenen im Mund, und ihr war zum Weinen. Die Kugel flog höher, als sie je geflogen war. Sie konnte den Lärm in der Stadt nicht mehr hören. Mottenburg wurde zu einem Fleck, aber nicht einmal der Stadtfleck war allein. Zwischen ihm und anderen Städten gab es einen Zusammenhang, in alle Richtungen.

Sogar zwischen den Sternen am Himmel gab es einen Zusammenhang. Sie bildeten Muster. Zufällige Muster, aber jeder Stern war dennoch ein Teil des großen Ganzen. Ihre eigenen Sterne waren bloß Aufkleber. Sie glommen in der Dunkelheit mit einem gruseligen grünlichen Schimmer. Weit unter sich sah sie die Lichter von einem Flugzeug. Der Horizont krümmte sich. Immer mehr. Sie hatte Angst, und ihr war schlecht. Aber sie konnte nicht anhalten. Anhalten war sinnlos. Sie hatte sich so viele Ausrutscher geleistet, dass sich niemand da unten jemals wieder für sie interessieren würde. Auch Jarle nicht.

Sein blauer Pullover lag eingerollt wie ein Keimling neben ihr, der sich um ein Samenkorn schmiegte, kurz bevor er sich entfaltete und wuchs. Sie biss sich auf die Lippe, um nicht zu weinen, aber das half nichts. Davon lief ihr nur die Nase. Sie war allein. Für immer. Von allem ausgeschlossen, das miteinander im Zusammenhang stand.

Das Gefühl von Fortbewegung verflog. Die Kugel bewegte sich immer noch, da war sie sich sicher, aber davon war nichts mehr zu merken. Sie schwebte in der unendlichen schwarzen Leere. Der Erdball hing vor ihr, hing einfach bloß da. Eine riesige blau-weiße Murmel. Verschwommen durch ihre Tränen, aber sie wagte nicht, sich die Augen zu reiben, falls die Erde dann verschwinden würde. Der Anblick hypnotisierte sie, lähmte ihren Körper.

Schon oft hatte sie Aufnahmen von der Erde aus dem Weltall gesehen, aber … sie wirklich mit eigenen Augen zu *sehen* … das war etwas ganz anderes. Die Stille war so intensiv, dass ihr klar wurde, dass sie vorher Stille noch nie erlebt hatte. *Nichts* zu hören. Sie bekam Gänsehaut.

Der Erdball. Der war eine Kugel.

Die hing da, einsam in der leeren Dunkelheit, genau wie sie. Der Erdball war eine Kugel, und da unten wohnten Milliarden Menschen, zwischen denen es einen Zusammenhang gab. Oder waren auch sie Kugeln? Was hatte Jarle noch gesagt?

Alle machen ihr Ding.

Je mehr sie starrte, umso schöner wurde sie. Das Blaue ringelte sich ins Weiße wie ein Samenkorn. Wie Jarles Hoodie. So groß. So klein.

Und hier war sie. Ausgeschlossen. Die Panik kam schnell, umschlang sie fest wie eine Würgeschlange.

Sie konnte hier nicht sterben! Allein im Weltall, ohne Mama und Papa, ohne Freunde, ohne Tipsi. Alter Falter, sie würde zu einem richtigen Ufo werden! Gefangen in der Erdumlaufbahn. Sie würde sich neunzig Jahre langweilen, und wenn sie dann endlich krepierte, wäre sie froh darüber. Dann würde auch aus ihr eine Totenpuppe werden. Ein Haufen spröder Knochen, der bis in alle Ewigkeit herumschwebte, bis sie mit einem Satelliten oder so was zusammenprallte.

Kine schluchzte, als sie das Handy herausfischte, um Mama anzurufen.

Ihre Finger waren wie kalte Würstchen, und sie bekam es gerade eben noch eingeschaltet.

Kein Netz, stand da.

Das war der beschissenste Satz, den sie je gelesen hatte.

Aber sie fand eine Nachricht von Aurora. Die war bestimmt schon gekommen, als sie noch Netz hatte. Sie hatte einfach nur das Signal überhört. Kine las.

Ta-da! Überraschung! Wir haben dir Flügel genäht, voll Kine-Style. Aufsatz wird bestimmt stinksauer, aber das Wichtigste ist, dass du kommst, stimmt's?

Aurora und Vivi lächelten auf dem Foto von einem Ohr zu anderen. Sie hatten die selbst gemachten Flügel an und hielten Kines Paar vor sich.

Weiße Engelsflügel mit kleinen Totenköpfen darauf, aufgenäht mit schwarzen Pailletten.

Kine hörte sich selbst schluchzen und fasste sich an die Brust. Tränen tropften auf das Display. Aurora. Liebe, liebe Aurora und Vivi. Sie hatten sich nicht gemeldet, weil sie für sie Flügel genäht hatten. Die beiden wollten sie überraschen. Sie dabeihaben. Alle hassten den Weihnachts-Chor, aber wenigstens konnten sie ihn zusammen hassen. Und Kine war ein Teil von diesem putzigen Wort: *zusammen.*

Sie drückte das Handy an sich, während die Kugel wieder auf die Erde zusauste. Immer näher, bis die Wolken sie umarmten.

Der Notausgang

Ihre Sachen lagen immer noch über die Hochebene verstreut. Haufenweise Gegenstände, die sie weggeworfen hatte, obwohl das meiste davon noch fast neu war. Sie hatte einfach keinen Platz dafür gehabt. Es tat weh, das zu sehen. Hier lagen Werkzeug, Spiele und Elektronik, die sie kaum ausgepackt hatte.

Kine flog die Kugel an der Hütte vorbei und weiter zum Verschlag, der einmal ein Plumpsklo gewesen war. Würde sie da drinnen rauskommen, wenn sie jetzt in ihr Klo sprang? Oder lief etwas anderes Magisches ab? Vielleicht hatte sie es dabei mit so was wie einem Science-Fiction-mäßigen Riss in Zeit und Raum zu tun, und dann war das Ergebnis nur schwer vorhersehbar. Vielleicht würde sie viele Jahre lang fallen? Oder die Landung würde mit einem tödlichen Aufprall enden? Oder sie würde in Einzelteile gerissen, Atom für Atom, und anderswo wieder zusammengesetzt werden? Alter Falter, was, wenn sie falsch zusammengesetzt wurde? Was, wenn sie mit dem

Kopf zwischen den Beinen und einem Arm auf dem Bauch aus dem Verschlag krabbelte?

Nein, jetzt musste sie sich zusammenreißen, die anderen Dinge, die da herumlagen, waren ja auch ganz geblieben. Wahrscheinlich würde sie einfach am Boden des Plumpsklos in dem Verschlag wieder auftauchen, begraben unter anderen Sachen, die sie weggeworfen hatte.

Sie stellte die Kugel im Schnee ab, ganz nahe an der Wand des Verschlags. Es konnte ja sein, dass der Aufprall abgefedert würde, wenn sie ganz dicht danebenstand.

Kine war nach langer Zeit zum ersten Mal wieder fröhlich. Ihr Körper kribbelte. So vieles erwartete sie. Doch, vieles davon war zwar sauschwierig, aber sie würde eine Lösung dafür finden. Sie hatte Aurora und Vivi, und den beiden war sie wichtig. Alles würde in Ordnung kommen, wenn sie um Verzeihung bat. Mama und Papa. Sogar die Quälerin würde sie um Entschuldigung bitten. Dafür, dass sie sie ins Becken gestoßen hatte. Und sie würde der Polizei erzählen, wo die Tiara war. Die Polizei würde das verstehen. Sie würden alle Sachen abholen, und alles wäre wieder gut. Aber erst würde sie Leute umarmen, genau, das würde sie machen! Mama umarmen. Papa umarmen. Alle umarmen! Sogar Jarle. Am allerliebsten Jarle.

Kine atmete tief durch und schloss kurz die Augen. Was war das Schlimmste, das sie erwartete, wenn sie sich traute, die Kugel zu verlassen?

Das musste Monrad sein … Er war bestimmt megawütend. Sie hatte ihn vor den anderen lächerlich gemacht.

Ihm gedroht. Ihn an der Wand der Turnhalle fast platt gedrückt. Dann war da die Schule, die nur für sie größere Türen hatte einbauen lassen. Nein, das war Kleinkram! Sie hatte die Erde wie eine Murmel gesehen, und größere Türen waren nichts im Vergleich dazu.

Sie hatte Mama und Papa. Sie hatte Aurora und Vivi. Sie hatte einen ganzen Fanclub, der im Umweg 33 campierte. Verrückte Freaks mit selbst ausgedachten Namen, die Kine für eine Abgesandte aus dem Universum hielten. Sie würden es verstehen, und sie würden ihr helfen, alles in Ordnung zu bringen. So was taten doch solche Leute, oder vielleicht nicht?

Kine verstaute das Handy im Beutel, den Aurora einmal für sie zu Ende genäht hatte, und hängte ihn sich um den Hals. Sie schaute sich um. In der Kugel war fast nichts mehr. Keine Kissen, kein Armaturenbrett, nichts. Nur das Skelett von Tipsi und Jarles blauer Kapuzenpullover. Den zog sie an. Er roch noch immer gut, und es war seltsam, ihn auf der Haut zu spüren. Er schickte ihr einen Schauder über den Körper.

Dann nahm sie Tipsis Knochen auf den Arm und legte der Puppe die Hand auf die Schulter.

»War nett mit dir, Toxine. Irgendwie. Aber, äh … danke und tschüss.«

Ka-dunk …

Kine tat, als würde das Geräusch sie nicht zu Tode erschrecken. Sie war der Rettung so nahe. Konnte jetzt keine Furcht zeigen. Sie hob den Deckel vom Klo an, gab sich

Mühe, nicht den Eindruck zu erwecken, als hätte sie es eilig; in Wahrheit aber konnte sie nicht schnell genug wegkommen. Sie stieg auf den Rand der Kiste. Dann sprang sie mit einem Satz ins Loch.

Ihre Beine trafen auf dem Boden auf, und sie blieb im Klo stehen. Sie war noch immer in der Kugel, in einer Holzkiste, die ihr bis zu den Oberschenkeln reichte. Kine stampfte mit den Fersen auf, aber der Boden war fest und gab nicht nach. Musste sie sich vielleicht richtig klein machen? Sodass der ganze Körper drinnen war, ohne dass oben etwas aus der Kiste guckte?

Ihr Herz schlug unruhig. Kine hockte sich in die Kiste. Sie tastete den Boden ab. Glas. Sie stand auf dem Glas der Kugel. Sie kam nicht raus.

Nein … Nein, nein, nein!

Kines Hände wurden kalt und klamm. Hatte das Klo aufgehört zu funktionieren? Sie kletterte wieder hinaus, stellte Tipsi ab und wünschte sich eine Rolle Klopapier. Sobald die auftauchte, hielt sie davon den Anfang fest und warf den Rest der Rolle ins Klo. Die fiel. Sie fiel weiter. Das dünne Papier flatterte, bis ihr der Anfang aus den Fingern rutschte und verschwand.

Kine kletterte hinterher, befühlte im Dunkeln den Boden der Kiste. Nichts. Noch nicht einmal ein Staubkorn.

Sie hievte sich zitternd aus der Kiste. Ihr war speiübel. Sie verpasste der Puppe einen Tritt, mehrmals. »Lass mich raus! Warum geht das nicht?« Die Puppe rutschte bei jedem Tritt weiter. Stieß an Tipsis Knochen, dass sie klapperten. Tipsi … Mausetot seit vielen Jahren. Kine hatte nicht gewagt, sich etwas Lebendiges in die Kugel zu wünschen. Was, wenn etwas Lebendes auch nicht wieder nach draußen kommen konnte? Nie?

Das Wort war unendlich lang. Unerträglich groß, wie der Weltraum. Nie. Nie mehr den Wind im Gesicht fühlen. Nie mehr im Schulbecken schwimmen und darüber jammern. Nie mehr im Sommer das Meer auf der Haut spüren. Nie mehr auf den Schlafboden in der Hütte klettern. Nie mehr durch den Wald laufen und Beeren pflücken. Dabei hasste sie Beeren pflücken!

Aber das machte man doch trotzdem. Weil Mama es wollte. Weil sie eine Familie waren. Aber eine Familie würde sie auch nie haben. Nie heiraten. Nie Kinder bekommen. Sie würde nie Sex haben, und das war, soweit sie das verstanden hatte, eins der wenigen Dinge, die Erwachsene gut am Erwachsensein fanden. Kine würde nicht einmal jemals jemanden küssen. Näher dran, als hier jetzt in Jarles Pullover zu stehen, würde sie nie kommen.

Das war nicht gerecht! Sie war in die Kugel gestiegen, als die Welt noch eine ganz andere war. Sie wollte damals andere Sachen als jetzt. Jetzt wollte sie etwas. Jetzt wollte sie alles, was sie nie würde tun können.

Sie krabbelte auf den Bauch der Puppe und hämmerte auf deren Brust ein.

»Lass mich raus!«

Niemand hörte sie. Niemanden interessierte das.

Kine schrie, bis sie glaubte, ihre Lungen würden gleich

reißen. Dann sank sie erschöpft auf dem Bauch zusammen. Sie konnte nicht einmal weinen. Ihre Augen waren zugeschwollen.

In der Puppe steckte alles, was sie falsch gemacht hatte. Alle ihre Ausrutscher. Die wanden sich da drinnen, wuchsen immer weiter und weiter. Sie hatte auf ihren eigenen Sünden geschlafen. Sie konnte sie fast zum Ohr kriechen hören, wie Würmer. Ekelige Schlangen in einer ekeligen Puppe. Und mit denen musste sie für immer leben.

»Papa …«, flüsterte sie. »Ich wünsche mir …« Sie schluchzte die Worte. »Ich wünsche mir ein Sh-Shh-Shirt, das Papa heute getragen hat.«

Der Wünscheschnee summte durch die Luft, gnadenlos gleichgültig gegenüber ihren Gefühlen. Ein rot kariertes Hemd landete in ihren Händen. Sie bohrte das Gesicht hinein. Papas Duft erfüllte ihr Herz ganz und gar. Und Kine brach zusammen.

Lass uns verhandeln

Mit krummem Rücken ging Kine umher und säte Körner. Es war ein Traum, das war ihr merkwürdigerweise klar, fühlte sich aber echt an. Die Samenkörner wanden sich in ihrer Hand wie Larven. Blaue, zusammengerollte Larven. Sie steckte den Finger in die Erde, bohrte kleine Löcher und ließ die Larven hineinfallen. Eine nach der anderen. Sie schob Erde darüber, während sie dadrinnen zappelten und seltsame, protestierende Laute von sich gaben. Ein Klopfen im Boden. Aber das war nicht der Boden. Sie guckte hoch und stellte fest, dass sie auf ihrem eigenen Brustkorb stand. Sie war eine winzig kleine Kine, die auf der Brust der großen Kine umherlief und den Boden bestellte. Das war so abstoßend, dass sie zusammenzuckte und ihr die restliche Saat aus der Hand fiel. Die Larven schossen weg und bohrten sich in ihren großen Körper.

Sie versuchte, sich zum Aufwachen zu zwingen, schaffte es aber nicht. Sie kniete sich hin und legte das Ohr an die eigene Brust, um zu lauschen. Warum säte sie Würmer in sich selbst? War sie tot? Nein … Sie konnte den Herzschlag hören. Irgendwo tief dadrinnen. Ein gleichmäßiger, träger Puls. Das Herz.

Sie hörte das Herz!

Kine erwachte mit einem Ruck. Sie saß mit dem Rücken am Glas der Puppe gegenüber. Den Schlag hatte sie nicht geträumt, der war unheimlich echt.

Ka-dunk …

Es fühlte sich an, als verginge ein Meer aus Zeit. Aus so viel Zeit, dass sie ins Grübeln kam, ob das eben überhaupt ein Traum gewesen war. Oder Einbildung. Da war es wieder.

Ka-dunk …

Kine saß mäuschenstill. Sie wagte nicht einmal, zu blinzeln. Sie saß bloß da und wartete auf den nächsten Schlag.

Ka-dunk …

Die Brust der Puppe vibrierte bei jedem Klopfen, brachte das aufgenähte Filzherz richtig zum Schlagen. Etwas dadrinnen wölbte sich, drehte sich unter dem vergilbten Verband. Kine wollte rückwärtskriechen, saß aber schon ans Glas gedrückt. Sie hatte keinen Platz zum Ausweichen. Keinen Ausweg. Die Kugel wirkte kleiner denn je. Wie ein winziger, stickiger Raum. Es war wie in einem Badeball gefangen zu sein und immer wieder die gleiche Luft zu atmen.

Kine riss das Katzenskelett an sich und hielt es mit ausgestrecktem Arm vor sich. »Tipsi holt dich, wenn du mir was tust! Hörst du? Sie war … eine Wachkatze! Eine lebensgefährliche Wachkatze. In fünf Minuten hat sie dir ein Bein abgenagt!«

Die Puppe saß ungerührt mit dem leeren Grinsen aus Zickzack-Stichen da. Das Herz schlug immer noch.

Ka-dunk … Ka-dunk … Ka-dunk.

Kine warf die Katzenknochen weg. Tipsi konnte ihr jetzt nicht helfen. Niemand konnte das. Verzweifelt blickte sie sich um. Draußen war es dunkel, und sie hatte keine Ahnung, wo sie war. Die Kugel hatte sich fortbewegt, als sie geschlafen hatte. Vor dem Glas erkannte sie Steine, die aus dem Boden ragten. Niedrige Steine in bekannten Formen. Grabmale.

Sie war auf dem Friedhof. Wieder da, wo alles angefangen hatte. Hier hatte sie die Kugel gefunden, als sie einen Grabstein bekritzelt hatte. Dabei hatte sie sich vorgestellt, dass der auf Jarles Grab stand, aber daraus war ihr eigenes geworden.

Ka-dunk …

Die Puppe würde erwachen, das war bombensicher. Was würde sie dann machen?

Kine hatte das Gefühl, dass sie über diese Frage auf gar keinen Fall nachdenken wollte. Sie zwang sich, auf die Beine zu kommen, und wünschte sich einen Hammer. Das war ihr erster Gedanke, und sobald sie ihn in Händen hielt, hämmerte sie auf das Glas ein, obwohl sie wusste, dass es sinnlos war. Die Kugel war unzerstörbar. Die hielt alles aus. Wasser, das Weltall, Eis, Schnee und

Wände. Aber sie hämmerte trotzdem. Schlug, dass es ihr in den Ohren dröhnte. Es gab nichts anderes zu tun. Sie hämmerte, um den Herzschlag nicht hören zu müssen. Der Hammerstiel war schweißnass. Aber das Glas bekam nicht einen einzigen Kratzer. Es schimmerte in der Nacht, kristallklar und unbeschädigt.

Sie warf den Hammer ins Klo und schluchzte Tipsi zu: »Was sollen wir machen? Wie sollen wir hier wieder rauskommen?! Wir müssen raus!«

Tipsi sah, sofern überhaupt möglich, noch toter aus als sonst. Ein unnützer Haufen aus bleichen Knochen. Kine hörte auf. Eine Idee nahm Gestalt an.

Tipsi. Tot. Töten … Waffen!

Na klar, sie konnte sich ins Freie sprengen! Sie brauchte sich nur eine Handgranate zu wünschen, dann vielleicht … Ja, dann würde sie vielleicht wie eine dünne Ketchup-Schicht auf der Innenseite der Kugel kleben. Sie trat gegen die Katzenknochen. »Handgranate? Ernsthaft? Was für eine idiotische Idee, reiß dich zusammen!«

Sie musste sich konzentrieren. Eine Möwe werden und das Problem anpacken, wie Mama es getan hätte. Eins nach dem anderen ausprobieren, bis sie Erfolg hatte. Nie aufgeben. Sie musste größer denken und aufhören, Zeit zu verschwenden. Sie rieb sich die Augen. Sie waren vom Weinen wund. Ihr Körper fühlte sich weich und weh an, als hätte sie Grippe.

»Denk nach, Kine!«

Sie schaute sich um. Die Kugel lag zwischen schiefen

Grabmalen mit Schnörkelschrift. Sie hatte sich geschworen, nicht mit Schnörkelschrift zu sterben!

Was, wenn sie sich etwas wünschte, das größer als die Kugel war? So groß, dass es die Kugel sprengen *musste*? Das Problem war, dass es nicht so groß sein durfte, dass es gleichzeitig *sie* zerdrückte. Sondern nur das Glas. Kine fuhr sich mit der Hand übers Gesicht. Die war schweißnass.

Ka-dunk …

Vom Schlag erzitterte sie. Jetzt oder nie.

Kine atmete ein und rang um eine ruhige Stimme. »Ich wünsche mir einen vier Meter langen Stahlbalken!«

Der Schnee stieg vom Boden auf und sauste an ihrem Gesicht vorbei. Sie ging in die Hocke und schützte ihren Kopf mit den Armen, als es knallte. Ein irrsinniger Knall. Sie hielt sich die Ohren zu, aber es war zu spät. Der Krach schickte ein Echo in Form eines grellen Pfeifens durch ihren Kopf.

Sie schaute hoch. Ein Stahlbalken hing quer durch die Kugel. Der war vermutlich einmal vier Meter lang gewesen, jetzt aber nicht mehr. Die Kugel hatte ihn in der Mitte zu einem halb verschmolzenen Knoten verdreht. Er strahlte wie ein Ofen Wärme aus, direkt über ihrem Kopf. Der Balken schrammte am gewölbten Glas entlang, schaukelte etwas. Kine war klar, dass er fallen würde, und hechtete zur Seite. In dem Moment krachte er hinunter und blieb wie eine verbogene Bahnschiene auf dem schwarzen Boden liegen.

Er hinterließ ein Brandzeichen auf dem Bein der Puppe, aber die Kugel war immer noch heil.

Kine schleppte unter Flüchen, von denen Aurora in Ohnmacht gefallen wäre, das Stahlmonstrum zum Klo. Schweiß lief ihr über die Stirn, als sie das eine Balkenende über den Kopf hob, so hoch, dass es ins Klo hinabrutschte und endlich verschwand.

Musste Kine sich vielleicht etwas noch Größeres wünschen? Nein. Sehr schlechte Idee.

Ka-dunk …

Da blieb nur noch eins übrig: verhandeln.

Sie stellte sich zwischen die gespreizten Beine der Puppe. Die saß ans Klo gelehnt da, war aber immer noch einen Kopf größer als Kine. Der Verband über der Brust war zerfetzt und vibrierte mit jedem Herzschlag.

»Gut, verstehe«, sagte Kine mit belegter Stimme. »Ich wollte selbst hier rein. Ich habe mir das so ausgesucht; ist es das, was du mir zu sagen versuchst?«

Eine Naht unter dem Arm der Puppe zerriss. Drei Stiche platzten auf, und das klang wie Popcorn.

Plopp. Plopp. Plopp.

Die Füllung guckte raus. Kine kam sich wie eine Maus vor. Machtlos. Winzig klein in Jarles weitem Pullover. Es hätte nicht viel gefehlt, und sie hätte gepiepst.

»Hör mal … Können wir versuchen, uns wie erwachsene Menschen zu benehmen? Können wir verhandeln?« Sie zeigte in den grauen Himmel. »Da draußen wird es langsam hell, siehst du das? Sternenstrahl ist bestimmt schon wach und macht da draußen auf der Straße ihren Sonnengruß oder so was Ähnliches. Ich gehe da jetzt hin und frage sie, ob sie mir mit all dem Kram auf dem Berg hilft, ja? Sie und die ganze Gruppe. Sie können die Sachen einsammeln, sie waschen und sortieren und … sie aufheben, bis wir wissen, was wir damit machen wollen. Das ist doch schlau, oder? Da tun wir das Richtige, oder?«

Ka-dunk …

Ka-dunk …

Ka-dunk …

Der Rhythmus aus der zerlumpten Brust wirkte jetzt schneller. Die Puppe wusste, dass sie log. Wusste, dass sie nie alles in Ordnung würde bringen können, was sie falsch gemacht hatte. Und außerdem waren die Dinge auf dem Berg nur ein Teil davon. Die schlimmsten Dinge lagen direkt vor ihr, unter den Verband des ekeligsten Wesens der Welt gestopft.

»Das ist nicht meine Schuld! Das konnte ich nicht wissen!«, rief Kine. Aber auch das war eine Lüge. Vieles hätte sie wissen können. Das mit Mamas Brautkleid zum Beispiel. Sie hatte gewusst, dass sie es kaputt machte, obwohl sie noch so klein gewesen war. Und die Lüge, die sie Sternenstrahl erzählt hatte, von der hatte sie auch gewusst, dass das falsch war.

Und der allererste Zettel, den sie aus der Naht in der Puppe gezogen hatte. Den mit der Kinderschrift.

Dises Pulver.

Dieses Pulver sollte es heißen, doch sie war gerade

in die Schule gekommen, als sie den Brief geschrieben hatte. Der fiel ihr jetzt wieder ein, als würde sie sich an einen alten Traum erinnern. Im Fernsehen hatte sie gesehen, dass jemand Pulver in irgendein Büro geschickt hatte. Alle hatten das Pulver für eine Lebensgefahr gehalten, für irgendeine tödliche Krankheit, die zufällig aussah wie Waschpulver. Dann hatten sie und ein Junge aus dem Nachbarhaus einen Brief an Olaf geschickt, an den pensionierten Postboten, der immer so schlecht gelaunt war, und den Umschlag mit Waschpulver gefüllt. Darauf hatten sie noch Totenköpfe gemalt. Olaf war jetzt tot, aber es hatte viele Jahre gedauert, darum hatte sie ihre Zweifel, dass das am Waschpulver lag. Jedenfalls an nichts, wofür man *ihr* die Schuld hätte geben können.

Kine breitete die Arme aus. »Hallo? Das ist schon Jahre her! Ich ging in die zweite oder dritte Klasse!«

Ka-dunk …

Sie wollte die Puppe treten, traute sich aber nicht. Was, wenn die wütend war? Sie beide waren nicht gerade die besten Freundinnen. Sie hatte die Puppe angemeckert, geschlagen, getreten, und nun hatte sie auch noch ein Brandzeichen auf dem Bein vom Stahlbalken, den Kine sich gewünscht hatte. Wenn die Puppe aufwachte, dann wäre sie fuchsteufelswild.

»Alle machen als Kinder dummes Zeug! Alle!« Noch eine Naht riss auf, stand auf der Innenseite des Beins offen wie ein Mund, spuckte widerliche Füllmasse aus.

Eine vertrocknete Ringelblume schob sich nach draußen. Bestimmt eine von denen aus Ingeborgs Blumenbeet, denen sie den Kopf abgeschnitten hatte, als sie Parfüm herstellen wollte.

Ein Nagel drang durch ein braunes Stück Stoff. Von damals, als sie den Teddy von Auroras kleinem Bruder gekreuzigt hatten.

Kine kniete sich hin. Ihr war schlecht, aber sie bohrte weiter in der Öffnung. Mehr Dinge purzelten heraus. Ein geringelter Stoffstreifen, der nach saurer Milch roch. Der stammte von dem Kissen, das sie einmal damit bekleckert und dann einfach auf die andere Seite gedreht hatte. Die Luftblasenfolie, die sie geschmolzen hatte, um Mama aus dem Badezimmer zu räuchern. Ein vertrockneter Paprikastängel von damals, als Mama Besuch von ihren Arbeitskollegen bekommen sollte und ihnen gefüllte Paprika servieren wollte. Kine hatte sie vorher allein aufgegessen. Vier Stück. Und dabei mochte sie noch nicht einmal Paprika!

Ein gelber Plastikring kam heraus, so einer, durch den man Seifenblasen pustete, und sie konnte sich nicht mal mehr erinnern, was sie damit angestellt hatte. Dann eine Art Wurstpelle, aber es war ein Darm. Und ein Kuhschwanz. Wann hatte sie denn nur einer Kuh etwas angetan?!

Dann fiel es ihr ein. Sie hatte Vivi belogen und behauptet, man würde Erdbeermarmelade aus den blutigen Eingeweiden von geschlachteten Kühen machen. Vivi begriff bestimmt, dass das Blödsinn war, hatte seitdem aber keine Erdbeermarmelade mehr angerührt. Die Dinge fingen an zu stinken.

Ein zerknüllter Zettel schob sich durch die aufgerissene Naht. Kine schluchzte. Sie wollte nicht wissen, was das war, trotzdem strich sie das Papier auf dem Schenkel glatt. Zahlen. Rechenaufgaben. Aus einem Mathebuch. Das hatte sie einmal in der Schule kaputt gemacht. Eine Seite herausgerissen und in Monrads Rucksack gesteckt, damit er die Schuld bekam.

Monrad ... Alter Falter. Sie hatte Monrad die Schuld in die Schuhe geschoben. Sie war schlimmer als der fieseste Bagalut! Vielleicht war sie so fies, dass sie Monrad *erschaffen* hatte. Sie war eine Bagaluten-Maschine! Eine Mobber-Macherin! Und alle, die Monrad gemobbt hatte? War das dann eigentlich *ihre* Schuld?

Der Gedanke stach wie tausend Nadeln zwischen ihren Rippen. Nein! Nein, das durfte nicht sein. Das waren doch Kleinigkeiten. Die kleinen Dinge zählten nicht! Sie hatte nie etwas falsch gemacht. Nicht wirklich. Sie hatte nie jemanden gemobbt, so wie Monrad immer andere mobbte. Sie hatte nie jemandem wirklich wehtun wollen.

Dann fiel ihr etwas Rotes ins Auge. Ein Buntstift. Mit zerfledderter Spitze. Das letzte Mal, dass sie ihn benutzt hatte, war hier auf dem Friedhof gewesen. Sie hatte damit Jarles Namen auf einen Grabstein geschrieben. Hatte ihn gehasst, sich seinen Tod gewünscht. Dann hatte sie die Kugel gefunden.

Sie hasste ihn nicht mehr, wünschte sich nicht seinen

Tod. Auch Monrads nicht, obwohl er ein Drecksack war, der andere mobbte. Sie hatte niemals *jemandem* etwas Schlechtes gewünscht. Nicht richtig. Aber was hatte sie in den letzten Wochen denn anderes als Schlechtes getan?

Und am allerschlimmsten war die Kugel. Sie war vor allem und jedem weggelaufen, als wäre nicht auch sie ein Teil dieser Welt. Hatte so getan, als würde nichts, was sie tat, Folgen haben, und das war der allergrößte Ausrutscher von allen. Ein Fehler, der so groß war, dass sie fast keine Luft mehr bekam.

Ka-dunk …

All die fauligen Ausrutscher, die sie aus der Puppe gezogen hatte, lagen auf einem Haufen und stanken. Etwas bewegte sich darin. Sie zuckte vor Schreck zusammen. Ein Wurm wand sich um den Kuhdarm. Kine drückte die Hände auf den Mund, um sich nicht zu übergeben.

Sie musste das alles loswerden. Es brachte nichts, weiter feige zu sein. Sie wünschte sich ein Paar Gummihandschuhe und eine Tüte und bat darum, dass beides umweltfreundlich sein musste, damit die Puppe es ihr nicht als weiteren Fehler anrechnen konnte.

Sie kroch so dicht heran, wie sie sich traute, und zog die Gummihandschuhe an. Sie waren viel zu groß, erfüllten aber ihren Zweck. Sie fegte den Haufen aus Dreck in die Tüte und hielt dabei die Luft an, um nichts zu riechen. Wie ekelig! Sie knotete die Tüte zu und schlich zum Klo, ohne die Puppe aus den Augen zu lassen. Es konnte ja passieren, dass es ihr nicht gefiel, wenn Kine einen Teil von ihr wegwarf. Schnell schmiss sie Tüte und Handschuhe ins Klo. Dann robbte sie wieder zurück, so weit von der Puppe entfernt, wie sie konnte.

Der Puppenkopf schaute geradeaus.

Kine schrie auf. Der hatte sich bewegt! Das hatte sie gesehen. Ganz sicher. Sie drückte sich mit dem Rücken ans Glas und starrte sie an. Egal, wo sie stand, sie war von der Puppe nur einen mickrigen Schritt entfernt.

Dann drehte die Puppe den Kopf und sah sie an.

Kine wollte wieder schreien, bekam aber keinen Ton heraus. Die Puppe sah sie an, starrte sie tatsächlich an. Der Kopf hatte sich gedreht, sodass ein paar Stiche am Hals aufgeplatzt waren. Das schwarze Knopfauge funkelte. Kine versuchte zurückzuweichen, stieß sich aber den Kopf am Glas und zuckte zusammen. Ihre Beine gaben unter ihr nach. Sie fiel nach vorn auf die Knie und ruderte mit den Armen.

Kine landete mit dem Gesicht in der Armbeuge der Puppe. Sie fühlte einen Arm um den Hals. Einen starken, stinkenden Arm mit Verbänden. Sie zappelte verzweifelt, um sich zu befreien, doch die Puppe drückte fester zu. Kine trat um sich. Kämpfte. Je mehr sie kämpfte, umso fester drückte die Puppe zu. Kine japste nach Luft, die kam aber nicht in ihren Lungen an. Das war schlimmer, als im Badereifen festzustecken. Schlimmer, als zu ertrinken. Kine schnaubte. Sie hatte das Gefühl, zu fallen. Als würde sie in einen Brunnen stürzen, und Kine wusste, dass sie dabei war, in Ohnmacht zu fallen.

Der Riss

Ka-dunk …

Kine lag mäuschenstill im Arm der Puppe. Ihr war schwarz vor Augen geworden, sie wusste aber nicht, für wie lange. Sie wusste nur, dass der Arm um ihren Hals nicht mehr so fest zudrückte. Aber sie wagte nicht, auch nur einen Finger zu bewegen. Sie wagte kaum zu atmen. Wenn sie anfing zu kämpfen, würde die Puppe sie vielleicht wieder würgen.

Kine hatte das Gefühl, es wären schon Stunden vergangen, aber der Himmel war immer noch nicht viel heller. Wahrscheinlich konnte nur von Minuten die Rede sein.

Ka-dunk …

Der Herzschlag dröhnte in dem Ohr, das an die Puppe gedrückt war. Da drinnen krabbelte etwas. Kine kniff die Augen wieder zu und zwang sich, sitzen zu bleiben. Das Krabbeln war nur ein Krabbeln. Nichts, wovor man Angst haben musste. Schlimmer war es, gewürgt zu werden.

Die Puppe rührte sich auch nicht, saß bloß mit hängendem Kopf da, als schliefe sie. Der Würgegriff hatte sich immer weiter gelockert. Kine wusste, dass sie einen kühlen Kopf bewahren, klar denken musste. Sie musste vergessen, dass sie dabei war, von einem stinkenden Nadelkissen umgebracht zu werden, und einen Ausweg finden.

Das war leichter gedacht als getan.

Zuerst musste sie sich befreien, den klumpigen Arm wegkriegen, der sie festhielt. Schaffte sie das, dann konnte sie sich etwas wünschen, was die Puppe töten konnte. Eine schwere Schere, mit der sie sie in kleine Stücke schneiden und ins Klo werfen konnte.

Aber was würde dann aus den Wünschen werden? Würde der Wünscheschnee dann nicht mehr wirken? Würde sie allein in der Kugel sitzen, ohne sich Wasser und Essen wünschen zu können? Das wäre Selbstmord. Sie würde langsam verhungern. Seltsamerweise fühlte sich das verlockender an, als mit der Puppe hier zu sitzen.

Aber vielleicht konnte sie sich etwas wünschen, womit sie sich verteidigen konnte? Einen Speer? Ein Messer? Alter Falter, wie war sie hier nur gelandet?

Plötzlich spürte sie, wie sich der Griff um ihren Hals löste. Der bandagierte Arm sank auf Kines Brust und blieb dort liegen. War die Puppe eingeschlafen? Konnten Puppen schlafen? Kine biss sich auf die Lippe. Jetzt oder nie.

Vorsichtig drehte sie den Kopf, wartete ab. Keine Reaktion. Sie rutschte nach unten, Zentimeter für Zentimeter, kam mit dem Kopf an dem riesigen Arm vorbei. Ihr Handybeutel blieb hängen. Die Schnur spannte sich um ihren Hals, sodass sie den Pulsschlag spürte. Behutsam zog sie daran und befreite sich. Die Puppe machte einen kleinen Ruck. Kine hielt den Atem an, wartete wieder. Immer noch keine Reaktion. Dann kroch sie auf den Ellbogen davon.

Sie setzte sich der Puppe gegenüber und zog die Füße an, damit sie sie nicht berührte. Die Puppe ließ den Kopf hängen. Der Arm rutschte von deren Bauch und blieb liegen. Wenn sie nur etwas tun könnte, damit er dort blieb. Damit er sich nie mehr bewegen konnte.

Superkleber? Konnte sie sich Superkleber wünschen? Nein, davon würde nur der Verband losgerissen. Sie brauchte etwas Besseres. Etwas, das die Puppe für immer festhalten konnte.

Superklebeband! Im Schulbus hatten sie Superklebeband benutzt. Und wenn es kräftig genug war, um die Schulbustüren an Ort und Stelle zu halten, dann ging das auch mit der Puppe.

Kine flüsterte mit trockenen Lippen. Sie konnte sich kaum selbst hören. »Ich wünsche mir eine Rolle saustarkes Superklebeband und eine Schere.«

Der Schnee auf dem Boden begann zu rascheln. Der Wunsch schien leicht zu erfüllen zu sein, zum Glück, denn er sauste nicht so viel umher, bevor er sich wieder hinlegte. Das Band und die Schere landeten auf ihrem Schoß. Sie ließ beides eine Weile dort liegen, saß regungslos da und wartete, bis sie sich sicher war, dass die Puppe nicht aufgewacht war. Dann machte sie sich daran, von dem Band lange Streifen abzuschneiden. Die hängte sie ans Glas, sodass sie über ihr baumelten. Sieben Streifen. Acht. Neun. Wie viele würde sie brauchen?

Kine zupfte einen Streifen ab. Sie beugte sich vor und legte ihn vorsichtig über das Bein der Puppe. Sie schob etwas von dem Wünscheschnee aus dem Weg und befestigte das Klebeband auf dem Boden. Der Schweiß tropfte ihr von der Stirn, als sie die Enden so fest andrückte, wie sie konnte. Dann ein neuer Streifen auf das andere Bein.

Danach fühlte sie sich sicherer. Die Puppe schlief tief und fest. Sie konnte die Streifen behutsam um die Arme kleben und über die Brust legen. Sie hörte erst auf, als die Rolle leer war. Die Streifen verliefen kreuz und quer über die Puppe. Die Enden waren mit weiteren Streifen gesichert. Sie hatte keine Ahnung, was sie sonst noch tun konnte. Aber wenigstens hatte sie sich Zeit erkauft. Zeit, um alle Fehler in Ordnung zu bringen, denn tief in ihrem Innersten wusste sie, dass das der einzige Weg war, wie sie die Puppe zerstören konnte. Ohne Fehler hätte die keine Füllung mehr. Sie würde schrumpeln wie ein undichter Badereifen.

Und sie wusste, wo sie anfangen musste.

Kine stieg über dem Friedhof auf und schwebte nach Hause in den Umweg. Die Wohnmobile standen noch dort, in Gruppen, bedeckt von einer dünnen Schneeschicht auf den Dächern. Sie sahen verlassen aus. Als wären alle hierhergefahren, hätten die Autos geparkt und wären dann zu Fuß weitergegangen. Die Welt war untergegangen, die Menschen hatten nur vergessen, die Lichterketten auszuschalten.

Sie entdeckte den Schulbus. Der bewegte sich als Einziges, schlängelte sich an den Wohnmobilen vorbei, und Kine war sich sicher, dass er so weitermachen würde, jeden Morgen, ganz egal was sonst passierte. Um Knoblauch-Gerwin aufzuhalten, war mehr als ein Weltuntergang nötig.

Kine sank neben Sternenstrahls eiförmigem Campingwagen nach unten. Sie ließ die Kugel dicht herangleiten und klopfte ein paarmal ans Glas. Ein Traumfänger baumelte im Rückfenster. Sternenstrahls Gesicht tauchte auf. Es verschwand sofort wieder, und sie kam in einem blauen Bademantel mit einem Buddha-Bild auf dem Rücken nach draußen gelaufen.

Sternenstrahl hob die Arme zur Kugel. »Karma!«

»Psssst!« Kine legte einen Finger an die Lippen, besorgt, dass Sternenstrahl die Puppe wecken könnte. »Du musst leise sein.« Der Name Karma legte sich schwer auf Kines Magen. Noch eine Lüge. Wenigstens war das ein Fehler, den sie klären konnte. Sie legte die Hände ans Glas. »Sternenstrahl … Ich bin nicht Karma. Ich bin keine Abgesandte. Ich bin bloß wie alle anderen. Nur Kine.«

Das Lächeln, das sie erntete, wirkte genauso entrückt wie früher. »Vielleicht glaubst du das, Karma, aber ich weiß, was du bist. Du bist die Abgesandte.« Sternenstrahl legte eine Hand auf ihre Brust, fand aber nicht den Kristall, nach dem sie suchte. Zumindest bedeutete das, dass sie nicht mit drei Kilo Schmuck um den Hals schlief.

Kine konnte es sich verkneifen, die Augen zu verdrehen. Sie war jetzt ein besserer Mensch, und da konnte sie nicht die Augen verdrehen, wenn Leute sich dusselig anstellten. Sie musste einfach nur versuchen, das Richtige zu tun, aber Mamas Yoga-Lehrerin befand sich offenbar ein gutes Stück außerhalb der Reichweite von Hilfe.

»Außerdem haben wir die Häuser angestrichen«, sagte Sternenstrahl.

»Ich bin nicht … Warte, was?«

»Die Häuser. Von denen du gesagt hast, sie seien hässlich, die am Marktplatz. Gestern haben wir sie gestrichen, und du wirst sie lieben! Wir haben die Elemente als Thema genommen, darum haben wir eins mit Vögeln, eins mit Fischen, eins mit …«

»Ihr habt die Häuser am Marktplatz gestrichen?« Kine schüttelte den Kopf, wie um sich zu vergewissern, dass sie nicht träumte.

»Und die Bank auf dem Friedhof repariert; das hat Thomas gemacht.«

Ein muskulöser Typ mit nacktem Oberkörper kam aus dem Campingwagen geschlendert, als hätten sie Sommer und nicht Dezember und Schnee. Er gehörte zu den Typen, die Kine in einer TV-Serie auf einem Surfbrett erwartet hätte. Abgetragene Jeans, ein geheimnisvolles Tattoo auf dem Oberarm und Lederbänder am Handgelenk.

Er sah total aus wie ein Thomas. Er kam zu ihnen. Sternenstrahl schmiegte ihren Kopf an seine Brust. »Karma ist zu uns zurückgekommen.«

Diesmal konnte Kine sich nicht beherrschen, nicht die Augen zu verdrehen.

»Hör mal, ich bin nicht Karma, ich bin bloß Kine. Aber ich brauche Hilfe.« Das stimmte, und Kine empfand Brechreiz. Sie brauchte wirklich Hilfe. »Ihr müsst für mich ein paar Sachen holen. Viele Sachen. Die liegen bei der verfallenen Hütte am Ende vom Wildnisweg. Massenhaft Kram, ihr braucht bestimmt mehrere Wohnmobile. Aber das Zeug kann da nicht liegen bleiben, darum muss sich jemand kümmern. Sie waschen. Könnt ihr die Sachen für mich holen? Könnt ihr sie holen und aufbewahren, bis … Keine Ahnung. Bis ich wieder zurückkomme?«

»Klar, machen wir«, antwortete Sternenstrahl. »Wir holen die anderen und regeln das heute. Stimmt's, Thomas?«

»Sure.« Der Surferboy legte den Kopf schräg und horchte. »Was ist das für ein Sound?«

Kine schluckte. »Das sind Herzschläge«, antwortete sie mit versagender Stimme. Dann schwebte sie hoch, bevor sie Fragen über die Puppe stellen konnten.

Ka-dunk …

Der letzte Schlag war lauter als vorher. Kine drehte sich zur Puppe um. Die starrte zurück, zuckte, als ob sie versuchte, den Kopf zu drehen, aber merkte, dass er festsaß.

»H-hör mal, Toxine … Ich regle das ja hier!«, sagte Kine so ängstlich, dass sie mit den Zähnen klapperte. »Die

Hippies holen die Sachen, aber ich brauche mehr Zeit, okay?«

Die Puppe zuckte mit den Armen. Das Klebeband gab ein zähes Zerrgeräusch von sich, als es sich anstrengte zu halten. Wie lange würde das noch gut gehen?

»Ich kümmere mich drum!«, rief Kine. »Ich kümmere mich um alles. Ich *werde* mich um alles kümmern!« Sie fummelte das Handy aus dem Beutel. Ihre Finger waren kraftlos und kalt. Sie hatte eine Million Fehler gemacht, und die musste sie alle in Ordnung bringen, bevor die Puppe sich befreit hatte. Das war so unmöglich wie nur was.

Ihre Hände ums Handy zitterten. Sie tippte eine Nachricht an Mama. Einen unzusammenhängenden Text über das Brautkleid, das Kissen mit der sauren Milch und die Bonbonpapiere im Hinterhof. Sie schrieb, dass es ihr leidtat. Dass ihr alles leidtat, das Loch in der Wand, dass sie Olaf vielleicht mit Waschpulver getötet hatte. Und dass sie niemals wieder Paprika essen würde.

Kine hörte, wie das Superklebeband knirschte. Der eine Streifen um den Kopf hatte sich gelöst. Sie warf sich auf die Puppe und drückte das Klebeband wieder ordentlich am Glas fest.

Vivi! Sie musste Vivi eine Nachricht schicken. Ihre Wurstfinger tippten Sätze voller Fehler. Sätze, dass Erdbeermarmelade lecker war, vielleicht sogar ein bisschen gesund, und sowieso nicht aus Kuhdärmen gemacht, und Entschuldigung, wenn sie das all die Jahre lang geglaubt hatte. Kine tippte, bis ihre Daumen steif wurden. Dann fiel ihr auf, dass jemand sie anstarrte. Ein faltiges Gesicht linste misstrauisch aus einem Fenster im Mietshaus über die Schulter der Puppe. Das war Ingeborg. Noch etwas, das sie in Ordnung bringen musste.

Kine drehte die Kugel, sodass sie sich direkt vor dem Fenster befand. »Entschuldigung!«, rief sie. »Entschuldigung wegen der Teufelsmusik und so. Das ist keine Teufelsmusik, aber ich habe sie lauter gemacht als nötig. Mit Absicht!«

Ingeborg guckte weiterhin misstrauisch. Das griesgrämige Gesicht passte schlecht zum geblümten Nachthemd. Sie drehte das Ohr zum Fenster, und Kine fiel ein, dass die alte Frau kaum etwas hören konnte. Hier musste Zeichensprache her.

Kine tat, als würde sie singen, und deutete auf ihr Ohr. »Meine Musik! Entschuldigung! Aber das ist keine Teufelsmusik!« Ingeborg beugte sich vor und sah wütender aus. Ermutigend, trotz allem, denn dann kapierte sie wohl, was Kine ihr zu sagen versuchte.

»Teufelsmusik!«, wiederholte Kine und hielt die Zeigefinger wie Hörner an die Schläfen. Ingeborg riss die Augen auf und zog die Vorhänge zu.

»Nein, warte! Ich meinte …« Kine starrte auf ihr eigenes Spiegelbild in der dunklen Fensterscheibe. Sie konnte die Puppe hinter sich sehen. Die drehte den Kopf von einer Seite zur anderen. Das Klebeband hatte sich wieder gelöst.

Kine stockte der Atem. Sie wirbelte herum und hob die Fäuste, um sich zu verteidigen; aber die Puppe saß genauso fest da wie vorher. Abgesehen vom Kopf. Und dem, was unter dem Verband kratzte und kraspelte. Wie ekelhaftes Kleingetier. Das waren keine Tiere, das wusste sie jetzt. Das waren all ihre Fehler. Sie sprengten die Nähte der Puppe und quollen da heraus, wo die Stiche gerissen waren: Zettel, ein Buntstift, eine Tagebuchseite, eine verfaulte Traube, eine Schraube, Schnürsenkel … Kine kickte sie weg. Viele Dinge erinnerten sie daran, was sie Grausames getan hatte. An Namen, die sie anderen gegeben hatte, an Dinge, über die sie gelogen hatte, an Dinge, von denen sie gesagt hatte, sie würde sie tun, und es trotzdem gelassen hatte. Sogar an Dinge, die sie nur gedacht hatte. Die eingewickelte Mumie mit Voodoo-Nadeln war aus allem gemacht, was bei ihr nicht stimmte. Und die Puppe kämpfte darum, loszukommen. Kine wollte sich übergeben.

Kine würde es niemals schaffen, alles in Ordnung zu bringen. Dafür war es zu viel. Sie war aus Fehlern gemacht. Sie war aus einem Ausrutscher nach dem anderen zusammengesetzt, und jetzt sollte sie den Preis dafür zahlen. Die Puppe würde sie umbringen, daran gab es keinen Zweifel.

Und sie würde allein sterben, denn unter ihr brachen gerade die Wohnmobile auf. Sollte sie sich einen Flammenwerfer wünschen? Nein, schlechte Idee. Trotz allem war es besser, mit einer lebenden Puppe gefangen zu sein, als mit einer lebenden Puppe in Feuer und Flammen gefangen zu sein.

Super. Das war das Ende. Kine biss sich auf die Unterlippe, damit die aufhörte zu zittern. Spitze. Megaspitze. Sie würde in einer Kugel sterben, erstickt von der hässlichsten Stoffpuppe der Welt. Sie versuchte zu lachen, aber es kam nur ein Gurgeln dabei heraus. Ihr tat die Hand weh, und sie begriff, dass es daran lag, dass sie das Handy so fest umklammerte, dass ihre Knöchel weiß anliefen.

Hilfe. Sie brauchte dringend Hilfe. Sie rief Papa an, landete aber sofort auf der Mailbox. Sie rief Aurora an. Ließ es lange klingeln, aber sie nahm nicht ab. Vielleicht auch kein Wunder, es wollte wohl niemand mehr etwas mit ihr zu tun haben, nachdem sie vor allem und jedem weggelaufen war, um in einer Kugel zu sterben. Sie hatte niemanden. Absolut niemanden.

Dann klingelte das Telefon. Kine war so aufgeregt, dass ihr das Handy fast aus der Hand gefallen wäre. Es war Aurora! Kine ging dran und hörte allzu gut, wie hysterisch sie war.

»Aurora! Es ist vorbei!«

»Kine? Was machst du? Wo bist du?«

»Ich verstehe, dass du nicht rangehst!«, weinte Kine. »Ich verstehe das. Ich bin eine Idiotin, und du redest nicht mehr mit mir, und ich kapiere das, aber …«

»Nicht mehr mit dir reden? Was faselst du da? Wir haben Generalprobe! Wo bleibst du?«

Kine fehlten die Worte. Generalprobe. Natürlich! Die Klasse war heute auf dem Marktplatz, um mit dem Weihnachts-Chor zu proben. Sie wimmerte. Sie hätte sonst was dafür gegeben, wenn sie sich jetzt um so etwas Einfaches wie einen Weihnachts-Chor hätte Sorgen machen können. Sie hätte sich in alle Kostüme der Welt gestürzt, die eng wie eine Wurstpelle saßen, und hätte so falsch gesungen, dass es die ganze Welt gehört hätte! Das war egal. Alles war besser, als in dieser Kugel zu sterben.

Sie lachte und weinte im Wechsel, wischte sich den Rotz mit dem Pulloverärmel ab und merkte, dass es Jarles Pullover war. Shit! Ganz egal, was sie machte, es war falsch.

»Aurora … Entschuldigung! Entschuldigung für alles! Du bist die Beste, die Beste von allen, du bist … Danke für die Flügel, und es tut mir so leid, dass wir damals den Teddy von deinem Bruder massakriert haben, und wegen der Erdbeermarmelade, und ich habe mich nie für das mit der Brille bedankt, und entschuldige, dass ich Monrad kaputtgemacht habe! Aus ihm wäre bestimmt kein Bagalut geworden, wenn ich nicht gewesen wäre! Ich war es, die …«

»Kine? Hat dich jemand mit Drogen vollgepumpt?«

»Was? Nein! Nein, nein, ich bin … Ich weiß nicht, was ich bin. Aber ich liebe dich! Also, falls ich sterbe. Ich liebe dich sowieso, aber wenn ich sterbe, dann sollst du das wenigstens wissen. Und manchmal bin ich wahnsinnig neidisch auf deine Megahaare, und ich habe nichts gegen Aufsatz. Eigentlich nicht. Und ich hätte jedes Mal was sagen müssen, wenn sie Aslaks Mütze angezündet haben. Und ich mag Jarle.«

»Kine, alle wissen, dass du Jarle magst. Na ja, alle außer Jarle, aber er ist ja auch nicht gerade ein Superhirn.«

»Haha, weißt du was? Das macht nichts. Das macht nichts, dass es alle wissen. Das ist ganz okay. Ich werde sowieso sterben. Verdammte Scheiße …«

»Hör auf, Kine! Du weißt, was ich gesagt habe. Wenn man die ganze Zeit flucht, fehlen einem die Worte, wenn es wirklich darauf ankommt.«

Kine lehnte den Kopf zurück und lächelte. Ihre Haare luden sich elektrisch auf und knisterten am Glas. Aurora war kurz still, als würde sie begreifen, dass es diesmal wirklich ernst war, aber das schüttelte sie offensichtlich schnell wieder ab.

»Schwachsinn! Du wirst nicht sterben, Kine, du wirst zur Generalprobe kommen. Hörst du? Jetzt machen wir wieder weiter!«

Im Hintergrund konnte Kine halbherzigen Weihnachtsgesang und ein entnervtes Meckern hören, das vermutlich von Aufsatz kam.

Dann knallte es.

Kine zuckte zusammen. Zuerst dachte sie, es wäre aus dem Telefon gekommen; aber es musste etwas anderes gewesen sein.

»Kine? Kine, was war das? Was ist los?«

Kine drehte sich um. Sie sah einen Sprung. Einen tiefen weißen Riss in der Kugel, der von hinter ihrer Schulter schräg nach oben verlief. Kine guckte nach unten. Durch den Boden der Kugel sah sie die Hausdächer weit unter sich, und zum ersten Mal seit Wochen wurde ihr klar, in welcher Höhe sie schwebte. In Todeshöhe. In knochenbrecherischer Höhe. In einer Ein-roter-Fleck-auf-den-Dachziegeln-wenn-die Kugel-zerplatzt-Höhe.

Ka-dunk …

Die Puppe wand sich unter dem Klebeband, zerrte daran. Der eine Streifen ums Bein hatte sich gelockert. Kine stürzte sich darauf und drückte ihn mit der freien Hand wieder fest. Sie konnte gerade eben noch einem Tritt gegen ihr Kinn ausweichen.

»Aurora, ich komme!«, rief Kine und legte auf. Entweder würde die Puppe sie töten, oder die Kugel würde zerspringen und sie aufspießen. Aber egal was, dann würde sie wenigstens nicht allein sterben. Sie wäre dann bei Aurora. Und Vivi. Und Jarle. Und Mama und Papa. Und dem gehirnamputierten Monrad. Und Aufsatz.

Kine schickte Papa eine Nachricht, in der sie schrieb, dass sie vielleicht sterben würde, aber auf dem Weg zum Marktplatz war, und dass es ihr leidtat, dass sie aus Monrad einen kriminellen Bagalut gemacht hatte, dass sie das Waschpulver ersetzen würde, das sie Olaf geschickt hatte, und dass alles voll super war, denn sie hatte die Erde wie eine Murmel gesehen.

Dann raste sie, so schnell die Kugel sie tragen konnte, zum Marktplatz.

Nichts

Was es einmal zum größten Weihnachtsbaum der Welt hätte bringen sollen, maß nur knapp fünfzehn Meter; das reichte aber, um die Mietshäuser zu überragen und den Weg zum Marktplatz anzuzeigen. Kine flog mit Herzklopfen im Hals. Die Fantasie veranstaltete in ihrem Kopf ein Volksfest, malte sich Bilder aus von allem, was schiefgehen konnte, wenn die Puppe es schaffen sollte, sich loszureißen. Den Geräuschen nach zu urteilen, war das nur noch eine Frage der Zeit.

Ka-dunk …

Jeder Herzschlag schien der Puppe mehr Kraft zu geben, sich zu befreien. Und jedes Mal hatte sie das schreckliche Zerr-Geräusch im Ohr, wenn sich das Klebeband löste.

Die Kugel segelte über die Dächer um den Marktplatz, und zuerst sah Kine die Gemälde. Die Hauswände waren nicht wiederzuerkennen. Sternenstrahl und die anderen aus der Gruppe hatten sie mit den naivsten Malereien bedeckt, die sie je gesehen hatte. Wolken, schräge Sonnenstrahlen, Fische mit Schmollmund … Und das meiste war in ätzenden Abstufungen von Mottenburgs offizieller kotzgrüner Farbe aufgepinselt. Grottig. Pures Glück, dass sie nicht wegen Vandalismus verhaftet worden waren. Kine grinste trotzdem. Obwohl die Bilder hässlich waren. Und obwohl der Tannenbaum in der Mitte des Platzes traurig und trocken aussah.

Die ganze Klasse war da unten. Voll bei der Arbeit. Kine blieb an dem kaputten Neonschild auf dem Hoteldach hängen und schaute zu ihnen nach unten. Sie halfen sich gegenseitig beim Anziehen der Kostüme und überprüften die selbst gemachten Flügel. Ein paar Jungen aus der Gang wühlten in den Müllsäcken, die um den Fuß der Tanne aufgestapelt lagen. Darin befanden sich für Bedürftige gespendete Kleider und Spielsachen. Tommy sprang auf und ab, um sich eine silberne Kugel zu schnappen, die als Schmuck am Baum hing, kam aber nicht so hoch.

Aufsatz sah ihn nicht, weil er damit beschäftigt war, Vivi beim Überziehen der Flügel zu helfen. Aurora ging mit einer brennenden Kerze herum und zündete damit die der anderen an. Bei allen steckte die Kerze in einem selbst gemachten Halter aus zerknüllter Alufolie. Jarle spielte auf seinem Handy und wäre fast über das Kabel für die Weihnachtsbaumbeleuchtung gestolpert. Kine lächelte durch Tränen. Sie waren arme Würstchen. Alle zusammen total hoffnungslose Fälle. Und so super. So unfassbar super.

Sogar Monrad, der verfluchte Spross von Bagaluten. Er schlich zur Stadt aus Pfefferkuchenhäuschen und trieb dort irgendwas. Wahrscheinlich naschte er von den Pfefferkuchen, das wäre typisch für ihn. Die Pfefferkuchenstadt hatte sie schon immer für einen dämlichen Einfall gehalten, aber auch die war super. Große und kleine Häuser mit Glasur auf dem Dach standen in einem Halbkreis neben der Tanne. Die Pfefferkuchen füllten meterlange Tische, die auf Heuballen lagen. Monrad fummelte an einem Strohpferd herum. Was machte er da eigentlich?

Ka-dunk …

Das Klebeband knirschte. Die Puppe hatte einen Arm befreit. Mit dem fuchtelte sie herum, als hätte sie gerade eben erst gelernt, wie man sich bewegte. Kine warf sich darauf, fing das lose Superklebeband ein und klebte den Arm wieder fest. Das würde nicht lange halten.

Dann knallte es.

Der Sprung in der Kugel wurde plötzlich doppelt so lang. Das Glas klirrte. Kine stemmte da gerade die Ellbogen auf den Puppenarm und versuchte verzweifelt, das Klebeband besser festzudrücken, doch dazu blieb ihr nun keine Zeit mehr. Sie konnte nicht hier oben über den Dächern schweben, wenn die Kugel zersprang. Sie musste auf dem Marktplatz landen. Und dann würde ihr der Rest der Klasse mit der Puppe helfen. Kine beschützen.

Aber warum sollten sie das tun? Warum sollte jemand sie beschützen, wenn sie immer nur damit beschäftigt gewesen war, sich selbst zu beschützen? Sie war vor allem und jedem weggelaufen. Auch vor der Klasse 6B der Klausen-Schule.

Alle da unten hassten den ganzen Weihnachts-Chor, alle außer Aufsatz, aber sie waren trotzdem da. Zusammen. Sie standen das Elend zusammen durch. Und sie war kein Teil mehr davon. Die Neonreklame blinkte hinter ihr, wie sie es immer getan hatte. Die hatte nie funktioniert. In Mottenburg hatte es nie ein Hotel gegeben, sondern sie hatten ein *Hotl*. Na und? Wenigstens gab es so was in keiner anderen Stadt, und auch das war super.

Der Sprung in der Kugel klirrte wieder. Verzweigte sich weiter wie ein Blitz. Zwei Risse kreuzten sich, und ein Glasstück fiel heraus. Kine klappte die Kinnlade nach unten. Ein Loch! Da war ein Loch in der unzerstörbaren Kugel.

Der Wind heulte, als er in die Öffnung gesogen wurde. Kälte fand ihre Wangen, kühlte ihre Tränen. Kine streckte ihre Hand nach draußen. Sie passte gerade eben durch das Loch, und sie spürte die beißend kalte Luft. Noch nie hatten sich frierende Finger so schön angefühlt. Wenn sie doch nur etwas mehr von dem Glas herausdrücken könnte, dann könnte sie nach draußen. Am besten, bevor die Puppe die Chance hatte, ihr das Genick zu brechen.

Sie pulte am Glas, angestachelt von der Hoffnung, zu überleben. Sie wurde von einem Schrei unterbrochen.

Kine drehte sich um und schaute nach unten auf den Marktplatz. Ein Strohpferd neben der Pfefferkuchenstadt stand lichterloh in Flammen, und ihr war klar, was Monrad dort getrieben hatte. Nämlich, was er immer trieb: zündeln!

Aufsatz rannte zu ihm. Ausgerechnet er, der unsportlichste Lehrer an der ganzen Schule; darum stolperte und schlitterte er auf dem Eis und segelte auf dem Hintern auf die Straße zu, als gerade ein Auto angefahren kam. Das wich in gefährlicher Schräglage aus und hielt direkt auf ihre Freundinnen zu. Sie schrien, rannten um ihr Leben.

Kine hielt die Luft an. Alles lief für sie wie in Zeitlupe ab. Das brennende Strohpferd fiel um. Das Feuer sprang auf die Strohballen über, und plötzlich stand die ganze Pfefferkuchenstadt in Flammen. Das außer Kontrolle geratene Auto donnerte, begleitet vom Geklirr der zerplatzenden Glaskugeln, in den Tannenbaum. Die Müllsäcke rutschten in alle Richtungen. Eine Frau sprang aus dem Auto und schrie hysterisch.

Dann begann die Tanne langsam zu kippen. Auf die Pfefferkuchenstadt zu, wo Leute panisch mit Löscharbeiten beschäftigt waren.

Vivi sah es als Erste. Sie zeigte darauf und rief es den anderen zu. Kine musste etwas tun! Sie sauste nach unten, während der Wind durch das Loch peitschte. Konnte sie unter die fallende Tanne fliegen, sodass sie stattdessen auf der Kugel liegen blieb?

Aber es war zu spät. Auf dem Marktplatz herrschte totales Chaos. Kinder mit selbst gefertigten Flügeln liefen in alle Richtungen. Weihnachtskugeln hagelten von der umstürzenden Tanne und zersprangen auf der Straße. Es sah aus wie ein Sturm im Bällebad. Autos bremsten scharf, jemand wich aus. Die brennende Pfefferkuchenstadt war nicht mehr zu retten und würde wahrscheinlich nie mehr Ähnlichkeit mit etwas Essbarem haben.

Die Tanne knallte auf den Platz und machte aus der Pfefferkuchenstadt Kleinholz. Dann fing der Baum Feuer.

Kine schluchzte. Wo waren Aurora und Vivi? Wo war Jarle? Sie war sich sicher, dass nicht alle rechtzeitig entkommen waren. Die Flammen fraßen sich an der Tanne entlang, während Kine darüberschwebte, so verzweifelt auf der Suche nach ihren Freunden.

Hinter sich hörte sie das Zerren am Klebeband, hatte aber keine Zeit zum Nachsehen. Sie musste ihre Freundinnen finden!

Sie entdeckte Jarle. Er war auf dem Weg in die Zweige! War er verrückt? Was dachte er sich dabei, das war lebensgefährlich! Dann sah sie Monrad. Er lag eingeklemmt unter dem Stamm, und Jarle versuchte, zu ihm zu kommen. Er versuchte, sich einen Weg zu ihm zu bahnen, aber die Nadeln zogen an seiner Kleidung. Er steckte fest. Kine senkte die Kugel ganz auf den Stamm, sodass die Zweige brachen. Das kleine Loch in der Kugel sprang weiter auf, und ein riesiges Stück Glas fiel heraus. Jetzt war das Loch groß genug, dass sie nach draußen krabbeln, sich selbst retten konnte. Doch jetzt mussten zuerst die beiden Jungen gerettet werden. Bevor die Flammen sie erfassten.

Durch das Loch streckte Kine Jarle ihre Hand entgegen. »Fass an! Nimm meine Hand!« Er starrte sie an. Ihm blieb der Mund offen stehen, und er gestikulierte wie ein Dussel. Was hielt ihn ab?

Plötzlich begriff sie, dass er nicht sie anstarrte, sondern etwas direkt hinter ihr. Kine drehte sich langsam um, sich allzu sehr im Klaren darüber, was sie erwartete. Die Puppe beugte sich wie eine Riesenmumie über sie. Ruderte mit den Armen und versuchte, die klebrigen Streifen am Körper abzuschütteln. Einer davon klebte sich um eine Nadel, und die wurde aus der Schulter gerissen. Die Puppe packte die Nadel mit dem verkümmerten Daumenstumpf und sah Kine an.

Sie bewegte sich auf Kine zu. Und sie besaß eine glänzend blanke Waffe.

Kine schrie und machte sich möglichst klein. Die Nadel sauste über ihren Kopf hinweg und schrammte über das Glas. Sie streckte wieder die Hand aus dem Loch: »Nimm meine Hand, Jarle!«

Jarle sah aus, als hätte er die Kontrolle über sein Gehirn zurückgewonnen, und zu ihrer großen Erleichterung gehorchte er. Sie fühlte seine Hand in ihrer. Warm und feucht. Dann setzte sie die Kugel mit einem Ruck zurück, mit Jarle im Schlepptau. Die Puppe fiel um, und das verschaffte Kine einen kostbaren Zeitvorsprung. Sie entkamen der Tanne in dem Moment, als die Flammen weiter voran über die Äste fegten. Sie waren in Sicherheit, trotzdem ließ Jarle ihre Hand nicht los.

»Die versucht, dich umzubringen!«, rief er, als die Puppe sich wieder aufgerichtet hatte.

»Ach, wirklich?!«, antwortete sie und hätte die Augen verdreht, wenn sie dafür Zeit gehabt hätte. Jarle packte sie mit beiden Händen am Arm und zog an ihr. »Na los, komm da raus! Kriech durchs Loch!«

Kine schüttelte den Kopf und setzte mit einem Ruck mit der Kugel zurück. Jarle verlor den Halt.

»Ich kann nicht«, widersprach sie. »Monrad …«

Überall war Chaos. Sie hörte Sirenen. Rufe von Menschen, die aus den Geschäften angelaufen kamen. Jemand versuchte, die Flammen zu ersticken. Auf dem Marktplatz stank es nach verbranntem Pfefferkuchen. Und sie hörte hinter sich, wie die Puppe mit den Klebestreifen kämpfte.

»Hilf ihnen beim Löschen«, sagte sie zu Jarle, der sofort losrannte. Kine sauste zu Monrad, der heulend dalag, als sich die Flammen weiter zu ihm voranfraßen. Kine pflügte mit der Kugel durch die Zweige zu ihm. »Hier!«, schrie sie durch das klaffende Loch im Glas. »Nimm meine Hand!«

Monrad sah ganz verwirrt aus, hörte aber wenigstens auf zu schreien. Sie wedelte fieberhaft mit dem Arm, damit er sie verstand. Ihm fiel die Kinnlade herunter, und er zeigte auf die Puppe.

»Die … die will dich umbringen!«

»Ja, das sagen alle, nimm jetzt endlich meine Hand, verflucht!«

Monrad packte zu, und Kine hob ab. Er war so schwer,

dass sie zum Loch gezogen wurde und sich mit der anderen Hand abstemmen musste, um nicht nach draußen zu fallen. Sie merkte, dass sie sich schnitt, hielt ihn aber fest, bis sie weit genug von der brennenden Tanne entfernt waren. Erst dann ließ sie los und ihn fallen. Sie hätte bestimmt etwas weiter sinken können, bevor sie ihn fallen ließ, das musste sie zugeben, aber sie hatte ihm das Leben gerettet, und das musste verdammt noch mal reichen!

Kine merkte, dass ihre Augen brannten. Der Rauch vom Feuer zog in die Kugel. Die Sicht war nicht mehr klar. Alles war ein vernebelter Albtraum. Eine brennende Pfefferkuchenstadt, grottenschlechte Wandmalereien, Feuerwehrautos, Leute, die durch Weihnachtskugeln stolperten. Und quer über dem halben Marktplatz lag das, was es zwar nicht zum größten Weihnachtsbaum der Welt, aber bestimmt zum ersten schwarz verbrannten Weihnachtsbaum der Welt gebracht hatte.

Kine hustete und zog den Pullover über die Nase, um nicht zu ersticken. Sie hatte keine Angst mehr. Sie konnte da unten sehen, dass Aurora und Vivi mit den Armen wedelten. Springlebendig. Jarle auch. Er hatte Ruß im Gesicht, war aber in Sicherheit. Alle waren in Sicherheit. Niemand war gestorben.

Die Einzige, die sterben würde, war sie.

Kine drehte sich um und starrte hoch ins Gesicht der Puppe. Sollte sie doch machen, was sie wollte, das war jetzt nicht mehr von Bedeutung. Weil sie wusste, dass die anderen gerettet waren. Die Puppe beugte sich über sie, bis sie Gesicht an Gesicht dastanden. Dann zögerte die Puppe, als ob sie an ihr schnupperte. Wind wurde durch das Loch hineingesogen und brachte die Kugel ins Wanken. Sie taumelte in der Luft wie ein Vogel im Sturm, ohne auf etwas zu reagieren, was Kine tat. Kine hatte die Kontrolle verloren.

Kine starrte nach unten auf die knisternden Flammen. Die Gedanken rasten ihr durch den Kopf, alles, was sie sich wünschen konnte, um ihr Leben zu retten. Eine Rüstung, einen Speer, eine Pistole, einen Fallschirm … Doch Kine hatte das Gefühl, als hätte ein Teil von ihr schon aufgegeben.

Sie riss Tipsis Skelett an sich und drückte es an die Brust. Die Puppe hob den Arm mit der Nadel, bereit, ihr den Gnadenstoß zu versetzen. Kine war, als würde ihr Kopf ganz leer. Das Chaos wurde zu einer unendlichen Ruhe, und sie wusste, dass die Kugel ihr nie mehr etwas Wichtiges würde geben können. In Wahrheit wünschte sie sich nichts. Das flüsterte sie, mit den Lippen an Tipsis Schädel.

»Ich wünsche mir … nichts.«

Das stimmte. Ihre einzigen Wünsche betrafen Dinge, von denen sie wusste, dass die Kugel sie ihr nie erfüllen konnte: Vergebung. Sicherheit. Freunde. Mama und Papa. Die Fähigkeit, weniger Fehler zu machen, oder nur schlauer zu sein, um die der anderen zu verstehen. Alles, worüber sie sich immer geärgert hatte, war nichts weiter als Sand zwischen den Zehen. Winzig klein und eigentlich schön. Was hatte es für einen Sinn, Engelskostüme und das Schwimmen zu hassen? Keinen. Überhaupt keinen.

Die Kugel war jetzt so warm, dass ihr der Schweiß lief. Jarles Pullover war klatschnass an ihrem Hals. Das einzig Kalte waren Tipsis Knochen auf der Haut. Der Wünscheschnee auf dem Boden fing an zu knacken wie Popcorn.

»Ich wünsche mir nichts!«, rief Kine, für den Fall, dass der Schnee sie missverstanden hatte.

Die Puppe streckte plötzlich ihren Rücken durch, als hätte Kine ihr einen Kinnhaken verpasst. Sie schnellte zurück. Dann riss die Naht entlang des einen Arms. Die Stiche platzten auf, und die Füllung quoll heraus. Die Puppe hob den anderen Arm mit der Nadel, um zuzustechen. Kine kauerte sich zusammen, die Arme über dem Kopf. Das war das Ende. Sie hörte, wie die Nadel aufs Glas traf, und schaute hoch. Die Puppe hatte die Nadel in einen der Sprünge gebohrt. Es knirschte. Der Sprung wuchs, lief unter ihr entlang, einmal ganz herum. So viele Risse, dass alles in kürzester Zeit ganz weiß war.

Dann zersprang die Kugel.

Eine Erdexplosion aus Glas. Ein fein klirrender, schneidender Ton. Sie fiel, stürzte abwärts in die Flammen, umgeben von messerscharfem Kristallregen.

Kine landete auf einem Haufen aus Zweigen, sodass die Funken sprühten. Sie versuchte mühsam, wieder auf die Beine zu kommen, aber alles schwankte. Das war schlimmer, als im Schwimmunterricht auf den Schwimmreifen zu laufen. Sie war umgeben von verbrannten Tannennadeln, die stachen. Ihre Hände waren vor Asche und Schweiß klamm. Jemand rief ihren Namen, und sie spürte eine Hand, ergriff sie. Dann wurde sie aus dem piksenden Chaos gezogen.

Jarle half ihr auf die Beine, aber ihre Knie gaben nach. Kine war erschöpft und lange nicht mehr gelaufen. Sie musste sich an Jarle hängen, bis sie zu einem Heuhaufen kamen, der die Flammen überlebt hatte.

Da regnete es Zettel vom Himmel wie Schnee. Zettel, Papier, Federn und andere nicht definierbare Gegenstände. Es war die Füllung der Puppe. Alle ihre Sünden rieselten auf den Marktplatz.

»Was ist das? Schnee?«, fragte Jarle.

Kine rieb sich das Gesicht. »Nein, das sind alle meine Ausrutscher.«

Er schaute sie an. »Kudos, Kine. Das sind ganz schön viele.«

Kine zuckte die Schultern. »Alle machen ihr Ding.«

Der Marktplatz wirkte plötzlich still. Alle starrten die Stoffpuppe an. Die lag aufgespießt und schlapp auf der brennenden Tanne. Unbeweglich. Tot und schwarz vom Ruß. Dann ergriffen die Flammen den Verband. Es dauerte nur einen kurzen Augenblick, bis der lichterloh in Flammen stand. Kine schaute wie gelähmt zu, als die Puppe langsam, aber sicher zu Asche verbrannte. Der Wind erfasste die Flocken und trug sie mit sich fort. Hunderttausende. Die Puppe war weg.

Kine schloss die Augen. Sie kippte nach hinten ins Heu und blieb liegen.

»Du?«, fragte Jarle.

»Hm?« Kine fehlte die Kraft, die Augen zu öffnen.

»Ist das … ist das mein Pulli?«

Eine Idee

Der Marktplatz sah aus wie ein verlassenes Kriegsgebiet. Der Krankenwagen war abgefahren. Ein Polizeiauto, das ein Stück weiter geparkt hatte, warf blaues Licht über die rauchenden Ruinen der Pfefferkuchenstadt. Asche war auf dem Glatteis verschmiert, und der Überrest vom zerzausten Strohpferd lag auf dem Rücken wie ein toter Goldfisch. Der allerpompöseste Weihnachtsbaum der Welt ruhte schwarz verkohlt und von seinen Nadeln befreit auf der Erde. Mit Lichterketten umwickelt, als hätte er sich in seinen eigenen Kabeln verheddert. Ein Journalist kletterte in den gerupften Zweigen herum, um Fotos zu machen.

Rußverdreckte Klamotten und Spielzeuge quollen aus geschmolzenen Müllsäcken, die den ganzen Platz übersäten. Ein Fenster im ersten Stock des Hotels war zu Bruch gegangen. Der Supermarkt war mit Rußflecken übersät. Es war ein trauriger Anblick. Das einzige Gebäude, das von der ganzen Katastrophe verschont geblieben war, das war die Schwimmhalle.

Natürlich.

Kine guckte zu Mama und Papa. Die beiden, Aurora und Vivi redeten mit einer Polizistin. Ein paar andere standen auch noch dabei. Wahrscheinlich versuchten sie, sich über die Geschehnisse Klarheit zu verschaffen, was ihnen nach Kines Überzeugung nie gelingen würde.

Kine hatte Mama und Papa eine Ewigkeit umarmt. Sie einfach nur umarmt. Aurora und Vivi auch. Mitten in all dem Chaos kam Kine das wie das Wichtigste auf der Welt vor.

Kine war am Leben. Intensiv am Leben. Ihre Sinne waren voller Eindrücke. Gerüche und Geräusche überschlugen sich. Sie stand auf ihren eigenen Füßen, und die waren mit dem Boden verbunden, und der war mit dem Urgestein verbunden, das mit dem Erdinneren verbunden war. Mehr Sicherheit konnte es nicht geben.

Die Kugel war weg. Ein paar klitzekleine Glassplitter funkelten auf dem vereisten Kopfsteinpflaster. Mehr war davon nicht übrig.

Die anderen aus der Klasse hatten sich auf den Heimweg gemacht. Von hysterischen Eltern abgeholt, die ihre Verzweiflung an Aufsatz ausgelassen hatten.

Mit gekrümmtem Rücken saß er auf dem Stammende der Tanne, in seinem schönen grauen Wintermantel, der farblich auf die Schuhe abgestimmt war. In den Händen hielt er eine Wachskerze, die den Kopf hängen ließ, von der Hitze geknickt. Kine hatte noch nie einen so traurigen Lehrer gesehen. Sie trippelte in Papas viel zu großer

Ballonjacke auf ihn zu wie ein Kleinkind. Aufsatz schaute nicht hoch, sondern starrte bloß weiter auf die deprimierte Kerze. Kine setzte sich neben ihn und legte ihm die Hand auf den Rücken.

»Ist es nicht so …«, begann sie, aber das war der falsche Anfang. Sie suchte nach Worten und setzte noch einmal an: »Ich habe gehört, wenn die Generalprobe schiefgeht, dann wird die richtige Vorstellung supergut.«

Eine Glühbirne in den Weihnachtsbaumkerzen zersprang, als würde sie über Kines Tröstungsversuch lachen. Aufsatz lachte nicht. Er hatte für all das hart gearbeitet, das ganze Jahr lang. Und jetzt war alles vernichtet.

»Das wäre so gut geworden«, sagte er endlich. »Das wäre so schön geworden. Die Lieder. Die Kostüme. Und jetzt wird gar nichts daraus.«

Kine wusste nicht, was sie sagen sollte, er hatte schließlich recht. Sie blickte sich um. Der Weihnachtsbaum sah aus wie ein Skelett, die Klamotten für die Bedürftigen waren kaputt, die Pfefferkuchenstadt war abgebrannt, und die verhassten Engelskostüme lagen rußverdreckt und nass auf dem Eis.

»Mama, guck mal!«, rief ein Junge hinter ihr. Kine drehte sich um und sah ihn wieder, den Jungen mit dem Fahrradhelm. Er zeigte auf Kine. »Guck mal! Da ist das Zombie-Mädchen aus dem Ufo!«

»Ja, da kann man mal sehen«, sagte die Mutter und zog ihn vom qualmenden Baum weg. Kine winkte ihm zu. Sie wollte, dass er wusste, dass er nicht träumte. Dass er merkte, dass sie echt war und dass sie ihn sah, obwohl er sie für eine Diebin und einen Zombie hielt. Er grinste breit zurück.

Zombie-Mädchen …

In Kines Kopf tat sich etwas. Ihr Gehirn schien wieder zu arbeiten. Kine stand auf und schaute sich das Elend an, das sie umgab. Alles, was nicht funktionierte. Alles, was zerstört war. Dann hatte Kine eine Idee. Eine glänzende, brillante Idee. Die beste Idee überhaupt, seit es Ideen gab. Diese hier war reines Gold wert.

Die Einzelteile ordneten sich zu einem Gesamtbild. Sie legte Aufsatz die Hände auf die Schultern und schüttelte ihn so begeistert, dass sie vor Aufregung kaum sprechen konnte.

»Es wird was! Es wird etwas daraus! Es wird bestimmt was draus, und es wird so was wahnsinnig Cooles daraus, das kannst du dir gar nicht vorstellen!«

Aufsatz strich sich den blonden Pony aus dem Gesicht. »Es wird etwas daraus? Was soll was werden? Wir haben nichts, weder Kleidung noch Weihnachtsbaum noch sonst irgendwas!«

Kine breitete die Arme aus. Ihre Hände verschwanden in Papas Ballonjacke. »Nichts? Guck dich doch mal um! Wir haben alles, was wir brauchen. Das wird perfekt!«

Aufsatz warf die traurige Kerze weg. »Perfekt? Bis Montag?«

Kine nickte begeistert. »Wir haben das Wochenende, mehr brauchen wir nicht. Ich werde … Ich muss laufen!«

Sie machte kehrt, um loszulaufen, als ihr noch etwas einfiel. »Aufsatz, kannst du mit der Polizei reden? Die müssen den Tannenbaum wieder aufstellen, sag denen, dass die das machen sollen. Versprichst du's?«

Er machte den Mund auf, um zu widersprechen, doch sie kam ihm zuvor. »Ich weiß, der ist verbrannt und hässlich, aber genau so brauchen wir das. Versprichst du's?«

Aufsatz nickte nachdenklich. »Ich werde … mich bei ihnen erkundigen«, antwortete er.

Kine umarmte ihn. »Das wird perfekt!«, wiederholte sie.

»Perfekt? Ihr wollt doch nicht! Niemand von euch.«

Kine grinste. »Genau! Aber ich weiß, was sie wollen«, erklärte sie und nahm die Beine in die Hand. Sie schickte ein Gebet zum Himmel, dass sie recht behielt, als sie zu Aurora und Vivi lief. Sie wollte die beiden um Hilfe bitten und war so begeistert, aber … Es war schon lange her, dass sie miteinander geredet hatten. Sie wusste nicht, wo sie anfangen sollte.

Stattdessen sammelte sie Kleider und versengte Engelskostüme vom Boden auf. Sie musste sie retten, bevor sie weggeworfen wurden.

»Ähm … brauchst du Hilfe?« Aurora sah sie mit lachenden Augen an, als würde sie etwas Verrücktes machen, und Kine merkte, dass es auf andere so wirken musste.

»Da kommen andere, um den Müll wegzuräumen«, meinte Vivi. »Du brauchst das nicht zu machen, Kine.«

Kine richtete sich mit einer Ladung Anziehsachen im Arm auf. Sie waren nass, kalt und zerlumpt. »Ja, genau! Sie kommen zum Aufräumen, und wenn wir die jetzt nicht mitnehmen, werfen sie sie weg.«

Vivi hob das verkohlte Skelett dessen auf, was einmal ihre Flügel gewesen waren. »Du willst die nicht wegwerfen? Nicht einmal die hier? Hallo?«

Kine biss sich auf die Lippe. »Ich … ich habe eine Idee«, sagte sie. »Und das kann total gut werden. So wahnsinnig gut! Wenn ihr …« Sie wollte »mithelft« sagen, änderte aber ihre Meinung wieder. »Wenn wir es zusammen machen.«

»*Was* machen?«, fragte Aurora und schnupperte an einer ihrer Haarlocken, die etwas verschmort war.

»Klamotten einsammeln. Alles, was hier rumliegt. Auch das, was das Sozialamt kriegen sollte. Das brauchen wir am Montag.«

»Wie jetzt, am Montag?« Aurora sah inzwischen besorgt aus.

»Für den Weihnachts-Chor.«

Aurora und Vivi sahen einander an. Kine stellte sich vor, dass die beiden dachten, sie hätte komplett den Verstand verloren, was kein Wunder gewesen wäre. Kine entdeckte den Journalisten und hatte noch eine Idee. Sie hatte den Kopf so voll davon, dass sie nicht wusste, was sie zuerst machen sollte. Sie lud die Klamotten auf Aurora ab.

»Moment, ich erklär's«, sagte sie und lief zum Journalisten.

»Du …?« Kine kam sich blöd vor, weil sie seinen Namen nicht wusste. Man konnte doch auch nicht »Du, Journalist« sagen. Stattdessen redete sie weiter. »Du musst schreiben, dass hier die beste Weihnachtsvorstellung aller Zeiten stattfindet!«

Der Journalist brummte nur. »Du meinst die, die am Montag hätte stattfinden sollen?« Er kratzte sich die Bartstoppeln eindeutig skeptisch.

»Die, die am Montag stattfinden *wird*! Schreib das! Schreib, dass alle kommen sollen, das wird was ganz Besonderes.«

Er breitete die Arme zu den Ruinen aus, als hätte sie die noch nicht gesehen. »Ihr sagt also nicht ab?«

»Nie im Leben!«, antwortete Kine. Sie entdeckte die Knochen von Tipsi. Die lagen unter der Tanne verstreut, schienen aber noch vollzählig zu sein. Kine nahm sie mit und kehrte zu Aurora und Vivi zurück.

»Warte!«, rief der Journalist. »Kann ich ein Foto machen?«

Kine drehte sich um und grinste, mit Tipsi in der einen und dem Daumen der anderen Hand nach oben. Der Journalist schüttelte den Kopf, lachte aber wenigstens. Er hob die Kamera und machte ein Foto.

Mama und Papa kamen zu ihr.

»Wir haben mit Auroras und Vivis Eltern gesprochen, und wir fahren sie beide nach Hause. Bist du so weit?«

»Ja, wir müssen nur zuerst die Klamotten einsammeln«, antwortete sie. Aber vielleicht war sie doch noch nicht so weit. Die beiden zu umarmen, war eine Sache, aber jetzt sollte sie in einem kleinen Auto sitzen, dicht neben ihren Freundinnen, mit denen sie einen Monat lang nicht richtig geredet hatte. Und sie hatte nichts, womit sie sich beschützen konnte, ohne die Kugel.

Alle machen ihr Ding

Kine hatte Angst davor gehabt, dass auf der Autofahrt peinliche Stille aufkommen könnte, aber da hatte sie die Rechnung ohne Vivi gemacht. Sie war so aufgeregt, dass sie ununterbrochen redete, fast ohne auch nur ein einziges Mal Luft zu holen.

»Ich habe noch nicht mal meiner Mutter gesimst«, sagte sie mit großen Augen. »Alte Moppelkotze, was soll ich denn sagen, sie wird mich nie wieder aus dem Haus lassen, wenn sie das hier erfährt. Und ich weiß einfach, dass sie das von irgendwem erfährt, und bestimmt werden im Internet auch Bilder gepostet und …« Sie holte ihr Handy aus der Tasche. »Guckt mal, hab ich's nicht gesagt?! Es sind schon Bilder da. Glaubt ihr, dass die Monrad einsperren? Man kann doch nicht einfach in der Gegend rumlaufen und Feuer legen, ohne dass was passiert, oder?«

Mama öffnete den Mund, um etwas zu sagen, kam aber nicht dazu, weil Vivi weiterredete.

»Und Kine, du musst einfach zum Arzt oder so, denn

der Geier weiß, was da in der Kugel war, das kann ja sonst was gewesen sein, ein Virus zum Beispiel oder vielleicht eine Art Pilz; von unfassbar viel kann man Infektionen kriegen, ich habe gerade über jemanden gelesen, der einen Nagel angefasst hatte und daran gestorben ist. Echt jetzt, der ist gestorben! Nur weil er einen Nagel *angefasst* hat, und ich meine, die Puppe war doch … Ich glaube, das war so was wie ein Roboter, die muss von irgendwo ferngesteuert worden sein, oder?«

Kine und Aurora sahen sich an und lächelten. Kine hätte viele Antworten geben können, wollte aber Vivis Redefluss nicht unterbrechen. Der beruhigte sie. So als wäre alles wieder normal.

Mama fuhr. Papa saß vorn und Kine auf dem Rücksitz, eingeklemmt zwischen Aurora und Vivi. Abgesehen von den Umarmungen kurz vorher konnte sie sich nicht erinnern, wann sie zuletzt jemandem so nahe gekommen war. Fast einen Monat hatte es nur sie und die Puppe gegeben. Doch jetzt konnte sie die Wärme der anderen Körper spüren. Vivis kratzigen Wollpullover. Den Geruch von Auroras angekokelten Haaren. Zum Glück war es so üppig, dass man nicht sehen konnte, wo es versengt war. Ihre Kringellocken kitzelten Kine am Ohr.

Mama bog zum großen Haus von Aurora ab, das Garten und Doppelgarage hatte. Der Kies in der Auffahrt knirschte unter den Reifen. Kine war bestimmt schon tausendmal dort gewesen, aber jetzt war es schon so lange her, dass es sich wie das erste Mal anfühlte.

Auroras Eltern kamen sofort nach draußen auf die Vortreppe; und Aurora und Vivi rannten zu ihnen, um zu erzählen, was passiert war. Mama stieg aus dem Wagen, und da begriff Papa, dass auch er aussteigen musste. Kine folgte ihnen.

»Danke, dass du angerufen hast«, sagte Auroras Vater. Er war nett, hatte dunkle Haut und trug ein weißes Hemd.

Mama bekam rote Wangen. »Ist doch selbstverständlich!«

Er öffnete die Tür und fragte, ob sie mit ins Haus kommen wollten. Alles wirkte so seltsam. Mama und Papa waren normalerweise nicht bei Auroras Eltern. Aber vielleicht verhielten sich Leute nicht wie immer, wenn es zu Unglücken gekommen war? Nach Unglücksfällen ging man irgendwie mit ins Haus und setzte sich ins Wohnzimmer.

Mamas Hose war vom Brand verrußt. Sie zögerte, sich aufs Sofa zu setzen; Auroras Vater meinte aber, dass das in Ordnung wäre. Kine hielt sich etwas abseits. Sie hatte Angst davor, gezwungen zu sein, dort bei den Erwachsenen zu sitzen. Sie würden nach der Kugel fragen. Nach allem, was passiert war, und sie würde es erklären müssen. Das wollte sie nicht. Sie schlotterte immer noch vor Schreck.

Aurora rettete sie. »Wir gehen hoch in mein Zimmer«, beschloss sie und zog Vivi und Kine mit sich. Mama und Papa schauten Kine hinterher, als würde sie ihnen gleich wieder abhandenkommen. Kine lächelte, und das schien zu helfen.

Auroras Zimmer war viel aufgeräumter als Kines, obwohl sie viel Zeug hatte. Der Schreibtisch war riesig; die Nähmaschine stand in der Mitte, und die Schulsachen stapelten sich in der Ecke. Die waren weniger wichtig als das Nähen. Auf dem Boden standen mehrere geflochtene Körbe mit Stoffresten in allen Farben und Mustern der Welt. Sie hatte als Vorhang ein Stück davon aufgehängt, auf das sie Täschchen mit Zahlen genäht hatte. Von eins bis vierundzwanzig. Ein Weihnachtskalendervorhang. Genial. Typisch Aurora.

Kine kriegte einen Kloß im Hals. Wie viele geniale Dinge hatten sich die Freundinnen ohne sie einfallen lassen? Und, noch schlimmer, wie viele schöne Dinge hatten sie gemacht, für die sie die beiden nie gelobt hatte? Kein Wunder, dass sie in der Kugel gelandet war, andere waren ihr egal gewesen, und sie hatte nur sich gesehen. Sie war Ego-Kine. Wut-Kine. Scheiß-Kine.

Aurora und Vivi liefen nicht mit Hass auf andere herum. Andere waren ihnen wichtig. Der Beweis hing direkt vor ihr an der Fotowand. Dünne Schnüre waren kreuz und quer über die Wand gespannt, und dort hatte Aurora mit kleinen Wäscheklammern jede Menge Fotos befestigt.

Kine hatte ein paar davon im Internet gesehen, aber einige waren für sie ganz neu. Bilder von Feiern zum Schuljahresende, von Ferienreisen und von überall in der Stadt. Sie fand das Selfie von der Zelttour, die sie gleich hier im Wald unternommen hatten, nur sie, Vivi und Aurora. Sie saßen um ein Lagerfeuer, und Kine erinnerte sich plötzlich, dass sie sich darüber gestritten hatten, wie man es machte.

Der Kloß in ihrem Hals schwoll an. Kine hatte vergessen, dass sie so viel zusammen erlebt hatten, sie drei. Da waren nicht nur Vivi und Aurora. Da waren Vivi, Aurora und Kine.

Drei. Auf fast allen Fotos.

»Was ist mit dieser Idee, Kine?«, fragte Vivi. »Mit den Klamotten, meine ich? Hast du wirklich vor, am Montag zu singen? Ich meine, da ist doch die totale Krise ausgebrochen, der ganze Marktplatz wird bestimmt abgesperrt und …«

Kine schaffte es nicht, ihr zuzuhören. Sie starrte auf ein Foto von sich, mit Brille und Pflaster auf dem einen Auge. Sie war so unfassbar klein. Wohl erst acht Jahre alt. Aurora stand neben ihr mit der blauen Plastikbrille auf der Nase. Die sie sich aufgesetzt hatte, damit Kine nicht die Einzige mit Brille war.

»Kine?« Aurora legte den Kopf schräg und sah sie an. »Willst du dich hinsetzen?«

Kine nickte. Sie bekam Tränen in die Augen und konnte nicht richtig gucken. Fühlte sich kraftlos. Ausgepowert. Total fertig. Sie ließ sich auf Auroras Bett plumpsen und begann zu schluchzen.

»E-Entschuldigung!«, schniefte sie.

Vivi machte ein zu Tode erschrockenes Gesicht. »Wofür, was ist los, Kine? Was hast du getan?«

»Sie hat nichts getan, Vivi. Sie hat viel durchgemacht, stimmt's?«

Kine zitterte. Aurora hatte recht. Ihr wurde klar, dass sie frei war. Dass die Kugel weg war. Und das war gut so. Das war einfach nur gut. Obwohl sie für alles geradestehen musste, was sie getan hatte, war es gut. Denn sie war nicht allein. Sie war eigentlich nie allein gewesen. Sie war verstört und zugleich erleichtert.

Aurora setzte sich neben Kine und legte den Arm um sie. Davon weinte sie nur noch mehr.

»Schon gut, Kine«, sagte Vivi. »Wir hätten dich sowieso gerettet.«

»M-mich ge-gerettet?«

»Klar! Wir hatten schon alles fertig geplant!« Vivi kniete sich vor Kine auf den Boden und machte ihren Rucksack auf. Ihr blondes Haar war auf dem Marktplatz so verschwitzt geworden, dass es ausnahmsweise an ihrem Gesicht klebte und nicht abstand wie bei einem Löwenzahn. Sie warf die durchsichtige Brotdose beiseite, gefüllt mit Grünkohl und Möhren, die ihr ihre Mutter eingepackt hatte, und reichte Kine einen Stoß Zeichnungen. Von Kine und der Kugel. Mit Pfeilen und Strichen und Erklärungen der wildesten Ideen, wie sie zerstört werden könnte. Sie hatten Pläne gezeichnet, wie man mit einer Diamantsäge ein Loch sägen und hineinklettern könnte. Sie hatten einen anderen Plan, auf dem zu sehen war, wie sie Kine mit einem Kranwagen herausholen wollten. Auf einem der Blätter trug Kine eine Rüstung und setzte die

Puppe mit einem Flammenwerfer in Brand. Ein Plan sah vor, die Kugel so lange einzufrieren, bis sie zersprang. Der dümmste war, die Kugel zu teilen, indem zwei Pferde an der Kugel je in die entgegengesetzte Richtung zogen.

Kine wischte sich die Tränen mit dem Ärmel ab und lachte. »Ihr … ihr seid die Besten.«

Aurora zuckte mit den Schultern. »Wir wollten nicht zugucken, wie das Ding dich kidnappt! Jeder Schwachkopf konnte sehen, dass die eigentlich böse war! Und du gehörst hierher zu uns!«

Vivi öffnete die Brotdose und begann an einer Möhre zu knabbern. »Und außerdem, wenn wir uns durch den Weihnachts-Chor quälen müssen, dann ist das nur gerecht, wenn du das auch tust. Das war natürlich der einzige Grund, warum wir dich retten wollten.« Sie grinste schelmisch.

Kine lächelte. Vivi war das vielleicht selbst nicht klar, aber das war das Vernünftigste, was sie je von ihr gehört hatte. Man konnte alles überstehen, solange man es zusammen tat.

Kine war es noch nie so schlecht und zugleich so gut gegangen. Ihr Körper war steif. Die Angst saß ihr immer noch in den Knochen. Kine fühlte sich, als hätte sie wochenlang schlecht geschlafen und geweint, bis ihre Augen geschwollen waren. Aber sie gehörte zu einem Kleeblatt. Sie gehörte hierher. Zu Mädchen, die bereit waren, für sie alles zu geben, und sie würde ihnen beweisen, dass auch sie bereit war, für sie alles zu geben.

»Ja, ich mache mit«, sagte sie. »Und wir werden singen. Wir werden singen, bis Aufsatz vor Glück weint, und das wird so überirdisch gut.« Sie streckte den Rücken durch und wischte sich die letzten Tränen fort. »Das Problem ist nur, ob alle mitmachen …«

»Das kriegen wir nie hin«, meinte Vivi. »Die Gang wird sich garantiert querstellen, vor allem jetzt, wo alles eigentlich abgesagt werden sollte, und dann machen auch Viktoria und die anderen nicht mit; das wird einfach nichts.«

Aurora sah Kine an. Ihr Blick wanderte zum blauen Pullover. »Es sei denn, Jarle macht mit«, sagte sie und lächelte so verschmitzt, wie es nur Aurora konnte.

Kines Wangen wurden glühend heiß. Den Pullover hatte sie beinahe schon vergessen.

»Alles klar«, antwortete Vivi. »Das versteht sich von selbst, aber, äh … Wie kriegen wir Jarle dazu?«

Lange war es still. Kine traute sich fast nicht, die beiden anzugucken. Sie versteckte ihr Lächeln hinter ihrer Hand. »Okay«, sagte sie dann endlich. »Ich rede mit Jarle.«

Das war der unangenehmste und schönste Satz, den sie je gesagt hatte.

Aurora holte neue Bögen Zeichenpapier, und sie machten sich daran, einen Plan von dem zu entwerfen, was der großartigste Weihnachts-Chor aller Zeiten werden sollte.

Die Wahrheit über die Bubble

Kine duschte in drei Minuten, aß in vier und lief fünf Minuten lang zu Hause durch die Wohnung, um Dinge zu berühren. Alle möglichen Dinge. Sie streichelte das Treppengeländer. Sie lief mehrmals treppauf und treppab, nur um das Knarren zu hören. Auf dem eiskalten Küchenfußboden zu laufen, war wahnsinnig schön. Auch auf dem Flickenteppich im Flur. Sie hatte ihn immer knotig und ekelig gefunden, aber selbst der Ekel war jetzt schön.

Und das Beste war Tipsi. Tipsi die Zweite. Die Lebende. Kine knuddelte und streichelte die Katze, bis das Tier genug hatte und kratzte, aber auch *das* war schön. Kine war so hyper, dass sich ihre Haut wie elektrisiert anfühlte. Sie war springlebendig mit einem voll aufgeladenen Herzen.

Mama und Papa sahen sich oft gegenseitig an, bedachten einander mit schlecht verborgenem Lächeln, als ob Kine für alles, was sie tat, eine Goldmedaille verdient hätte. Ein Lächeln, weil sie die Schuhe ins Regal stellte. Ein Lächeln, weil sie den Teller in die Spülmaschine räumte. Ein Lächeln, weil sie auf der Liste an der Kühlschranktür abhakte, dass sie es erledigt hatte. Ein Lächeln für jedes Mal, wenn sie sich entschuldigte. Ein den Tränen nahes Lächeln, als sie versprach, dass sie reden würden. Über alles.

Sie meckerten über nichts. Vielleicht spürten sie, dass es nicht nötig war, denn Kine würde alles in Ordnung bringen. Aufräumen. Sie musste nur zuerst pinkeln gehen.

Ihr Handy am Hals meldete eine Nachricht. Sie holte es so schnell heraus, dass es ihr fast ins Klo gefallen wäre. Sie hatte eine lange Nachricht an Jarle geschrieben, dass sie sich treffen mussten, weil etwas erledigt werden musste, und dass es auf sie beide ankam, und dass er ihr zuhören musste, weil es megawichtig war, und ob es für ihn in Ordnung war, wenn sie kurz bei ihm vorbeischaute. Jetzt kam die Antwort.

O. k.

O. k. … Ein Dichter war er nicht gerade, aber das war ein sehr schönes O. k. Vielleicht das schönste, das sie je gesehen hatte. Sie konnte den Blick nicht davon abwenden. Plötzlich plingte es wieder. Ein Smiley.

Kine biss sich auf die Lippe, konnte aber ihr Lächeln nicht unterdrücken. Sie machte kehrt, um wieder nach unten zu laufen, blieb aber stehen, ging zurück und warf einen Blick in den Spiegel. Dann fuhr sie sich ein paarmal mit den Händen durchs Haar, bis sie zufrieden war. Nicht dass sie das kratzte, klar. Wen kratzte es schon, wie ihre Haare aussahen? Sie waren schwarz, glatt und tot wie immer, und damit kam sie gut klar. Sie war auch nicht eitel! Sie hatte schließlich über Wichtigeres nachzudenken!

O. k.

»Wollen wir los?«, rief sie, als sie die Treppe nach unten rannte.

Papa nickte, und sie gingen zusammen in den Flur, zogen sich Schuhe und Jacke zusammen an. Mama stand in der Tür, bestimmt weil auch sie zusammen sein wollte.

»Sag ihm, er bekommt seinen Pullover, wenn er gewaschen ist«, meinte sie.

Kine zog den Reißverschluss ihrer Jacke hoch. »Ich wasche ihn heute Abend selbst.«

Wieder ein Lächeln zwischen Mama und Papa. Sie musste ein bisschen vom Gas gehen, sie durfte sie nicht verwöhnen.

Während Papa das Auto holte, lief Kine zu Sternenstrahls Campingwagen und hob die Hand, um bei ihr anzuklopfen. Noch bevor sie dazu kam, wurde die Tür geöffnet. Dann konnte sie wohl auch noch hellsehen, diese verrückte Yoga-Frau. Aber offensichtlich war sie nicht hellsichtig genug, um zu wissen, dass Kine ohne die Kugel kam.

»Karma?«, fragte sie und lehnte sich nach draußen, um sich nach der fehlenden Kugel umzuschauen.

»Kine«, korrigierte Kine. »Ich habe nur wenig Zeit, aber ich brauche noch mehr Hilfe.«

Sternenstrahls Blick wanderte im Kreis um Kine, als glaubte sie, die Kugel würde doch noch auftauchen.

»Ja, das erkläre ich dir später«, fuhr Kine fort. »Aber nicht jetzt. Habt ihr die Sachen? Oben vom Berg?« Sternenstrahl nickte zu einem der Wohnmobile. »Ja, wir haben den ganzen Tag gebraucht und mehrere Wagen gefüllt. Woher kommt das? So was habe ich noch nie gesehen, wir haben alles Mögliche gefunden, von Kleidung bis Computer. Und eine Discokugel und … Ich habe meinen Ohrschmuck wiedergefunden!« Sie warf das gewellte Haar zurück und zeigte ihr Ohr vor, an dem die Feder hing, so gut wie neu.

Kines Wangen wurden heiß. »Ähm, ja … Das ist eine lange Geschichte, und ich muss los.«

Sternenstrahl wickelte sich den gehäkelten Schal fester um den Hals. Ihr Schmuck rasselte. »Ja, wir auch. Viele sind schon abgefahren, die Polizei hat gesagt, wir können hier nicht auf der Straße stehen. Wir sind zu viele, und es gibt keinen Brandschutz, wenn …« Sie machte ein Gesicht, als fiele ihr gerade etwas ein. »Ich habe gehört, dass du heute auf dem Marktplatz warst, als der Weihnachtsbaum gebrannt hat?«

»Ja! Darum brauche ich Hilfe.«

Kine sah, dass Papa angefahren kam, und beeilte sich mit der Erklärung. »Ich muss los, aber hört mal: Könnt ihr alle Sachen für mich einpacken? Als Weihnachtsgeschenke? Nicht mit Namen oder sonst was, bloß schöne Weihnachtsgeschenke. Das ist für einen guten Zweck.«

Thomas tauchte hinter Sternenstrahl auf, immer noch mit nacktem Oberkörper. Zog er sich denn nie mehr an? Er hielt einen aufblasbaren rosa Flamingo hoch. »Der gefällt mir, kann ich den behalten?«

Kine lachte. »Bitte sehr, er gehört dir. Wenn ihr die anderen Sachen einpackt.«

»Sure«, antwortete Thomas. »Alles für einen guten Zweck.«

Kine bedankte sich und lief zum Auto. Sie stieg ein und ließ die Fensterscheibe hinunter. »Verwendet umweltfreundliches Papier!«, rief sie ihnen zu, als sie vorbeifuhren. »Recyceltes!«

Papa schüttelte beim Anblick all der Wohnmobile ein wenig fassungslos den Kopf, sagte aber keinen Ton. Kine hatte das Gefühl, immer noch in einer Art Kugel zu sitzen. Sie hatte so viel Verrücktes angestellt, dass sie über die Meckerzone hinausgeschossen war. Sie hatte alle Maßstäbe gesprengt. Darum verlor niemand ein Wort darüber; bestimmt weil sie nicht wussten, wo sie anfangen sollten. War das vielleicht der Grund, warum Monrad in der Schule so selten einen Anpfiff bekam? Weil er so böse war, dass niemand die Energie hatte, den Anfang zu machen?

Papa fuhr, wie er immer fuhr. Lächerlich langsam, nur einen Grad besser als Gerwin. Und das war total in Ordnung. Das war eben Papa, er durfte so schlecht fahren, wie er wollte. Aber es war eine Erleichterung, als er den Wagen endlich vor dem grünen Block parkte, in dem Jarle wohnte. Eine abgerockte Mietskaserne, die im Ostend der Stadt gleich neben einem Schrottplatz stand.

»Eine Stunde?«, fragte Papa. Kine nickte. »Ich rufe an, wenn nicht. Danke, Papa.«

Er blieb im Auto sitzen und wartete, als sie klingelte. Erst als Jarle die Tür aufmachte, fuhr er los. Bei so etwas hätte Kine früher die Krise gekriegt, aber jetzt war es in Ordnung. Alle machten ihr Ding.

Jarle hatte eine Jacke an und kam zu ihr nach draußen.

»Gehen wir nicht rein?«, fragte sie.

Er warf seinen braunen Pony zurück. »Nee. Ist nicht gerade der coolste Ort der Welt, um es mal so zu sagen.«

Er ging ihr voraus zum Zaun, der den Schrottplatz umgab, schob ein paar lockere Latten beiseite und kroch hindurch. Kine krabbelte hinterher.

Sie war nicht sicher, was sie erwartet hatte, aber jedenfalls keine ganze Stadt aus toten Autos. Das hier war wie ein vollkommen anderes Universum. Dunkel und still, voller unbrauchbarer Teile. Straßen und Wege zogen sich zwischen Schrotthaufen entlang. Mehr und größer als alles, was sie auf dem Berg zurückgelassen hatte. Wer hatte sich all diese Autos gewünscht? Einige waren so kaputt, dass sie kaum noch als Fahrzeug zu erkennen waren. Sie waren bestimmt in Unfälle verwickelt gewesen. Stahlskelette, ohne Türen. Ohne Reifen. Aber sie sah auch seltsame Dinge wie einen Pflug, eine dicke Metalltür und eine Art Zaun mit Messing-Gitterstäben, die sie für Überreste eines Bettes hielt.

Jarle blieb vor einem verrosteten Autowrack stehen, das ganz unten aus einem Haufen hervorlugte. Er öffnete die Vordertür, die widerwillig protestierte, als er hineinschlüpfte. Dann zwängte er sich zwischen den Sitzen hindurch auf die Rückbank. Kine konnte sehen, dass er cool wirken wollte; aber es gibt Grenzen dafür, wie cool man sein kann, wenn man auf den Rücksitz eines abgewrackten Autos klettert. Sie krabbelte hinterher auf die roten Ledersitze. Sie waren in Streifen genäht, die an vielen Stellen eingerissen, verkratzt und hässlich waren. Doch jetzt machte es nichts mehr, wenn Gegenstände kaputt waren. Nichts war perfekt.

Abgesehen von genau hier und jetzt. Im Dunkeln.

Kine guckte aus dem Fenster und sah nur Schrott. Was, wenn der ganze Haufen zusammenkrachte und sie totgequetscht würden? Seltsamerweise fand sie das gar nicht so schlimm.

Jarle stemmte die Füße gegen die Rückenlehne des Fahrersitzes und sah aus, als würde er auf etwas warten. Sie suchte nach Worten. Die hatte sie so klar im Kopf gehabt, bevor sie hergekommen war; jetzt war sie sich aber nicht mehr sicher. Jarle wirkte so anders. Das hier war ein viel netterer Jarle als der Jarle vom vorigen Jahr. Der braune Pony fiel ihm ins Gesicht. Die etwas müden Augen flackerten, als wollte er sie nicht angucken. Am Ende tat er es doch.

»Das war gut. Heute. Was du getan hast«, sagte er.

»Ja …«, antwortete Kine. »Du auch.«

Er lächelte, sodass sie davon Stiche in der Brust bekam. Sie zitterte. »Heute Abend wasche ich deinen Pullover. Da ist ein bisschen Asche drauf, aber sonst ist er total in Ordnung. Entschuldigung.«

Er lachte schallend. »Wofür denn? Weil da Asche drauf ist oder weil du ihn mir weggenommen hast?«

»Wegen dem mit Monrad.«

Er wurde wieder ernst, versuchte aber, es mit einem gleichgültigen Lächeln zu überspielen. »Er hat es wohl verdient, dass ihn endlich mal jemand zusammenstaucht.«

Kine zuckte die Schultern. »Vielleicht. Aber nicht so.«

Jarle fuhr mit einem Finger über das Seitenfenster. Die Tür war angelehnt und das Glas innen mit Raureif bedeckt. Der schmolz unter seinem Finger. »Die Leute glauben, er tut das, weil es ihm Spaß macht, oder? Aber er hat es auch echt nicht einfach. Du müsstest mal seine Mutter sehen, die ist total schizo.«

»Und deine?«, fragte Kine. »Ist sie auch schizo? Ist das der Grund, warum *du* das machst?«

»Was mache ich denn?«

»Nichts …«, sagte sie, obwohl sie nicht nichts meinte.

Er schaute sie an. »Was faselst du da?«

Sie musste sich konzentrieren, sagen, was sie sagen wollte. Sie hatte die Kugel und die verrückte Killerpuppe überlebt, dann konnte sie auch mit Jarle reden.

»Monrad hört auf dich«, sagte sie. »Die ganze Gang hört auf dich. Aber du tust nichts. Du lässt sie einfach weitermachen, und du weißt, dass sie Leute mobben.«

Kine merkte, wie in ihr Mut aufkam. Darum ging es. Darum war es schon immer gegangen. »Du weißt, du hättest sie jederzeit stoppen können.«

Er pulte an einem Riss im Sitz. »Die Leute raffen's nicht. Ich bestimme nicht über sie. Ich bestimme über niemanden. Wenn ich versucht hätte, alles zu bestimmen, meinst du, die hätten auf mich gehört? Ab und zu hören sie auf mich, weil ich mich nicht in kleine Dinge einmische, kapiert?«

Kine konnte ihn nur anstarren. Er war so schrecklich super. So dumm und so super. Sie musste etwas sagen, sonst würde sie ihn umarmen oder was anderes Idiotisches machen.

»Was ist mit den großen Dingen?«

»Bei vielen großen Dingen stecke ich dahinter«, antwortete er. »Dinge, von denen du keine Ahnung hast. Dinge, von denen niemand eine Ahnung hat. Wenn ihr nur wüsstet, in wie viel Scheiße sie manchmal drinstecken. Dinge, die man irgendwie nicht aufhalten kann. Aber ich versuch's. Echt jetzt, wenn du nur wüsstest.«

Kine nickte. »Okay.«

»Okay? Ist das alles, oder was?«

»Das sagst du normalerweise doch selbst. Dachte, das ist was Gutes.«

Er legte die Hände in den Nacken und lachte. »Okay ist gut. Ich nehme dir das Okay ab.«

Seine Augen funkelten sie an. Es war schwer zu sagen, ob er es tat, weil er sie ärgern wollte oder weil er sie mochte; aber sie begriff plötzlich, warum sie immer so wütend auf ihn gewesen war. Weil es nicht auszuhalten war, nicht Bescheid zu wissen, sich an einem unbekannten Ort zwischen Freund und Feind zu befinden.

Sie schaute weg. »Du hättest mich nicht als Bubble abstempeln müssen. Für dich sicher ein kleines Ding, aber für mich wurde daraus ein großes Ding.«

»Tja, das mussten wir echt so machen.«

»Ihr musstet das so machen? Ihr müsst mich Bubble nennen, nach einer Pupsblase, die es nie gegeben hat? Warum? Weil ich ein bisschen rund bin, oder was? Oder weil du nur einfach Bock drauf hattest, mich zum ewigen Dussel abzustempeln?«

Jarle sah kurz verwirrt aus. »Ich? Nicht ich habe mir Bubble ausgedacht!«

»Hast du doch! Glaubst du, ich habe ein Gedächtnis wie ein Goldfisch, oder was?«

»Scheint so.« Jarle grinste, als würde er überhaupt nicht begreifen, wie sehr sie litt. »Kine, Aslak hat dich zuerst Bubble genannt.«

»Aslak? Förderbedarf-Aslak? Aslak, dem immer von Monrad die Mütze abgefackelt wird?«

»Jepp. Er hat dich damals angefeuert, als du Seifenblasenwasser auf die Treppe geschüttet hast und Monrad sich auf die Fresse gepackt hat. Weißt du das echt nicht mehr?«

In Kines Erinnerung klingelte etwas. Sie konnte sich an den Streich erinnern, aber nicht an Aslak.

Jarle schaute sie fragend an. »Aslak, der dich für den Rest des Tages Bubble genannt hat? Weil du Monrad mit dem Seifenblasenwasser auf die Fresse gelegt hast. Monrad war megasauer, und wir hatten nur eine Möglichkeit. Uns einen anderen Grund für deinen Namen überlegen. Eine neue Geschichte, kapiert? Sorry, aber das ist schon krass lange her. Echt jetzt, Kine.«

Kine klappte die Kinnlade runter. Das war nicht zu fassen. Jahrelang war sie rumgelaufen und hatte gedacht …

Sie fing an zu lachen. Die ganze Sache war zum Brüllen komisch. Das war noch verrückter als Chillimilli im Meer. Verrückter als der Murmel-Erdball. Sie war Bubble. Nicht wegen ihres Kugelbauchs. Nicht wegen eines Pupsers in der Schwimmhalle. Sie war Bubble, weil sich Monrad ihretwegen auf der Treppe auf die Fresse gepackt hatte.

Jarle kratzte sich am Kopf, brachte sein Haar noch mehr durcheinander. »Hör mal … Ähm, wäre gut, wenn du Monrad nichts davon erzählst. Dass du es weißt, meine ich.«

Kine lachte einfach weiter. »Ich habe deinen Namen auf einen Grabstein geschrieben, Jarle. Kapierst du das? Ich wollte, dass du …«

Er zog die Schultern hoch. »Da bist du nicht die Erste.« Seine Augen funkelten wieder, ließen sie im luftleeren Raum hängen, wo sie nicht wusste, was er wollte. Dadurch entstand ein Ziehen in ihrer Brust, wie beim Achterbahnfahren, ohne dass sie Ahnung hatte, ob sie nach oben oder nach unten fuhr. Aber sie war aus einem bestimmten

Grund zu ihm gekommen, und es wurde Zeit, darüber zu reden.

»Ich brauche deine Hilfe, Jarle.«

»Wobei?«

»Beim Weihnachts-Chor. Wir kriegen das hin, und es soll besser werden, als es sich alle vorgestellt haben.«

»Häh? Ich dachte, du hasst das Ganze?«

»Tue ich auch. Ich hasse das Ganze. *Alle* hassen das Ganze. Aber wir werden trotzdem mitmachen, weil es wichtig ist, dass wir es zusammen machen. Weil es Aufsatz megaviel bedeutet. Und weil man manchmal Dinge macht, die man nicht mag, weil andere es brauchen.«

Jarle sah sie an, als fühlte er sich von ihr für dumm verkauft. Kine knuffte ihn mit der Faust. »Hör auf! Ich meine das ernst. Und weißt du, warum ich den Chor hasse?«

Er setzte sich bequemer hin und drehte sich zu ihr, als würde sie ihm jetzt ein Supergeheimnis verraten. »Warum?«

»Weil ich nicht singen kann.«

Er schnaubte. »Alle Mädchen können singen.«

»Ich nicht. Ich singe megafalsch, echt jetzt. Und in dem Engelskostüm werde ich wie eine eingeschnürte Wurst aussehen.«

Er verdrehte die Augen. »Darin sehen alle aus wie eingeschnürte Würste. Aber trotzdem kannst du besser singen als ich. Was ist also das Problem?«

Sie schwiegen beide. Kine konnte seinen Atem hören. Das Knirschen seiner Jeans auf dem Sitz. Ja, was war das

Problem? Kine war so nervös, dass sie feuchte Hände hatte. Sie räusperte sich. Dann sang sie los:

»Macht hoch die Tür, die Tor macht weit.«

Zuerst zitternd, dann fester, bis ihre Stimme die Stille durchschnitt. Sie sang einfach und versuchte, nicht daran zu denken, dass sie für den Jungen sang, den sie einmal am liebsten begraben hätte. Dass jetzt der sie singen hörte, vor dem sie sich am meisten gefürchtet hatte.

»Es kommt der Herr der Herrlichkeit …«

Die Töne verhallten, und sie blieb mit glühend heißen Wangen ganz still sitzen.

Jarle schaute sie an und lächelte. »Ja, okay. Du singst falsch.«

»Ich weiß!«, antwortete sie. »Aber wir machen es trotzdem.«

»Super, wir machen es trotzdem. Singen also. Aber was hat das mit mir zu tun?« Er sah ehrlich verwirrt aus.

»Das hat was mit dir zu tun, weil du der Bestimmer bist. Du weißt, dass das so ist. Wir haben nur das Wochenende und megaviel zu tun, um das hinzukriegen. Wenn wir das schaffen wollen, dann müssen wir alle ins Boot holen. Die ganze Klasse. Und wenn du nicht sagst, das wird was, dann wird die Gang auf keinen Fall mitmachen. Kapiert?«

Jarle zögerte. Kurz dachte sie, er würde es abstreiten, aber dann beugte er den Arm und machte eine Faust, wie um seine Muskeln zu zeigen. »I'm the man?«

Sie schnitt ihm eine Fratze. »König Jarle.«

»König Jarle …«, antwortete er leise, und da kam ihr

der Gedanke, dass auch er nie an seinen Rufnamen geglaubt hatte.

»Aber Kine … Alles ist kaputt, wie zum Geier, meinst du, sollen wir das hinkriegen? Die Kostüme sind angesengt, die Kerzen geschmolzen! Und die Tanne ist umgekippt. So wird das mit dem Weihnachts-Chor nichts.«

»Doch, das wird was. Die Tanne stellen sie wieder auf, egal wie gerupft und verbrannt die ist. Und die Kostüme ziehen wir an, gerade weil sie kaputt sind. Die geschmolzenen Kerzen nehmen wir auch. Weil wir kein normaler Weihnachts-Chor sind. Wir sind der Zombie-Weihnachts-Chor!«

»Ein … Zombie …?«

Sie nickte. »Zombie! Wir ziehen Lumpen an, stehen unter dem schwarz verkohlten Weihnachtsbaum mit den geplatzten Kugeln und Lichterketten, die nicht funktionieren. Und wir singen Weihnachtslieder und werden weltberühmt.«

Jarle sah sie an, als wäre sie nicht mehr ganz knusper in der Tüte. Dann schüttelte er den Kopf. »Das ist … wahrscheinlich das Coolste, was ich je gehört habe.«

Klasse 6B auf dem Friedhof

Es war eine Geheimoperation. Ein Agenten-Ding. Der Plan war von vorne bis hinten so wahnsinnsmegacool, dass Kine die ganze Zeit mit Gänsehaut herumlief.

Alle aus der Klasse schickten sich ständig Nachrichten. Manche Anrufe waren geheim, andere nicht. Eine geheime Chat-Gruppe wurde aufgemacht, zu der alle zugelassen waren und von der niemand ausgeschlossen wurde. Sie verabredeten sich fürs erste Treffen. Einige mussten sich von zu Hause wegschleichen, um zu kommen, während andere von ihren Eltern hingefahren wurden. Alle sind unterschiedlich. Alle machten ihr Ding. Aber alle kamen. Sogar die Gang, dank Jarle.

Und jetzt waren sie da, auf dem Friedhof. Im Dunkeln hätte man meinen können, die Toten wären erwacht, aus ihren Gräbern gestiegen und hätten beschlossen mitzumachen. Einige standen an den alten Kirchturm gelehnt. Manche saßen auf Bänken und Grabsteinen, andere hockten auf der Steinmauer. Kine war noch nie mit jemandem aus der Klasse hier gewesen. Das war ihr geheimer Ort. Und jetzt hatte sie alle hierher eingeladen.

Jarle stand neben ihr mit dem Rücken an dem herabhängenden Baum. Kine gab sich alle Mühe, nicht ihn, sondern die Klasse anzugucken.

Es war ungewohnt, sie alle so zu sehen. So still, dass es einem fast Angst machen konnte. Niemand von ihnen wusste, was der Plan war, außer Kine, Jarle, Vivi und Aurora.

Vivi hatte sich zum Sitzen eine Plastiktüte auf eine Grabplatte gelegt und rutschte etwas näher an Kine heran. »Also … du meinst, wir sollen trotzdem singen?«, fragte sie, um Kine zu helfen, den Anfang zu machen.

»Ja«, antwortete Kine. »Wir stellen uns wie geplant am Montag auf den Marktplatz. Das steht morgen in der Zeitung, damit viele vor Ort sind.« Sie hoffte, dass sie damit recht behielt. Zumindest hatte sie alles dafür gegeben. Den Journalisten Nachrichten geschickt, die sie genervt hatten, als sie noch in der Kugel gesessen hatte, und auch dem Reporter, mit dem sie auf dem Marktplatz gesprochen hatte.

Hassan wiegte sich auf der Bank unruhig vor und zurück. »Also … Habt ihr den Marktplatz *gesehen*? Der sieht total aus, als hätte da eine Bombe eingeschlagen, die werden keinen da drauflassen.«

»Und was ist mit den Kostümen?«, fragte Tamara. »Sind die denn nicht auch verbrannt?«

»Nur ein bisschen«, antwortete Kine und merkte, wie wenig überzeugend sich das anhörte.

Aurora meldete sich, weil sie etwas sagen wollte, als säßen sie in einer normalen Schulstunde. »Sie meint, dass wir sie reparieren sollen, oder, Kine?«

Kine nickte. »Ja. Aber … nein. Vielleicht ein bisschen. Aber ich meine, wir können viele so gebrauchen, wie sie sind. Auch die, die ans Sozialamt gehen sollten.«

Alle fingen an zu lachen.

»Ja, das wird garantiert ein Megaerfolg«, sagte Henriette spöttisch. »Verbrannte Kostüme, geschmolzene Kerzen, eine zerstörte Pfefferkuchenstadt und … Weihnachtslieder?«

»Und was soll das überhaupt?«, fragte Barbro, die gegen alles allergisch war, nicht nur gegen Ideen. »Ich bin einfach nur froh, dass mir das Gesinge erspart bleibt, um es mal so auszudrücken.«

Einige stimmten ihr zu. Der Weihnachts-Chor löste bei ihnen nicht gerade Begeisterung aus, ganz im Gegenteil. Kine hatte das Gefühl, sie hätte einen Knoten im Bauch. Vielleicht war das Ganze sinnlos. Vielleicht würden sie es nicht begreifen. Sie war sich ja noch nicht einmal sicher, ob sie selbst es richtig begriff. Sie hatte doch nur eine Idee gehabt …

»Halt die Klappe! Was ist das Problem?!«, sagte Monrad zu Henriette.

Auf dem Friedhof wurde es vollkommen still. Kine bildete sich ein, sie könnte die Schneeflocken auf den Grabsteinen landen hören. Zweiundzwanzig Köpfe drehten sich zu Monrad um und starrten ihn an.

Er guckte weg und zuckte mit den Schultern. »Ja, also … Das ist doch kein großes Ding, oder? Mann, wir latschen auf den Marktplatz, trällern ein paar Lieder, machen die Alten happy und fertig. Bin dabei.«

Vivi und Aurora sahen sich mit offenen Mündern an, als hätte er gerade nackt ein Gedicht über Blumen aufgesagt. Kine nutzte die Gelegenheit, dass alle wie gelähmt dasaßen.

»Niemand von uns hatte Lust dazu, das weiß ich«, begann sie. »Niemand war scharf auf den Engelskram und tausend Jahre alte Weihnachtslieder. Wir wurden dazu gezwungen. Aber jetzt haben wir die Wahl, und wir können es so machen, wie wir wollen. Wir können daraus was echt Fettes machen. Vergesst die Engelskostüme. Wir machen was ganz anderes. Ich habe mir überlegt, wir können …«

Sie traute sich nicht, den Satz zu Ende zu sprechen. Es waren so viele von den anderen da und nur eine Kine.

»Wir können was?«, fragte Henriette.

Kine schluckte. »Ich habe mir gedacht, wir können auftreten als … Zombies.«

Jarle unterstützte sie sofort. »Als Zombie-Chor. Wir machen einen Zombie-Chor.«

Alle schauten alle an. Tommy prustete los. »Und du meinst also … Zombies wie in …?«

»Wie in *The living dead*!«, antwortete Kine. »In zerlumpten, löcherigen, angesengten Klamotten, mit zerbrochenen Pfefferkuchen, kaputtem Weihnachtsbaum und hirnverbrannten, hirnlosen Zombie-Liedern!«

Es wurde wieder still. Eine gefühlte Ewigkeit. Aslak fing an zu lachen. »Mit offenen Wunden und Haut in Fetzen und so was?«

»Ja!« Kine zeigte auf ihn. »Genau so!«

Ein Vorschlag. Mehr brauchte es nicht. Alle redeten durcheinander.

»Mit dunklen Ringen unter den Augen?«, fragte Henriette.

»In blutverschmierten Klamotten!«, sagte Vivi überraschend, weil das so gar nicht ihr Stil war.

Monrad lachte schallend. »Wir können Hundekauknochen kaufen, damit es aussieht, als hätten wir Leute aufgefressen!«

Aurora war so aufgeregt, dass sie aufstand. »Ich repariere die Kleider! Echt jetzt, ich habe doch eine Nähmaschine!«

Viktoria, die eingebildete Zicke, stand auch auf. »Ich kann das Schminken übernehmen! Ich habe mir massenhaft Videos über Special Effects angeguckt.«

Kine dachte, sie hätte sich verhört, und musste nachfragen: »Du? Special Effects? Für Zombies?«

»Ja, einen ganzen Haufen! Darin bin ich also ziemlich gut. An Halloween hat mich niemand wiedererkannt.« Sie schaute nach unten und versetzte dem Boden einen Fußtritt. »Ich … ich würde beruflich gern was mit Special Effects machen, wenn ich mal … groß bin.«

Kine schaute Jarle in die Augen. Er zog die Brauen hoch, genauso überrascht wie sie. Da wurde ihr klar, wie wenig sie über die Träume der anderen wusste. Wer hätte das gedacht? Viktoria, die eingebildete Zicke, will die Grusel-Schminke machen.

»Viktoria, das ist super!«, sagte Kine.

»Frage mich, ob ich die tote Ratte aus der Dachrinne mitnehmen kann«, sagte Monrad gedankenverloren. Nichts deutete darauf hin, dass er sich gerade einen Scherz erlaubt hatte.

»Und Fingerkekse! Wir müssen Fingerkekse anbieten«, sagte Henriette.

»Forget it«, sagte Tommy. »Das kostet Geld, und das hat niemand von uns.«

Kine schob die Hand in die Tasche und zog die Geldscheine heraus. Die gehörten zu einem ihrer ersten Wünsche in der Kugel; sie hatte aber das Gefühl gehabt, sie sollte sie nicht ins Klo werfen. »Ich habe dreitausend Kronen«, verkündete sie.

Tommy änderte sofort seine Meinung. »Ich backe die Kekse!«, rief er unter den lautstarken Protesten von Henriette und ihren Freundinnen.

»Und dann lassen wir das im echten Zombie-Style ablaufen«, sagte Jarle. »So, dass alle ein kleines bisschen falsch singen, oder?«

Viktoria klatschte in die Hände wie ein Kind. Der Friedhof kochte. Noch nie war dort so viel Leben gewesen wie an diesem Abend. Kine sah Jarle an. Er hob die Hand in ihre Richtung, mit geballter Faust. Kine machte auch eine Faust und bumpte sie gegen seine.

Sie hatte gewonnen. Alle zusammen hatten sie gewonnen. Das würde die beste Vorstellung aller Zeiten werden. Aber erst einmal konnten sie sich auf das arbeitsreichste Wochenende aller Zeiten freuen.

Mottenburger Zombie-Chor

Der Schulbus hatte sich in eine Garderobe auf Rädern verwandelt. In eine Art Filmstar-Wagen für die ganze Klasse, totales Chaos inklusive. Schüler und Schülerinnen in zerlumpten Zombie-Kostümen trampelten über die Sitze und liefen im Mittelgang umher. Viktoria und Kimberly hatten auf der hintersten Bank ein Schminkstudio eingerichtet und baten alle, die Ruhe zu bewahren und sich in die Warteschlange zu stellen, damit sie es schafften, alle zu schminken.

Gerwin hatte den Bus in einer Seitenstraße beim Marktplatz geparkt; und Kine hatte den Eindruck, dass er zum allerersten Mal im Leben von der üblichen Route abgewichen war. Er schien vor Glück zu schlottern, als hätte er gerade eine Katastrophe überlebt. Er beschwerte sich nicht einmal über die Musik, die sie spielten, er klammerte sich nur ans Steuer, während der Knoblauchzopf vor der Windschutzscheibe hin und her schaukelte. Kine ging zu ihm und klopfte ihm auf die Schulter.

»Also, ich muss schon sagen, alles in allem hat das Einparken gut geklappt«, meinte sie, obwohl das eine Übertreibung war.

Er drehte sich zu ihr um und zuckte zusammen. Da sah sie sich im Spiegel und wäre beinahe selbst vor Schreck zusammengezuckt. Es war, als würde sie eine Leiche anstarren. Was einmal ein knallenges Engelskostüm gewesen war, hing in Fetzen über einem grauen Kleid, braun und grün verdreckt. Durch die schwarze Wasserfarbe unter den Fingernägeln sah es aus, als hätte sie sich eben an die Erdoberfläche gegraben. Viktoria hatte ihr hohle Wangen und fettiges Haar verpasst. Ihre Haut wirkte fast durchscheinend, und die Lippen waren blau-weiß. Kunstblut war zwischen den Zähnen eingezogen. Sie sah wirklich zum Fürchten aus.

Die Stimmung im Bus war ganz anders als früher. Keine schulmüden Montagsmienen mehr, obwohl alle am Wochenende beinhart an der Schminke, dem Bemalen und den Kleidern gearbeitet hatten. Henriette und ihre besten Freundinnen hatten Hunderte kleine Kekssticks gebacken, die aussahen wie abgerissene Finger mit Mandeln als Fingernägel. Sie standen bei den Keksdosen und diskutierten, welche glutenfrei waren, weil alle wie Erste-Hilfe-Kästen angemalt waren.

Monrad hob vor einem Spiegel seine Lippe an und befühlte den schwarz gefärbten Zahn. Er schien seine Zweifel zu haben, ob er immer noch da war, so überzeugend war die Schminke. Kine befürchtete, er könnte erfrieren mit nacktem Bauch, in kurzer Weste und schäbigen Shorts, die ihm gerade eben über die Knie gingen. Doch aus irgendeinem Grund hatte er sich mit der Rolle als lebender Toter vollkommen identifiziert und sich bereit erklärt, für die Kunst zu leiden.

Jarle entdeckte sie und lächelte, als er seinen Pony mit falschem Blut festklatschte. Er hatte blaue Ringe unter den Augen. Viktoria hatte ihm falsche Haut auf die Wange geklebt und mit Make-up farblich so angepasst, dass es aussah wie eine hässliche Fleischwunde. Er war trotzdem süß.

Alle waren so super. So hässlich und so super. Kine war unbeschreiblich glücklich, dass sie hier waren und sie so in dem schmalen Mittelgang stehen konnte, ohne die Kugel.

Aufsatz stieg in den Bus. Auch ihm war aus gegebenem Anlass Leichen-Make-up aufgelegt worden, aber nicht mal das konnte seine vor Begeisterung geröteten Wangen verdecken. »Da draußen stehen viel zu viele! Ich weiß noch gar nicht, wie wir durch die Menschenmassen kommen sollen!«

Kine warf einen Blick auf die Zeitung, die auf einem Bussitz lag. Über eine ganze Seite war ein Bild von ihr abgedruckt worden. Sie stand in Papas Ballonjacke vor dem umgestürzten Tannenbaum, mit rußverschmiertem Gesicht und mit einer toten Katze in der Hand. Die Überschrift lautete einfach: *Kommt, sagt das Bubble-Mädchen*!

Gekommen waren sie ganz eindeutig. Die ganze Stadt. Genau genommen passierte in Mottenburg nicht so wahnsinnig viel, aber das hier übertraf alle Erwartungen.

Aufsatz klatschte in die Hände. »Okay, bleibt in einer Reihe!«

Kine hatte ihn noch nie so wenig gut angezogen gesehen. Mit durchlöcherter Kleidung und fingerlosen Zombie-Handschuhen, die er selbst mit Absicht kaputt geschnitten hatte. Aber sie passten farblich zu den Schuhen, klar.

Als die Klasse im Mittelgang zusammenströmte, hängte Kine den Knoblauchzopf ab. Sie hatte eine Idee, wie sie an all den Menschen vorbeikommen konnten.

»Sorry, Gerwin«, sagte sie. »Aber jetzt muss was Kräftiges her.«

»Warte, warte!«, antwortete Gerwin und riss eine Knoblauchknolle ab. Bestimmt als Reserve, falls sie den Rest verlieren sollte. Sie war erstaunt, dass er ihn ihr überließ, aber nachdem er eine neue Route gefahren war, freute er sich wohl einfach nur, dass er noch am Leben war. Das Gefühl kannte sie.

Die Zombies drängten aus dem Bus. Kine fand Monrad und drückte ihm den Knoblauch in die Hand. Er sollte vorausgehen, mit der toten Ratte, die er auf rätselhafte Weise aus der Dachrinne der Schule herausgeholt hatte. Mit Knoblauch und Ratte ausgerüstet, reichte der Geruch, um ein Menschenmeer in Bewegung zu versetzen.

Aurora rief aus dem Bus: »Kine, die Katze!«

Kine lief zurück und nahm das Katzenskelett in Empfang. Sie hatte es fast vergessen, und die tote Tipsi war doch das perfekte Zubehör.

Alles war da, wo es sein sollte, oder zumindest so weit, wie man es von der 6B der Klausen-Schule erwarten konnte. Sie zogen mit unsicheren Zombie-Schritten wie ein zufällig zusammengewürfelter Haufen zum Marktplatz. Sie grunzten. Sie hinkten. Ihnen standen die Münder offen. Sie waren ein lebender Horrorfilm, und Kine war noch nie glücklicher gewesen als in diesem Augenblick.

Die Leute wichen vor ihnen zurück, als sie kamen. Die Nächststehenden hielten sich die Nase zu, als Monrad mit dem Knoblauch und der Rattenleiche an einem Stock baumelnd an ihnen vorbeischlurfte. Kine hatte vorher noch nie so viele Menschen auf dem Marktplatz gesehen. Es war brechend voll. Tausende Gesichter umringten die riesige, schwarz verkohlte Weihnachtstanne. Der Baum war mit halb zerplatzten Kugeln und traurigen Lichterketten geschmückt, an denen kaum jede zweite Birne brannte. Es war Mama zu verdanken, dass er überhaupt hier stand. Sie hatte bei der Polizei und der Gemeinde in den Möwen-Modus geschaltet, und die hatten am Ende klein beigegeben. Keine andere Mama auf der Welt hätte das hingekriegt.

Um den Stamm hatten Sternenstrahl und ihre Gruppe einen beeindruckenden Haufen Jutesäcke aufgestapelt, die prall gefüllt mit Geschenken fürs Sozialamt waren. Kine wusste nur zu gut, dass das zwar keine perfekte Lösung war, aber so kam wenigstens ein paar Bedürftigen alles zugute, was sie sich gewünscht hatte. So war es besser, wenn schon nicht alles wieder dorthin zurückgegeben werden konnte, woher es gekommen war.

Es war beunruhigend still, als die Klasse sich den Weg durch die Menge bahnte. Die Menschen waren wohl davon ausgegangen, dass sie Engelskinder zu Gesicht kriegen würden, und stattdessen kamen Zombies. Ein kleines Kind weinte vor Freude. Dann fingen die Leute an zu lachen und zu klatschen. Kleinkinder wurden auf die elterlichen Schultern gesetzt. Handys wurden in die Luft gehalten, um Fotos und Filme zu machen, während sich die Klasse um die Tanne versammelte. Kine schaute Aurora an, die nervös lächelte, ausgerechnet sie, die sonst immer so ausgeglichen war. Die kleine, ängstliche Vivi hingegen war voll und ganz in ihrer Rolle, rempelte absichtlich andere an, während ihr der Mund offen stand, damit man die schwarz gefärbten Zähne sah.

Aufsatz stellte sich vor sie. Er hielt keinen Taktstock in der Hand, sondern einen Knochen, den er hob, um ihnen das Startsignal zu geben. Aus den Taschen holten sie die Songtexte, die sie geschrieben hatten. Das war der große Augenblick. Das, wovor Kine sich so sehr gegruselt hatte. Doch sie konnte noch so sehr in sich hineinhorchen, sie spürte keine Angst. Sie war überhaupt nicht nervös. Es spielte keine Rolle, dass sie falsch sang. Sie hatte alle ihre Fehler gesehen, hatte die Erde als Murmel gesehen und Chillimilli im Meer gemacht. Und sie war hier. Zusammen mit allen anderen. Sie standen dicht an dicht. Sie hatte Aurora auf der einen und Vivi auf der anderen Seite. Sie spürte die Wärme von Jarle im Rücken, und vor sich hatte sie den Bagalut Monrad.

Die halb verkohlten Ruinen der Pfefferkuchenstadt standen im Hintergrund, auf dem Marktplatz roch es immer noch verbrannt. Besser hätte es nicht sein können.

Mama und Papa winkten aus fast der ersten Reihe. Sternenstrahl und ihre Freunde – die Mama ganz im Ernst Alternative nannte – standen mit den Armen wedelnd vor den kotzgrünen Bildern, die sie gemalt hatten. Auch Noah war gekommen. Er war aus dem Anlass mit seinem Kaffeewagen hierhergefahren und zeigte ihr den Daumen hoch vor dem Hotel – oder dem *Hotl*, wenn man nach dem defekten Neonschild ging. Sogar die alte Ingeborg war da! Sie stand in Gummistiefeln ein Stück weiter weg und lutschte ihre Zitronendrops. Alles war gut. Alles war wahnsinnig, unendlich gut.

Dann begannen sie zu singen.

Aus *Süßer die Glocken nie klingen als zu der Weihnachtszeit* war *Süßer die Knochen nie knacken als zu der Zombie-Zeit* geworden, und die Leute summten mit. Die Klasse sang lauter, voller Selbstvertrauen. Sie gingen gleich über zu *Machet auf das Grab, die Gruft macht weit*. Der Höhepunkt war *Ihr Zombielein kommet, oh, kommet doch all*, und als sie *Heini, der Knochenmann, war ein fröhlicher Gesell* – frei nach *Frosty, der Schneemann* – daran anschlossen, krümmten sich die Leute vor Lachen.

Aufsatz hatte Tränen in den Augen. Und wer sich nicht

totlachte, versuchte, den Refrain mitzusingen. Vor allem die anderen aus der Schule, die ganz vorne standen, wollten auch mitmachen.

Das Ganze war viel zu schnell zu Ende. Kine hätte noch stundenlang weitersingen können. Der Applaus klang wie ein Feuerwerk, als sie fertig waren. Kine hätte in dem Geräusch baden mögen, denn das war der Beweis, dass sie etwas richtig gemacht hatte. Davon wäre die Puppe zusammengeschrumpelt.

Zwei Journalisten gingen zur Direktorin, und Kine konnte hören, wie sie hemmungslos damit angab, wie viel Arbeit sie in die Vorstellung gesteckt hatten. Die Quälerin von Sportlehrerin boxte sich nach vorn und unterbrach sie mit ihrem rollenden »R«. »Ich habe schon immer gesagt, dass diese Kinder ungeheuer kreativ sind! Sie wissen einfach, was sie wollen, und …«

Kine bekam das Ende nicht mehr mit, weil sich Jarle neben sie stellte. Er stupste sie mit dem Arm an und äffte die Stimme der Quälerin nach: »Ich erinnere mich, als ich *ein Mal* keinen Sport hatte, und das war, als ich von Zombies aufgefressen wurde.«

Kine lachte so sehr, dass ihr beinahe Schnodder aus der Nase gequollen wäre. Sie drehte sich um, damit Jarle es nicht sah, und entdeckte in der Menschenmenge den kleinen Jungen mit dem Fahrradhelm, der immer im Schlepptau seiner Mutter lief. Er zeigte auf Kine.

»Mama! Guck mal, Zombies!«, rief er und trippelte begeistert auf der Stelle. Seine Mutter war mit dem Klatschen nach der Vorstellung noch immer nicht fertig. »Ja, da kann man mal sehen!«, antwortete sie, und zum ersten Mal klang es so, als hätte sie tatsächlich hingesehen.

Henriettes Mutter stolzierte in kniehohen Stiefeln zu Aufsatz. Sie warf ihr Haar zurück und legte eine Hand auf seinen Arm. »Du, Maksimillian, das war … Das ist ja der Wahnsinn! Es tut mir leid, wenn von mir wegen der religiösen Texte und dergleichen etwas viel Beschwerden gekommen sind, aber das hier war wirklich ein Vergnügen!«

Aufsatz lächelte steif und antwortete mit zusammengebissenen Zähnen: »Ja, nicht wahr?«

Die Klasse machte sich im Zombie-Gang auf den Rückweg zum Bus. Als Letztes bekam Kine noch mit, wie der Stadtrat von Mottenburg einem Journalisten versicherte, dass es sich bei dem Mottenburger Zombie-Chor um eine gründlich durchdachte Maßnahme handelte und schon als alljährliche Tradition eingeplant war.

»Manche Dinge ändern sich nie«, murmelte Jarle, und sie spürte seine Hand an ihrer. Die war warm, wie kein Zombie sein konnte.

fast

»Alles klar bei dir?«, flüsterte Jarle.

Er starrte Kine direkt in die Augen. Kine zögerte. Wie kam man mit so was wie dem hier klar? War das überhaupt möglich?

Ihr roter Rucksack stand mitten auf dem Marktplatz, ein Stück vom skelettierten Weihnachtsbaum entfernt. Der Rest der Klasse hatte sich hinter ihr und Jarle postiert und wartete. Einige hielten sich schon jetzt wegen des zu erwartenden Gestanks die Nase zu. Monrad hatte sogar einen Stock fest in der Hand, bereit, das zu erschlagen, was aus der Seitentasche des Rucksacks herauskriechen könnte.

»Alles klar«, antwortete Kine.

Sie zog ihren Schal über die Nase. Jarle tat das Gleiche. Die anderen traten geschlossen einen Schritt zurück.

»Handschuhe!«, sagte Kine.

Jarle reichte ihr ein paar Gummihandschuhe, die sie anzog.

»Zange!«

Er reichte ihr eine Zange.

Dann gingen sie gemeinsam zum Rucksack. Sehr, sehr langsam.

»Seid vorsichtig«, piepste Vivi hinter ihnen. »Ich habe gehört, dass man Infektionen kriegen kann von al…alten H…« Ihre Worte wurden zu Genuschel, bestimmt weil Aurora ihr die Hand auf den Mund legte.

»Bringt es hinter euch, verdammt!«, rief Monrad und wurde wegen des Fluchs von Aurora angemotzt.

Jarle warf einen Blick auf Kine. »Wie lange ist das da schon drin, sagst du?«

Kine zuckte die Schultern. »Schwer zu sagen. Bevor der Schnee gekommen ist, auf jeden Fall.«

»Ihhh …«

»Jepp.«

Sie blieben vor dem Rucksack stehen. Die rote Farbe wirkte wie ein Warnsignal, ihn nicht anzurühren, ein bisschen wie bei giftigen Tieren. Jarle kratzte sich am Kinn. »Und was hattest du drauf? Erdnussbutter? Sag, dass es Erdnussbutter war, denn die hält ewig.«

Kine schaute ihn an. »Leberwurst.«

»Ah, das … Nein …«

Sie schüttelte den Kopf. »Nix zu machen.«

Kine stützte den Rucksack mit dem Fuß ab, damit er nicht umkippte. Dann packte sie mit der Zange den Zipper vom Reißverschluss. Die anderen schnappten nach Luft. Sie drehte den Kopf vom Rucksack weg und zog den Reißverschluss nach unten. Für einen Moment war es ganz still.

»Was ist?«, fragte Aurora endlich. »Lebt es?«

Kine guckte nach unten. Leer. Sie machte die Tasche ganz auf und wühlte darin. Ganz leer. Kein Pausenbrot. Kein schimmeliges Monster. Nichts.

Jarle hielt sich die Hand vor den Mund und versuchte, ein Kichern zu unterdrücken. »Und davor hast du monatelang Angst gehabt?«

»Das ist nicht lustig!«, antwortete Kine, lachte aber selbst. Was war passiert? Hatte sie das Pausenbrot selbst herausgenommen und es vergessen? Hatten Mama oder Papa es herausgenommen? War überhaupt auch nur ein Tag vergangen, an dem sie nicht daran gedacht hatte? Was für eine wahnsinnige Verschwendung.

»Was sollen wir den anderen jetzt sagen?«, flüsterte Jarle.

Ihr war klar, was er meinte. Sie erwarteten etwas Wahnsinniges. Ihnen war ein verfaultes Pausenbrot-Monster aus der Hölle versprochen worden, und stattdessen bekamen sie einen leeren Rucksack? Das war einigermaßen schwach.

Jarle beugte sich näher zu ihr und warf den braunen Pony zurück. »Was, wenn wir ihnen was anderes zum Nachdenken geben?«

Kine spürte ein angenehmes Ziehen in der Brust. Sie wusste, was er meinte, konnte es in seinen funkelnden Augen sehen. Seine Nase war fast neben ihrer. Ihre Lippen kribbelten, und ihr Herz schien sich nach draußen schlagen zu wollen. Alter Falter, er würde doch nicht …

Dann hörte sie ein Geräusch. Ein seltsames, langes Knacken. Kine drehte sich zum Nachschauen um. Alle drehten sich zum Nachschauen um, aber das Geräusch war schwer zu orten. Es hörte sich so an, als käme es von … der Schwimmhalle?

Das Knacken wurde immer lauter. Ein Riss lief die Wand der alten Todesfalle hinauf und knallte oben gegen die Dachrinne. Dann stürzte das Dach mit langem, gewaltigem Krachen ein.

Eine Staubwolke stieg auf. Glas klirrte. Holzbalken und Ziegelsteine ragten aus der Wand. Es sah aus, als hätte jemand die ganze Halle zertreten.

Es war still. Lange.

»Das wurde verdammt noch mal aber auch Zeit«, sagte Aurora.

Die Autorin

Mit ihrer Trilogie *Die Rabenringe* reiht sich die Norwegerin **Siri Pettersen** in die Riege der größten Fantasy-Autorinnen und -autoren aller Zeiten ein. Ihre Jugendbücher wurden mehrfach ausgezeichnet und sind international erfolgreich. Siri Pettersen hat eine riesige Fangemeinschaft, wie die Fanart-Bilder auf ihren Facebook- und Instagram-Accounts beweisen. Ihre Buchumschläge gestaltet Siri Pettersen immer selbst, denn sie ist gelernte Designerin.

Die Übersetzerin

Dagmar Mißfeldt ist Skandinavistin und Übersetzerin aus dem Schwedischen, Dänischen, Norwegischen und Finnischen, neben Büchern auch fürs Fernsehen und Kino. Darüber hinaus ist sie Mitherausgeberin und -übersetzerin nordischer Anthologien. Außerdem unterrichtet sie das Fach Schwedisch an der Universität. Sie lebt in Hamburg.

MIX
Papier aus verantwortungsvollen Quellen
FSC® C083411

Deutsche Erstausgabe
1. Auflage 2020

Aus dem Norwegischen von Dagmar Mißfeldt
Die Originalausgabe erschien unter dem Titel *Bobla* bei
Gyldendal Norsk Forlag AS – Gyldendal Barn & Ungdom, Oslo 2017
Published by Agreement with Grand Agency, Stockholm
Lektorat: Maike Frie, Münster
Satz: Greiner & Reichel, Köln
Druck und Bindung: CPI books GmbH, Leck
ISBN 978-3-96177-070-0

www.woow-books.de
www.instagram.com/woowbooks_verlag